UMA JORNADA SEM FIM

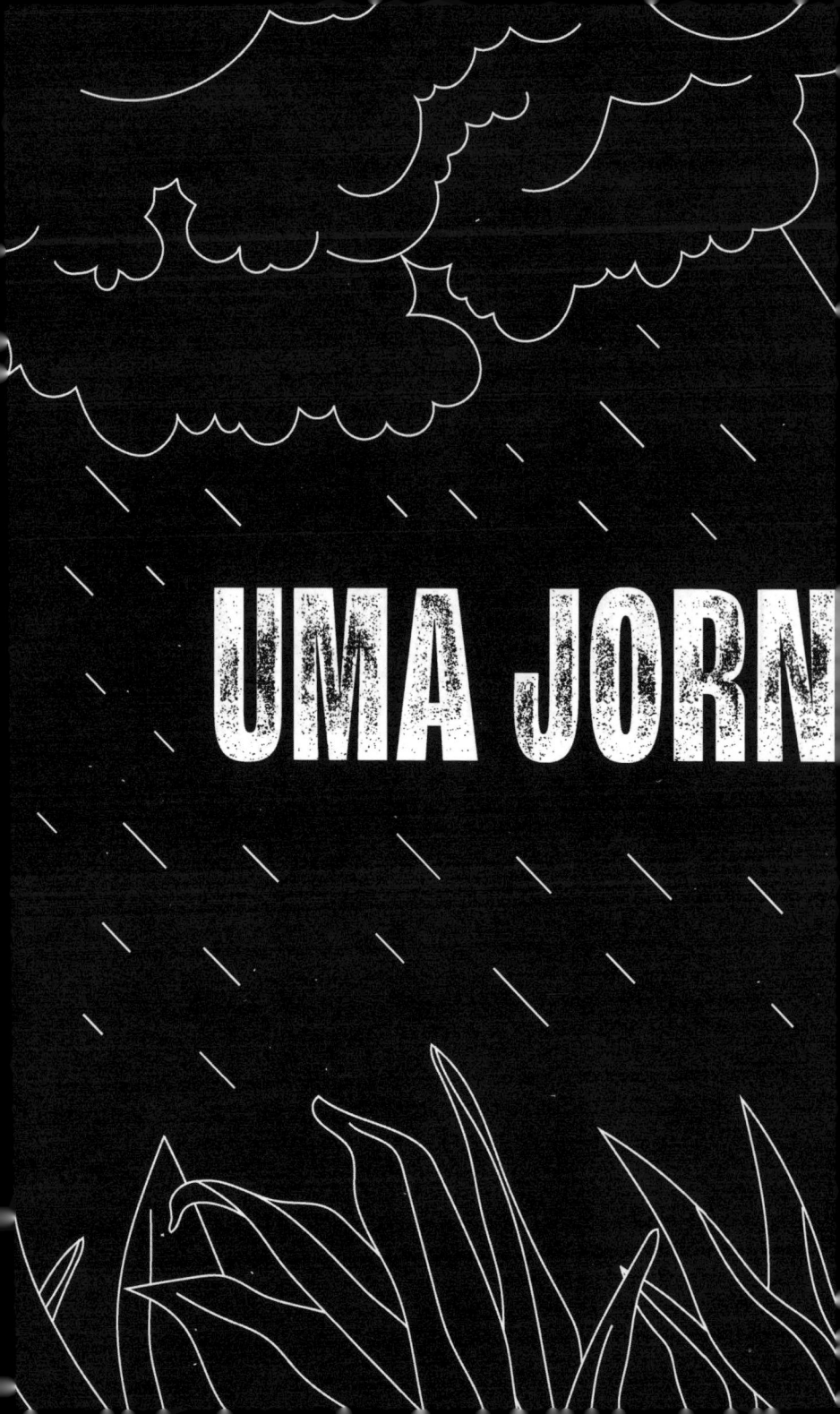

R. J. PALACIO

ADA SEM FIM

**Tradução de
Giu Alonso e Ulisses Teixeira**

intrínseca

Copyright do texto © 2021 by R. J. Palacio
Imagem da página 156 licenciada por Shutterstock.com
Imagem da página 311, The Moon, copyright © 1857, by Getty Images
Todas as outras imagens internas são cortesia da autora.

TÍTULO ORIGINAL Pony
PREPARAÇÃO Solaine Chioro e Marluce Faria
REVISÃO Thaís Carvas
DIAGRAMAÇÃO Larissa Fernandez e Leticia Fernandez
ARTE DE CAPA, PROJETO GRÁFICO E ILUSTRAÇÕES DE MIOLO Paula Cruz

CIP-BRASIL. CATALOGAÇÃO NA PUBLICAÇÃO
SINDICATO NACIONAL DOS EDITORES DE LIVROS, RJ

P176j

Palacio, R. J., 1963-
Uma jornada sem fim / R. J. Palacio ; tradução Giu Alonso, Ulisses Teixeira. - 1. ed. - Rio de Janeiro : Intrínseca, 2022.
336 p. ; 21 cm.

Tradução de: Pony
ISBN 978-65-5560-576-1

1. Ficção americana. I. Alonso, Giu. II. Teixeira, Ulisses. III. Título.

21-74528   CDD: 813
                            CDU: 82-3(73)

Camila Donis Hartmann - Bibliotecária - CRB-7/6472

[2022]
Todos os direitos desta edição reservados à
EDITORA INTRÍNSECA LTDA.
Rua Marquês de São Vicente, 99, 6º andar
22451-041 – Gávea
Rio de Janeiro – RJ
Tel./Fax: (21) 3206-7400

Para minha mãe

Nossas naturezas não podem ser ditas...

— Margot Livesey

Eva Moves the Furniture

Passar bem, eu devo te deixar
E partir por um tempo.
Mas se dez mil milhas tiver que atravessar,
Eu voltarei, tens meu juramento.

Dez mil milhas, meu verdadeiro amor,
Dez mil milhas ou mais se eu me for.
E a terra há de se desfazer e os mares hão de queimar,
Se eu nunca mais retornar.

Ah, volte para mim, meu verdadeiro amor,
E fique comigo um momento.
Pois se um amigo tenho nesta terra,
Você foi para mim um alento.

— **Anônimo**
"Fare Thee Well"

UM

Saí de Ítaca para procurá-lo.
— François Fénelon
As aventuras de Telêmaco, 1699

BONEVILLE COURIER
27 de abril de 1858

Um garoto do campo, de dez anos de idade, que mora nos arredores de Boneville, foi visto recentemente caminhando em direção à sua casa, perto de um grande carvalho, quando uma tempestade violenta desabou. O menino se abrigou debaixo da árvore pouco antes de ela ser atingida por um raio, derrubando-o aparentemente sem vida no chão, com as roupas queimadas e fumegando. No entanto, a boa fortuna lhe sorriu naquele dia, pois seu engenhoso pai testemunhou o acidente e conseguiu revivê-lo com um fole para lareira. A criança se mostrou inalterada pela experiência, exceto por um souvenir peculiar: a imagem da árvore gravada em suas costas! Esse "daguerreótipo de relâmpago" é uma das várias ocorrências registradas nos últimos anos, tornando-se mais uma surpreendente curiosidade da ciência.

1

Minha experiência com o raio inspirou o Pai a se dedicar às ciências fotográficas, e foi assim que tudo começou.

O Pai sempre teve uma curiosidade natural pela fotografia, tendo nascido na Escócia, onde artes desse tipo se destacam. Ele se aventurou com daguerreótipos por um tempinho antes de se estabelecer em Ohio, uma região rica em nascentes de água salgada (das quais vem o agente bromo, um componente essencial para o processo de revelação). Mas os daguerreótipos eram um empreendimento caro que trazia pouquíssimo lucro, e o Pai não podia arcar com as despesas. *As pessoas não têm dinheiro para comprar lembrancinhas delicadas*, argumentou. E assim ele virou sapateiro. *As pessoas sempre precisam de botas*, disse. A especialidade do Pai eram botas de cano médio em couro granulado, às quais ele acrescentava um compartimento secreto no salto para guardar tabaco ou canivete. Essa vantagem era extremamente apreciada pelos clientes, então as encomendas garantiam muito bem nosso sustento. O Pai trabalhava na oficina ao lado do celeiro, e uma vez por mês levava as botas para Boneville em uma carroça puxada por Burro, nosso burro.

Mas, depois que o raio marcou a imagem do carvalho nas minhas costas, o Pai voltou novamente a atenção para a ciência da fotografia. Ele acreditava que a imagem na minha pele tinha sido provocada pelas mesmas reações químicas presentes na fotografia. *O corpo humano*, ele me explicou enquanto eu o observava misturar substâncias químicas que fediam a ovo podre e vinagre de cidra, *é um receptáculo cheio das mesmas substâncias misteriosas, sujeito às mesmas leis da física, que o resto do universo. Se uma imagem pode ser preservada pela ação do relâmpago no seu corpo, ela pode ser preservada pela mesma ação no papel.* É por isso que seu foco não estava mais em daguerreótipos, e sim em uma nova forma de fotografia que envolvia papel mergulhado em uma solução de sal e ferro, para o qual era transferida, através da luz do sol, uma imagem positiva de um negativo de vidro.

O Pai logo dominou o novo tipo de ciência e se tornou um mestre reconhecido no chamado *processo de colódio úmido*, uma forma de arte raramente vista nessa região. Era uma técnica ousada, que exigia grandes experimentações e gerava imagens sublimes em sua beleza. Os *ferrótipos* do Pai, como ele os chamava, não tinham a precisão dos daguerreótipos, mas exibiam sombras sutis que os faziam parecer desenhos a carvão. Ele inventou uma fórmula para a emulsão, que era onde o bromo entrava, e fez um pedido de patente antes de abrir um estúdio em Boneville, na mesma rua do tribunal. Em pouquíssimo tempo, seus retratos em papel coberto por sais de ferro viraram febre nessas bandas, não só por serem infinitamente mais baratos que os daguerreótipos, mas porque podiam ser reproduzidos muitas e muitas vezes a partir de um único negativo. Para torná-los ainda mais atraentes, e para cobrar um tantinho a mais, o Pai os tingia com uma mistura de ovo batido e pigmento colorido, o que lhes dava uma aparência incrivelmente vívida. As pessoas vinham de toda parte atrás dos retratos. Uma senhora chique veio lá de Akron para uma sessão. Eu ajudava no estúdio do Pai, ajeitando a claraboia e limpando as placas de foco. Às vezes, o Pai até me deixava polir as novas lentes de cobre para retrato, que foram um grande investimento e exigiam delicadeza no manuseio. Nossas circunstâncias mudaram tanto, a do Pai e a minha, que ele estava pensando em vender seu negócio de sapateiro, pois falava que preferia de longe *o cheiro da mistura das poções ao fedor de pés alheios*.

Foi nessa época que três homens a cavalo e um pônei de cara branca nos visitaram de madrugada, transformando as nossas vidas para sempre.

2

Mittenwool me despertou do sono profundo naquela noite.

— Silas, acorde agora. Alguns homens estão se aproximando a cavalo — anunciou.

Eu estaria mentindo se dissesse que despertei de pronto pela urgência do chamado. Não foi o que aconteceu. Simplesmente resmunguei algo e me virei na cama. Ele me deu um cutucão forte, o que não é pouca coisa se tratando dele. Fantasmas não conseguem manipular o mundo material com facilidade.

— Me deixa dormir — respondi, rabugento.

Em seguida, ouvi Argos uivando desesperadamente lá embaixo e o Pai pegando o rifle. Olhei pela pequena janela ao lado da minha cama, mas era uma noite de escuridão total, e não consegui ver nada.

— São três — disse Mittenwool, olhando a janela por cima do meu ombro.

— Pai? — chamei, pulando do mezanino. Ele estava a postos, já de botas, observando pela fresta da porta.

— Fique abaixado, Silas — ordenou.

— Quer que eu acenda o lampião?

— Não. Você viu os homens pela janela? Quantos são? — perguntou o Pai.

— Eu mesmo não vi, mas o Mittenwool disse que são três.

— Com armas em punho — completou Mittenwool.

— E estão com armas em punho — repeti. — O que eles querem, Pai?

Ele não respondeu. Já podíamos ouvir o galope se aproximando. O Pai abriu uma frestinha na porta, com o rifle a postos. Vestiu o casaco e se virou para mim.

— Não venha atrás, Silas. Não importa o que aconteça — disse com a voz firme. — Se houver algum problema, você vai correndo para a casa do Havelock. Saia pelos fundos e atravesse a plantação. Ouviu?

— O senhor não vai sair, vai?

— Segure o Argos — foi a sua resposta. — Mantenha ele aqui.

Coloquei a coleira em Argos.

— O senhor não vai sair, vai? — perguntei de novo, assustado.

Ele não me respondeu. Em vez disso, abriu a porta e foi para o alpendre, mirando o rifle na direção dos cavaleiros. Era um homem corajoso, meu Pai.

Puxei Argos para perto, então andei cautelosamente até a janela da frente e dei uma olhada para fora. Vi o grupo se aproximando. Três homens a cavalo, como Mittenwool tinha dito. Atrás de um deles vinha um quarto cavalo, um garanhão preto imenso, e a seu lado, um pônei com o rosto branco feito leite.

Os sujeitos diminuíram a velocidade ao chegarem perto da casa, em respeito ao rifle do Pai. O líder dos três, um homem com um longo casaco amarelo em um cavalo malhado, ergueu os braços em gesto de paz ao parar sua montaria.

— Opa — disse para o Pai, a pouco mais de dez metros do alpendre. — O senhor pode baixar a arma, amigo. Venho em paz.

— Baixe as suas primeiro — respondeu o Pai, com o rifle apoiado no ombro.

— As minhas? — O homem olhou dramaticamente para as mãos vazias, depois para o lado direito e esquerdo, fingindo só perceber naquele momento as armas empunhadas pelos companheiros. — Larguem isso, rapazes! Vocês estão causando uma péssima impressão. — Ele se virou para o Pai de novo. — Sinto muito por isso. Eles não vão fazer mal a ninguém. É só força do hábito.

— Quem são vocês? — perguntou o Pai.

— O senhor é Mac Boat?

O Pai balançou a cabeça em sinal negativo.

— Quem são vocês? Por que estão fazendo esse escarcéu no meio da noite?

O homem de casaco amarelo não parecia nem um pouco assustado com o rifle do Pai. Eu não conseguia vê-lo muito bem no escuro, mas me pareceu ser menor que o Pai (que era um dos homens mais altos de Boneville), e mais novo também. Ele usava um chapéu-coco típico de cavalheiros, mas, pelo visto, estava longe de ser um. Parecia um bandido com barba pontuda.

— Ora, ora, não fique nervoso — disse o homem com uma voz bem-humorada. — Eu e meus rapazes planejávamos chegar no raiar do sol, mas acabamos vindo mais rápido do que o previsto. Meu nome é Rufe Jones, e estes são Seb e Eben Morton. Nem tente diferenciá-los, é impossível. — Só então percebi que os dois grandalhões eram cópias idênticas um do outro. Usavam o mesmo chapéu com faixas largas, que cobria a testa de seus rostos redondos. — Viemos trazer uma proposta interessante do nosso chefe, Roscoe Ollerenshaw. O senhor já ouviu falar dele, imagino?

O Pai não respondeu.

— Bom, o sr. Ollerenshaw já ouviu falar do senhor, Mac Boat — continuou Rufe Jones.

— Quem é Mac Boat? — sussurrou Mittenwool para mim.

— Eu não conheço Mac Boat nenhum — disse o Pai por trás do rifle. — Meu nome é Martin Bird.

— É claro — Rufe Jones respondeu rapidamente, assentindo. — Martin Bird, o fotógrafo. O sr. Ollerenshaw conhece bem o seu trabalho! É por isso que estamos aqui. Ele tem uma proposta para fazer ao senhor. Viemos de muito longe para encontrá-lo. Será que poderíamos entrar um pouco? Cavalgamos a noite toda. Meus ossos estão congelados.

Ele ergueu a gola do casaco amarelo para ilustrar o argumento.

— Se quiserem falar de negócios, podem aparecer no meu estúdio durante o expediente, como qualquer homem civilizado faria — disse o Pai.

— Ora, mas por que usar esse tom comigo? — perguntou Rufe Jones, como se estivesse perplexo. — A natureza do nosso negócio exige certa privacidade, é só isso. Não pretendemos fazer mal nenhum ao senhor, nem ao seu menino, Silas. É ele escondido na janela ali atrás, não é?

Engoli em seco, não vou mentir, e afastei a cabeça da janela. Mittenwool, que estava atrás de mim, me empurrou para me abaixar ainda mais.

— Vocês têm cinco segundos para sair da minha propriedade — avisou o Pai, e eu percebi em sua voz que ele estava falando sério.

Mas Rufe Jones não deve ter ouvido o tom ameaçador, pois começou a rir.

— Ora, ora, não se aflija assim. Sou apenas o mensageiro! — respondeu ele calmamente. — O sr. Ollerenshaw nos mandou aqui para buscá-lo, e é isso que vamos fazer. Como eu falei, ele não pretende fazer mal algum ao senhor. Na verdade, só quer ajudá-lo. Ele me pediu para avisar que o senhor pode ganhar um bom dinheiro com isso. *Uma pequena fortuna* foram suas palavras exatas. Por um incômodo bem pequeno para o senhor. Somente uma semana de trabalho, e será um homem rico. Até trouxemos cavalos para a família! Um belo grandalhão para o senhor, e um pequenino para o seu filho. O sr. Ollerenshaw é uma espécie de colecionador de cavalos, então saiba que é uma honra ter acesso a suas montarias de primeira linha.

— Não estou interessado. Agora vocês têm três segundos para ir embora — respondeu o Pai. — Dois...

— Está bem, está bem! — exclamou Rufe Jones, balançando as mãos no ar. — Vamos embora. Não se preocupe. Vamos, pessoal.

Ele puxou as rédeas do cavalo e deu meia-volta. Os irmãos fizeram o mesmo, levando os outros dois cavalos. Eles começaram a seguir devagar pela noite, se afastando da casa. No entanto, depois de alguns passos, Rufe Jones parou. Esticou os braços para os lados, como se estivesse em uma cruz, para mostrar que ainda estava desarmado. Então, olhou para o Pai por cima do ombro.

— Mas vamos voltar amanhã — garantiu —, com mais gente ainda. Para falar a verdade, o sr. Ollerenshaw não desiste fácil. Eu vim em paz hoje, mas não posso prometer o mesmo para amanhã. O sr. Ollerenshaw, bem, quando ele quer alguma coisa...

— Vou chamar o xerife — ameaçou o Pai.

— Vai mesmo, sr. *Boat*? — perguntou Rufe Jones. Sua voz parecia mais ameaçadora, sem a leveza de antes.

— Meu nome é Bird — afirmou o Pai.

— Certo. Martin Bird, fotógrafo de Boneville, que vive no meio do nada com o filho, Silas *Bird*.

— É bom você dar o fora daqui — retrucou o Pai.

— Tudo bem — respondeu Rufe Jones, mas não esporeou o cavalo.

Eu estava assistindo a tudo isso sem respirar, com Mittenwool ao meu lado. Alguns segundos se passaram. Ninguém se moveu ou disse uma palavra.

3

— O problema é o seguinte — recomeçou Rufe Jones, os braços ainda abertos. O tom cantarolado voltou à sua voz. — Seria uma chateação ter que passar por todos esses campos, atravessar a Floresta, para voltar amanhã com mais uma dúzia de homens armados até os dentes. Só Deus sabe o que pode acontecer com um monte de armas apontadas para tudo que é lado. Você me entende. Tragédias podem acontecer. Mas se vier conosco hoje, sr. Boat, podemos evitar toda essa complicação terrível.

Ele ergueu as mãos, as palmas viradas para o céu.

— Não vamos estender essa conversa — continuou. — Você e o seu menino vão fazer um passeio divertido nestes belos cavalos. E traremos vocês de volta em uma semana. Essa é uma promessa solene do homem em pessoa. Ele me falou para dizer exatamente isso, aliás. Para usar a palavra *solene*. Vamos, é uma boa proposta de negócio, Mac Boat! O que me diz?

Eu vi o Pai, com o rifle ainda apontado para o homem, o dedo ainda no gatilho, trincar os dentes. Sua expressão naquele momento era desconhecida para mim. Não reconheci os ângulos tensos de seu corpo.

— Eu não sou Mac Boat — respondeu devagar. — Sou Martin Bird.

— Sim, é claro, sr. *Bird*! Minhas sinceras desculpas — disse Rufe Jones, sorrindo. — Qualquer que seja seu nome, o que me diz? Vamos evitar problemas. Baixe o rifle e venha conosco. É só por uma semana. E você vai voltar um homem rico.

O Pai hesitou por um longo segundo. Para mim, era como se todo o tempo do mundo estivesse contido naquele único instante. E estava mesmo, de certa forma, pois naquele momento minha vida mudou para sempre. O Pai baixou a arma.

— O que ele está fazendo? — sussurrei para Mittenwool.

De repente, senti mais medo do que me lembro de já ter sentido. Era como se meu coração tivesse parado. Como se o mundo inteiro tivesse prendido a respiração.

— Certo, eu vou com vocês — concordou o Pai baixinho, interrompendo a quietude da noite como um trovão. — Mas só se vocês deixarem meu filho fora disso. Ele fica aqui, em segurança. Não vai falar nada disso com ninguém. Ninguém nem passa por essas bandas. E eu volto em uma semana. Você disse que tenho a promessa solene de Ollerenshaw. Nem um dia a mais.

— Hum, não sei — resmungou Rufe Jones, balançando a cabeça. — O sr. Ollerenshaw me falou para levar vocês dois. Ele foi bem específico.

— Como eu disse — respondeu o Pai, com a voz decidida —, é a única forma de eu ir em paz com vocês esta noite. Ou então a situação vai *mesmo* se complicar, seja aqui e agora, seja da próxima vez que vocês aparecerem. Tenho uma boa pontaria. Não paguem para ver.

Rufe Jones tirou o chapéu-coco e esfregou a testa. Olhou para os companheiros, mas eles não falaram nada, ou talvez tenham dado de ombros. Era difícil enxergar qualquer coisa além dos rostos redondos e pálidos naquela escuridão.

— Tudo bem, tudo bem, vamos manter a situação pacífica — concordou Rufe Jones. — Então só você vem conosco. Mas precisamos partir agora. Jogue sua arma para cá. Vamos acabar com isso.

— Você pode ficar com ela quando chegarmos à Floresta. Antes disso, não.

— Certo, mas vamos logo.

O Pai assentiu.

— Vou pegar minhas coisas — anunciou.

— Ah, não! Não estou com paciência para truques — respondeu Rufe Jones. — Vamos partir agora! Suba neste cavalo aqui e vamos embora *agora*, ou cancelo nosso acordo.

— Não, Pai! — gritei, correndo para fora.

O Pai se virou para mim com aquela expressão, que, como falei, eu desconhecia. Era como se ele tivesse visto o diabo. Seu rosto me assustou. Os olhos estreitos como fendas.

— Fique lá dentro, Silas — ordenou, apontando para mim. Sua voz era tão ríspida que fiquei paralisado na porta. Nunca na vida ele tinha falado assim comigo. — Vou ficar bem. Mas você não deve sair desta casa por nada. Volto em uma semana. Tem comida suficiente para você até lá. Você vai ficar bem. Está me ouvindo?

Não falei nada. Não conseguiria nem se tentasse.

— Está me ouvindo, Silas? — repetiu ele, mais alto.

— Mas, Pai... — implorei, com a voz trêmula.

— Tem que ser assim — respondeu ele. — Você vai ficar em segurança aqui. A gente se vê em uma semana. Nem um dia a mais. Agora volte logo para dentro.

Obedeci.

Ele foi até o grande cavalo preto, montou e, sem olhar de novo para mim, virou o animal e saiu galopando. Em instantes, eles desapareceram na vasta noite.

Foi assim que meu pai começou a trabalhar para uma gangue infame de falsificadores, embora eu não soubesse disso na época.

4

Nem sei quanto tempo fiquei parado na porta, observando o cume no qual o Pai tinha desaparecido. O suficiente para ver o céu começar a clarear.

— Vem sentar, Silas — chamou Mittenwool gentilmente.

Balancei a cabeça. Estava com medo de tirar os olhos daquele ponto ao longe. Temia que, se o perdesse de vista, nunca o encontraria de novo. Os campos em torno da nossa casa são planos para todos os lados. A única exceção é aquele cume, que se ergue lentamente a leste e então volta a descer na Floresta, um emaranhado de árvores antigas cercado de arbustos fechados e resistentes, pelo qual nem a menor das carroças conseguiria passar. É o que dizem, pelo menos.

— Vem sentar, Silas — repetiu Mittenwool. — Não podemos fazer nada agora. Só nos resta esperar. Ele volta em uma semana.

— Mas e se não voltar? — sussurrei, com lágrimas escorrendo pelo rosto.

— Ele vai voltar, Silas. O Pai sabe o que está fazendo.

— O que aqueles homens querem com ele? Quem é o sr. Oscar Ren-sei-lá-o-quê? Quem é esse tal de Mac Boat? Não consigo entender o que aconteceu.

— Tenho certeza de que o Pai vai explicar tudo quando voltar. Você só precisa esperar.

— Uma semana inteira! — A essa altura, as lágrimas já tinham borrado minha visão, me fazendo perder o ponto em que o Pai tinha sumido de vista. — Uma semana inteira!

Eu me virei para Mittenwool. Ele estava sentado ao lado da mesa, apoiando os cotovelos nos joelhos. Parecia preocupado, embora tentasse não demonstrar.

— Você vai ficar bem, Silas — assegurou ele. — Estou aqui com você. E o Argos também. Vamos te fazer companhia. Vai dar tudo certo. E logo, logo o Pai vai estar de volta.

Baixei os olhos para Argos, enroladinho na caixa de doces que usa como cama. Ele era um vira-lata aguerrido, de uma orelha só e pernas fracas.

Então olhei de volta para Mittenwool, que tentava me passar confiança com suas sobrancelhas erguidas. Já mencionei que Mittenwool é um fantasma, mas não sei se essa é a definição certa para ele. Espírito. Aparição. Não tenho a palavra exata. O Pai acha que é um amigo imaginário ou coisa assim, mas sei que não é isso. Mittenwool é tão real quanto a cadeira em que está sentado, a casa em que moramos e o meu cachorro. O fato de que ninguém além de mim consegue vê-lo ou ouvi-lo não significa que não seja real. Enfim, se você pudesse vê-lo ou ouvi-lo, diria que é um garoto de uns dezesseis anos, alto, magro e de olhos brilhantes, com cabelo escuro desgrenhado e uma risada gostosa. Ele me acompanha desde que me entendo por gente.

— O que eu vou fazer? — perguntei, sem fôlego.

— Você vai sentar aqui — respondeu ele, dando um tapinha na cadeira perto da mesa. — Vai preparar o café da manhã. Vai encher a barriga com um café quente. Depois, quando estiver pronto, a gente avalia a situação. Vamos dar uma olhada nos armários, checar a comida e separar tudinho para os sete dias, de modo que nada acabe antes do tempo. Aí vamos ordenhar a Mu, colher os ovos e dar um pouco de feno para o Burro, como fazemos toda manhã. É *isso* que vamos fazer, Silas.

Eu me sentei à sua frente enquanto ele falava. Mittenwool se inclinou na minha direção.

— Vai ficar tudo bem — garantiu com um sorriso tranquilizador. — Você vai ver.

Eu assenti, já que ele estava se esforçando para me consolar e eu não queria decepcioná-lo, mas, no fundo, sentia que não ia ficar tudo bem. E eu estava certo. Porque depois que ordenhei a Mu, cuidei das galinhas, alimentei o Burro, fiz uns ovos fritos para mim e peguei água no poço, depois que esvaziamos a despensa para ver o que tinha de comida, separando uma porção para cada dia da semana, e depois que varri o chão, cortei a lenha e fiz bolinhos que eu acabaria nem comendo por não sentir fome, só um aperto no estômago de tanto segurar minhas lágrimas, eu olhei pela janela e vi o pônei de cara branca na frente de casa.

5

Ele não era tão pequeno de dia quanto pareceu ser à noite. Talvez os outros cavalos em volta dele fossem especialmente grandes, não sei. Mas nesse momento, pastando ao lado do carvalho queimado, o pônei parecia ter o tamanho de um cavalo comum. Seu pelo preto brilhava no sol, e seu pescoço era arqueado e musculoso, coroado com aquela cabeça branca que lhe dava um aspecto muito peculiar.

Saí de casa e olhei por toda parte. Não havia nenhum sinal do Pai nem dos homens que o haviam levado. Os campos distantes estavam silenciosos como sempre. Tinha chovido um pouco no fim da manhã, mas o céu já estava limpo, exceto por algumas poucas nuvens compridas que se esticavam como fumaça.

Mittenwool me seguiu até o pônei. Em geral, os animais ficam assustados perto dele, mas esse só o observou com curiosidade enquanto nos aproximávamos. O pônei tinha longos cílios negros e um focinho pequeno. Olhos azul-claros, bem separados como os de um cervo.

— Ei, camarada — falei baixinho, erguendo a mão com cuidado para dar um tapinha no seu pescoço. — O que você está fazendo aqui?

— Acho que ele não conseguiu acompanhar os cavalos grandes — sugeriu Mittenwool.

— Foi isso que aconteceu com você? — perguntei ao pônei, que virou a cabeça para me observar. — Você ficou para trás? Ou eles te abandonaram?

— Ele é uma criatura estranha.

Havia algo no jeito como o pônei me encarava. Era um olhar tão direto que me comoveu.

— Eu acho ele lindo.

— Tem um rosto de caveira.

— Você acha que ele foi mandado para me buscar? — perguntei. — Os homens queriam que eu fosse junto com o Pai. Talvez tenham mudado de ideia sobre me deixar aqui.

— Como o pônei saberia vir para cá?

— Não sei, só estou especulando — respondi, dando de ombros.

— Veja se tem algo no alforje.

Estiquei a mão devagarinho para ver o que havia na bolsa, temendo assustar o pônei. No entanto, o animal continuou a me observar calmamente, sem medo ou timidez.

O alforje estava vazio.

— Talvez Rufe Jones tenha mandado um dos irmãos para me buscar — falei. — E o homem trouxe o pônei para mim, mas aí aconteceu alguma coisa com ele... Foi derrubado do cavalo ou algo assim? E o pônei continuou sem ele?

— Acho que é possível, mas ainda não explica como ele saberia voltar para cá.

— Provavelmente só seguiu o mesmo caminho que fez ontem à noite — argumentei, porém, antes de terminar a frase, outra coisa me ocorreu. — Ou talvez tenha sido o Pai! — arquejei. — Mittenwool! Talvez o Pai tenha fugido daqueles homens e estivesse voltando naquele cavalão preto, mas foi derrubado... e o pônei continuou!

— Não, não faz sentido.

— Por que não? Pode ter sido isso! O Pai pode estar caído em algum lugar na Floresta! Eu tenho que encontrá-lo!

Comecei a colocar o pé no estribo, mesmo descalço, mas Mittenwool parou na minha frente.

— Ei, devagar aí. Vamos pensar nisso racionalmente, está bem? — disse ele com firmeza. — Se seu pai tivesse fugido daqueles homens, ele não teria arrastado esse pônei também. Teria disparado a toda velocidade para voltar o mais rápido possível. Então o que você está falando não faz muito sentido, entende? O que *faz* sentido é que o pônei acabou se perdendo na Floresta e veio parar aqui. Então vamos pegar um pouco de água para ele, porque o bicho deve estar moído, e depois vamos voltar para casa.

— Mittenwool — falei, balançando a cabeça, pois muitas coisas me ocorreram enquanto ele falava. E esses pensamentos soavam como um apelo na minha mente. — Por favor, me escuta. Acho que esse pônei estar aqui... é um sinal. Acho que ele voltou para me buscar. Não sei se o Pai o mandou, ou até mesmo Deus, mas é um sinal. Eu tenho que procurar o Pai.

— Por favor, Silas. Um sinal?

— Sim, um sinal.

— *Pfft* — fez ele, duvidando.

— Acredite no que quiser.

Coloquei o pé novamente no estribo.

— O Pai mandou você esperar aqui até ele voltar! *Não saia desta casa por nada*. Foi o que ele disse. E é isso que você precisa fazer. Ele vai voltar em uma semana. Você só tem que ser paciente.

Por um momento, minha determinação vacilou. Tudo estava tão claro um segundo antes, mas Mittenwool às vezes tinha esse efeito sobre mim. Ele conseguia me fazer mudar de ideia, duvidar das minhas percepções.

— Além disso, você nem sabe andar a cavalo — completou ele.

— É claro que sei! Eu ando no Burro o tempo todo.

— O Burro é mais um jumento do que um cavalo, vamos ser sinceros. E você também está sendo meio jumento agora. Vamos lá para dentro.

— Você que é o jumento.

— Vamos, Silas. Vamos voltar para casa.

Sua insistência quase me convenceu a abandonar meu plano. Para dizer a verdade, eu só tinha andado a cavalo umas duas vezes na vida, e em ambas eu ainda era tão pequeno que o Pai precisou me colocar na sela.

Mas aí o pônei bufou, as narinas se abrindo, e de alguma forma eu entendi isso como um convite para montar. Com o pé descalço ainda no estribo, eu rapidamente me ergui para a sela. No entanto, quando tentei jogar a perna para o outro lado, meu pé escorregou na faixa de couro e eu caí de costas na lama. O pônei soltou um relincho curto e abanou o rabo.

— Droga! — gritei, batendo as mãos no barro. — Droga! Droga!

— Silas — chamou Mittenwool gentilmente.

— Por que ele me deixou? — choraminguei. — Por que ele me deixou aqui sozinho?

Mittenwool se abaixou ao meu lado.

— Você não está sozinho, Silas.

— Estou, sim! — respondi, sentindo uma lágrima grossa correr de maneira repentina, desavisada, pela minha bochecha esquerda. — Ele me deixou aqui sozinho, e eu não sei o que fazer!

— Me escuta, Silas. Você não está sozinho. Ouviu? Eu estou aqui. Você sabe disso.

Mittenwool estava me encarando diretamente quando falou essas palavras.

— Eu sei, mas... — Hesitei, enxugando o rosto com as costas da manga. Estava com dificuldade de encontrar as palavras certas. — Mas... Mittenwool, eu não posso ficar aqui. Não posso. Alguma coisa está me dizendo para procurar o Pai. Sinto no fundo do meu coração. Preciso procurá-lo. O pônei veio me buscar. Você não vê? Ele veio me buscar.

Mittenwool suspirou e baixou os olhos, balançando a cabeça.

— Eu sei que parece doido — completei. — Meu Deus, talvez eu seja doido *mesmo*. Estou aqui, no meio da lama, discutindo com um fantasma sobre um pônei que surgiu do nada. Com certeza parece doideira!

Mittenwool fez uma careta. Eu sabia que ele não gostava da palavra *fantasma*.

— Você não é doido — disse ele baixinho.

Eu o encarei, implorando com o olhar.

— Vou só até o limite da Floresta. Prometo não passar disso. Se eu partir agora, consigo voltar antes de escurecer. São só umas duas horas de viagem, né?

Mittenwool olhou ao longe, para o cume. Eu sabia no que ele estava pensando. Talvez eu estivesse pensando na mesma coisa. Eu tinha pavor da Floresta desde pequeno. O Pai tentou me levar lá para caçar uma vez, quando eu tinha uns oito anos, e eu literalmente desmaiei de medo. Sempre vi todo tipo de formas malignas em árvores. Acho que não é mera coincidência que eu tenha sido atingido por um raio quando estava perto de um carvalho.

— E o que você vai fazer quando chegar à Floresta? — rebateu Mittenwool. — Vai dar uma olhada, dizer tchauzinho e voltar para casa? Qual é o sentido disso?

— Pelo menos vou ter certeza de que o Pai não está tão perto daqui que eu poderia ter ajudado. Vou ter certeza de que não está caído numa vala por aqui, em perigo ou machucado ou... — Minha voz falhou. Eu olhei para ele. — Por favor, Mittenwool. Eu preciso ir.

Ele virou o rosto e ficou de pé, mordendo o lábio inferior. Mittenwool sempre fazia isso quando estava pensando.

— Está bem — disse, enfim, com um tom pesaroso. — Você ganhou. Não adianta discutir com uma pessoa que sente algo no fundo do coração.

Abri a boca para falar.

— Mas você não vai sair por aí descalço! — interrompeu ele. — Ou sem casaco. E esse pônei precisa de água. Então uma coisa de cada vez. Vamos levar o bicho até o cocho, dar um pouco de aveia para ele e preparar alguns suprimentos para você. Depois disso, tudo bem, vamos até o limite da Floresta procurar o Pai. Combinado?

Eu sentia minha pulsação vibrando nas orelhas.

— Isso significa que você vem comigo? — perguntei. Não tive coragem de pedir.

Ele ergueu as sobrancelhas e sorriu.

— Mas é claro que vou com você, seu bobalhão.

A história do eu te amo é uma história sem fim.

— Anônimo
"The Riddle Song"

1

Sei que isso vai parecer improvável, mas me lembro do dia em que minha mãe morreu. Eu estava na barriga dela durante a maior parte do tempo, e conseguia ouvir seu coração bater como um passarinho agitado durante o trabalho de parto. Quando finalmente vim a Ser, o Pai me colocou nos braços dela, eu me remexi, e ela sorriu, mas o passarinho agitado em seu peito já estava prestes a voar, então ela me devolveu para o Pai pouco antes de sua alma deixar o corpo. Eu vi com meus olhinhos de bebê, e me lembro mesmo agora, com toda a clareza, da alma se erguendo de seu corpo como a fumaça que emana da fogueira.

Ouvindo isso, sei que você pode pensar que Mittenwool gravou, de alguma forma, a imagem do meu nascimento nas minhas lembranças, mas não é o caso. Eu me lembro de tudo com uma clareza aguda. Os olhos da Mãe, seu sorriso, por mais cansada que estivesse, chateada por não poder passar mais tempo comigo neste mundo.

Não sei por que eu estava pensando nas circunstâncias do meu nascimento enquanto me afastava de casa. É estranho como a mente vai para lugares imprevisíveis em momentos difíceis. Eu devia estar pensando na Mãe antes mesmo de sair de casa, pois que outro motivo eu teria para trazer seu violino bávaro em uma viagem aparentemente curta? Lá estava ele, seu estojo pendurado no gancho perto da porta, onde passara doze anos sem nunca ser aberto, mas sempre sendo amado. Sem qualquer motivo, eu o peguei e o levei comigo. Vale notar que minhas mãos já carregavam um pedaço de corda, uma faca e um cantil com água, além de uma sacola com pão e carne salgada. Todas essas coisas faziam sentido para a jornada. Mas um violino? Isso não fazia sentido. Só consigo pensar que, às vezes, a vida sabe para onde está indo antes da gente, e, em algum lugar dentro de mim, nos rincões do meu coração, eu sabia que nunca mais voltaria para casa.

2

O pônei seguia lentamente pelos campos de grama alta, permitindo que Mittenwool andasse em passo tranquilo ao nosso lado, mas Argos não estava interessado em acompanhar o ritmo. Não importava o quanto eu implorasse para ele se apressar, ou quantas vezes estalasse a língua para chamá-lo, meu cachorro de uma orelha só nos seguia com indiferença, naquele seu passo cansado. Quando finalmente chegamos ao cume, ele olhou para mim como se dissesse: *Vou voltar agora, Silas. Tchau!* E deu meia-volta, partindo para casa sem um pingo de sentimentalismo.

— Argos! — chamei, minha voz pesada no ar úmido. Fiz menção de virar o pônei para ir buscá-lo.

— Deixe ele ir — disse Mittenwool. — Ele vai chegar bem em casa.

— Não posso deixá-lo voltar sozinho.

— Esse cachorro sabe se virar, Silas. Se ficar com fome, vai para a casa do velho Havelock como sempre faz. Além disso, você vai estar em casa antes de escurecer. Não é? Foi o que me prometeu.

Eu assenti, pois essa realmente era minha intenção naquele momento.

— Sim.

— Então deixe ele voltar para casa. Agora podemos seguir um pouco mais rápido, sem ter que esperar aquele lerdão.

Mittenwool correu para o outro lado do cume, que era coberto de grama curta e tinha pequenos arbustos venenosos entre longos trechos de arenito. Por esse motivo, a área era inóspita para plantações e os arredores tinham um aspecto desolado, sendo possível andar por horas sem encontrar ninguém. Nenhum fazendeiro tocava nessa terra. Nenhum rancheiro se aproximava. Planícies Esquecidas, era como deveriam colocar no mapa.

Respirei fundo e esporeei de leve o pônei para ele acelerar atrás de Mittenwool. Eu estava com medo que o bicho se assustasse e me derrubasse, ou então que desembestasse em uma corrida desenfreada. Em vez disso, ele começou um trote extremamente suave. Era como se estivesse flutuando a alguns centímetros do chão quando alcançamos Mittenwool.

— Olha só você na sua montaria alada — comentou ele, admirado.

Eu puxei as rédeas para diminuir a velocidade.

— Está vendo como ele desliza? Os cascos mal tocam o chão.

Mittenwool sorriu.

— É um belo cavalo — concordou.

— Ah, ele é mais do que isso — respondi, me inclinando para a frente e dando tapinhas carinhosos no pescoço do pônei. — Não é, Pônei? Você é mais do que isso, né? Você é um cavalo esplêndido.

— Vai chamá-lo assim? Pônei?

— Não. Ainda não sei como vou chamá-lo. Bucéfalo, talvez? Era o cavalo de Alexandre, o...

— Eu sei quem era Bucéfalo! — interrompeu Mittenwool, indignado. — E esse é um nome imponente demais. Pônei é bem melhor. Combina mais com ele.

— Não acho. Estou dizendo, tem alguma coisa muito especial neste cavalo.

— Não estou discordando. Mas ainda acho que Pônei é o nome certo para ele.

— Vou pensar em algo melhor, você vai ver. Quer cavalgá-lo comigo?

— Ah, estou bem assim. — Ele chutou um arbustinho seco com o pé descalço. Desde que eu o conheço, Mittenwool nunca usou sapatos. Camisa branca, calça preta, suspensórios. Um chapéu, às vezes. Mas nunca sapatos. — Embora eu admita que é muito esquisito andar neste chão.

— Deve ser por causa dos lambe-sal — falei, olhando em volta. — É aqui que o Pai procura brometo.

— É como andar em um lago que já secou.

— Me lembro de ele dizer que tudo isso aqui era oceano, milhares de anos atrás.

— Da última vez que viemos para cá, o solo não parecia tão quebradiço.

— Droga, Mittenwool, eu devia ter ido com ele.

— Do que você está falando? Você sabe que ele não teria deixado.

— Não estou falando da noite passada. Estou falando de todas as vezes que ele veio escavar o sal aqui. Todas as vezes que foi caçar na Floresta. Eu devia ter ido com ele.

— Caçar não é para todo mundo.

— Se eu não fosse tão medroso...

— Quem não teria medo de um urso? Esquece isso, faz muito tempo.

Balancei a cabeça.

— Eu devia ter acompanhado o Pai quando fiquei mais velho. Essa é a verdade.

Ele chutou o chão de novo.

— Bom, você está aqui agora, e é isso que importa. E sabe de uma coisa? Eu acho que o Pai vai ficar muito impressionado, Silas. Não de início, claro! Ele vai ficar fulo da vida por você ter desobedecido às ordens... E não diga que eu não avisei! Mas, depois de um tempo, ele vai ficar orgulhoso de você por ter feito isso, por ter a coragem de subir nesse animal estranho para ir procurá-lo sozinho.

Abri um meio sorriso apesar do meu humor.

— Ele não é um animal estranho.

— É, sim, e você sabe.

— *Você* que é um animal estranho.

— Engraçadinho.

— E eu não estou sozinho.

— Bom, o Pai acharia que sim.

— Me diga sinceramente: você acha que essa é uma missão inútil?

Ele olhou para a serra à nossa frente, afiada como um caco de vidro.

— Eu espero que seja — respondeu ele com franqueza. — Olhe, Silas. O Pai é um homem brilhante. Ele não teria ido com aqueles homens se não achasse que era a melhor coisa a fazer.

— Ele é *mesmo* um homem brilhante — concordei baixinho, e acrescentei: — Você acha que é por isso que ele foi levado? Será que tem alguma coisa a ver com a patente?

— Não sei. Talvez.

— Aposto que o sr. Oscar Rens, *seja-lá-qual-for-seu-nome*, provavelmente ouviu falar de um gênio morando em Boneville. Por isso mandou Rufe Jones oferecer uma proposta de trabalho. Você não acha?

Ele assentiu.

— Faz sentido.

— Quer dizer, todo mundo por aqui sabe que o Pai é um gênio. Não sou só eu que estou falando.

— Você me diz como se eu não soubesse.

— Eu sei que você sabe.

É claro que ele sabia. Desde que eu era pequeno, nós dois tínhamos consciência disso. Não havia assunto neste planeta todinho que o Pai desconhecesse. Não havia pergunta que não soubesse responder. Ele só precisava ler um livro uma vez para decorar todo o conteúdo — eu já o vi fazer isso! É assim que sua mente funciona. E há tantos livros, tantos artigos científicos guardados naquela mente poderosa. Se houvesse justiça no mundo, o Pai seria o Isaac Newton desta época. O Galileu. O Arquimedes! Mas quando você nasce pobre e é abandonado aos dez anos, o mundo pode ser difícil. Foi o que aconteceu com o Pai, até onde eu sei, do pouco que ele me contou ao longo do tempo. A verdade é que o Pai não fala muito sobre si mesmo. Sua vida é como um quebra-cabeça, e eu tento encaixar todas as pecinhas que conheço.

Mas que ele é um gênio de verdade, isso todos em Boneville sabem. As botas com a gavetinha no salto. Os ferrótipos coloridos. *Seu pai é um gênio!* Já ouvi isso tantas vezes de clientes satisfeitos que até perdi a conta. As pessoas reconhecem maravilhas quando as veem. E com o Pai, elas não sabem da missa um terço! Se tivessem ideia das maravilhas que o Pai inventou na nossa casa... A máquina de gelo mecânica? O aparelho de ar quente? A lâmpada de vidro que ilumina o ar? Haveria uma multidão querendo comprar essas coisas para a própria casa! O Pai poderia ser o homem mais rico da cidade se assim desejasse, só vendendo essas invenções. Mas ele não ligava para nada disso. Era para a Mãe que criava essas maravilhas. Foi para ela que construiu nossa casa e a encheu de todas as genialidades de sua mente. Ela tinha largado tudo para viver com o Pai, e ele queria lhe dar todo o conforto possível aqui no meio do nada. E foi isso que fez, por um tempo.

— Quem você acha que é esse tal de Mac Boat?

Eu estava meio dormindo em cima do Pônei.

— O quê? Ah, não sei.

— Desculpa, não sabia que você estava cochilando.

— Não estava cochilando. Só descansando os olhos. O Pônei sabe para onde estamos indo. Olha, nem estou segurando as rédeas.

Ergui as mãos para mostrar.

— Você o chamou de Pônei.

— Só até pensar num nome bom para ele. Ei, por que você perguntou isso?

— Perguntei o quê?

— Sobre o Mac Boat. Por que você se importa com ele?

— Não me importo. Estou um pouco curioso, só isso.

— Curioso com o quê?

— Nada. Não sei. Não comece a imaginar coisas.

— Não estou imaginando nada! Só não entendo por que você faria uma pergunta se não estivesse pensando em alguma coisa. E se está pensando em alguma coisa, eu prefiro que fale de uma vez o que é.

Mittenwool balançou a cabeça.

— Não estou pensando em nada que você também não esteja — respondeu ele, sério. Então tirou o chapéu do bolso traseiro, o vestiu e continuou andando à minha frente.

O Pai uma vez me perguntou, pois sempre teve curiosidade sobre o meu companheiro, se Mittenwool tinha sombra. A resposta é sim. Nesse momento, com o sol baixo nos campos brilhantes atrás da gente, a sombra de Mittenwool era uma seta longa e escura que apontava adiante para os limites do nada.

3

Chegamos à Floresta mais tarde do que eu imaginava, e paramos na beira das árvores, observando. Não havia um caminho fácil por ali, nenhuma área de árvores baixas antes da parte mais densa. Era como uma fortaleza feita de troncos imensos, se agigantando por trás de uma sebe de arbustos altos e espinhentos.

— Pai! — gritei para a muralha de árvores. Achei que haveria um eco, mas aconteceu exatamente o oposto. Era como se um cobertor invisível abafasse a minha voz. Parecia que eu estava emitindo o som mais baixo do universo. — Paaaaaaaaaaai!

Pônei recuou alguns passos, como se estivesse abrindo espaço para uma resposta. Mas ela não veio. Tudo que ouvi foram os pios das aves na penumbra e o coro poderoso dos insetos da Floresta.

— Viu algum sinal dele? — perguntei.

Mittenwool estava agachado um pouco à minha frente, tentando enxergar entre os galhos.

— Não.

— E pegadas, ou rastros de cavalos? Talvez a gente consiga descobrir por onde eles entraram — insisti, procurando sinais de passagem.

Desci do Pônei e caminhei até Mittenwool, deixando o animal pastando nos matinhos que brotavam entre trechos de pedra.

— A chuva limpou tudo — disse Mittenwool.
— Continue procurando.
— Chame ele de novo.
— Paaaaaaaaaaaai! — berrei, com as mãos em concha em torno da boca para ver se, dessa vez, minha voz conseguia atravessar a muralha de árvores.

Nós esperamos, atentos, por uma resposta. Mas o silêncio se manteve.

— Bom, ele não está aqui — anunciou Mittenwool.
— Que alívio, hein? Você estava com medo de encontrá-lo em uma vala, e obviamente isso não aconteceu. Então é uma boa notícia. Espero que esteja se sentindo melhor.

Dei de ombros e assenti ao mesmo tempo, olhando para o céu lilás atrás de mim. As margens das nuvens escuras começavam a brilhar como brasas. Mittenwool seguiu meu olhar.

— Só temos mais uma hora de sol. É melhor voltarmos para casa.

— Eu sei — disse, mas não me mexi.

Em vez disso, voltei a observar as árvores, tentando lembrar o que o Pai tinha me falado da última vez que fomos à Floresta. *Essa mata é antiga, Silas. As pessoas caçam aqui há milhares de anos. Ainda é possível ver as trilhas que elas deixaram, se você souber procurar.*

Mas eu não sabia procurar. Nunca aprendi, porque sempre fui medroso demais para acompanhá-lo.

— Eu devia ter vindo com ele — resmunguei comigo mesmo.

— Deixa isso para lá, Silas.

Eu não respondi, só andei de um lado para outro em frente à muralha, procurando um ponto de entrada óbvio, uma abertura pela qual eu pudesse me esgueirar. As cascas ásperas da primeira fileira de árvores eram cinzentas, quase pretas, até nos pontos em que o sol baixo as iluminava. Ao longe, parecia que a noite já havia caído dentro da Floresta.

Comecei a chutar os arbustos espinhosos.

— O que você está fazendo? — perguntou Mittenwool.

Eu o ignorei. Só continuei procurando um jeito de entrar.

— Silas, por favor. Você prometeu. Está na hora de voltar para casa.

— Eu te falei que queria dar uma olhada lá dentro.

— Está se esquecendo do que aconteceu da última vez?

— É claro que não! Você não precisa me lembrar!

— Pare de gritar!

— Então pare de discutir comigo.

Fiquei irritado por ele achar que eu precisava de um lembrete. Como se eu pudesse me esquecer do dia em que fui para lá segurando a mão do Pai. Passei semanas esperando para caçar com ele na Floresta. No entanto, logo que entramos, comecei a me sentir esquisito. Minha cabeça começou a doer. Era um dia de primavera, e as árvores estavam cheias de flores, mas senti um arrepio invernal dentro de mim. Veio de repente, como uma onda fria atravessando meu corpo.

Pai, não gosto daqui. Acho melhor a gente ir para casa.

Você vai ficar bem, filho. É só segurar a minha mão.

Ele não tinha como saber que o terror tomava conta de mim.

Que barulho é esse?

São só pássaros, Silas. Conversando uns com os outros. Só pássaros.

Mas não me pareciam ser pássaros. Parecia algo estranho e triste, como gritos e choros, e, quanto mais entrávamos na Floresta, mais alto o barulho ficava. Então, de repente, as árvores ganharam vida ao meu redor, inquietas e quase humanas, com seus galhos tremendo. Eu comecei a chorar, fechei os olhos e tapei os ouvidos.

Pai, me tira daqui! Tem alguma coisa vindo das árvores!

Eu nem sei o que vi ou pensei ter visto, pois assim que gritei, caí no chão. Desmaiado. Mittenwool depois me contou que meus olhos até reviraram. Eu não tenho lembranças do Pai me carregando para fora da Floresta. Só me lembro de despertar na carroça, o Pai inclinado sobre mim, jogando água no meu rosto e tirando o cabelo grudado na minha testa. Eu estava tremendo em seus braços.

Eu vi alguma coisa, Pai! Eu vi alguma coisa nas árvores.

Você está com febre, Silas, disse ele.

O que tinha nas árvores, Pai?

Mais tarde, quando eu já estava me sentindo melhor e nós conversamos sobre o que havia acontecido, o Pai colocou na minha cabeça a ideia de que eu talvez tivesse visto um urso. Ele até sugeriu que meus olhos de lince provavelmente salvaram a nossa vida, embora eu soubesse que ele só estava dizendo aquilo para eu me sentir melhor. Será que eu tinha visto mesmo um urso? Talvez sim.

— Deve ter alguma trilha para a Floresta — falei, frustrado por estar bem ali, na beira da muralha, sem conseguir entrar. — Você não lembra como a gente entrou da última vez?

Mittenwool, com os braços cruzados, inclinou a cabeça para o lado.

— Não acredito que você vai descumprir a sua promessa, Silas.

— Eu falei que queria dar uma olhada! Não vou entrar muito, é claro. Não sou burro. Por favor, você deve se lembrar do caminho.

Ele ergueu os olhos.

— Sinceramente, não lembro, Silas. Essas árvores são todas iguais para mim.

Eu não acreditei nele.

— Droga!

— Que tal irmos para casa agora e voltarmos amanhã de manhã?

— Não! O Pai passou por aqui não faz nem doze horas! Tem que ter algum sinal dele! Por favor, Mittenwool, me ajuda. Eu só quero entrar e dar uma olhada rápida, só isso.

— Para quê? O que exatamente você acha que vai encontrar?

— Eu não sei! — exclamei, chorando.

— Você não está pensando direito, Silas.

A calma com que ele falou isso me deixou furioso.

— Tudo bem, então, não me ajude — murmurei, desembainhando a faca. — Você nem consegue me ajudar mesmo, com esses braços vazios.

Comecei a atacar os arbustos à minha frente, cortando de um lado para outro, afastando os galhos espinhosos. No entanto, depois de mais ou menos um minuto, vi que meu trabalho era inútil. Era como tentar romper cabos de aço.

— Droga, droga, droga! — gritei, jogando a faca no chão e me sentando de pernas cruzadas, com os cotovelos nos joelhos e o rosto apoiado nas mãos ensanguentadas.

— Silas.

Ele tinha parado atrás de mim.

— Para! — exclamei. — Eu sei! *Eu não estou pensando direito!*

— Olha o Pônei ali. Olha para trás.

Levei um segundo para absorver as palavras, pois estava mergulhado demais na minha própria tristeza para compreendê-las. Quando percebi o que Mittenwool estava dizendo, me virei para olhar Pônei. Ele não estava no mesmo lugar. Tinha caminhado alguns metros para a frente e estava parado no meio de um emaranhado de arbustos, de cabeça erguida e orelhas atentas, com o rabo negro balançando. Observando a Floresta.

4

Andei até lá devagar e com cuidado para não assustá-lo. Não queria distraí-lo do que quer que estivesse olhando. Ele nem piscou quando me aproximei.

Segui seu olhar e percebi, entre dois dos arbustos mais espinhosos que já vi na vida, uma abertura estreita na mata. A rachadura na muralha tinha o tamanho de um homem.

— Ora, veja só! — gritei para Mittenwool. — Eu não disse? O Pônei me ajudou, *sim*, a encontrar a trilha, exatamente como eu imaginei!

Mittenwool suspirou.

— Bom, eu e os meus *braços vazios* não sabemos de nada mesmo, né?

— Ah, que isso, eu falei da boca para fora.

Ele encolheu os ombros, enfiou as mãos nos bolsos do casaco e fez uma cara feia.

— Então tá, pode ficar choramingando! — gritei para ele. — O fato é que eu estava certo. Ele me trouxe para cá como eu disse que faria. Não é verdade, Pônei?

Eu estava parado na frente de Pônei, meu rosto mais ou menos na altura do dele. De repente, ele tocou o focinho suavemente na curva do meu pescoço. Como falei, eu ainda não sabia muita coisa sobre cavalos e seus hábitos, então não esperava esse gesto de afeto. Se o Burro tivesse enfiado o focinho em mim, seria para me morder, pois ele era um bicho velho e ranzinza. Mas o Pônei era bem diferente do Burro.

Encarei o Pônei por alguns segundos, ainda um pouco chocado, depois cuidadosamente me ergui na sela. Eu ainda não tinha muita habilidade nisso, mas ele ficou parado enquanto eu subia.

— Você vai mesmo entrar na Floresta, Silas? — perguntou Mittenwool, incrédulo.

Ele estava parado atrás de mim, então me virei para responder. O sol estava se pondo diretamente atrás dele. Parecia que os raios atravessavam seu corpo.

— Já disse que sim — respondi. — Eu sinto no fundo do meu coração. Não consigo explicar melhor do que isso.

Ele deu de ombros, derrotado.

— Você sabe que metade do seu rosto está coberto de sangue, né? — apontou.

Baixei os olhos para as minhas mãos ensanguentadas. Só podia imaginar como estava a minha cara, mas nem tentei me limpar.

— Você vem comigo ou não?

Mittenwool respirou fundo.

— Eu falei que iria.

Abri um sorriso agradecido, e ele deu de ombros novamente, insatisfeito. Em seguida, cutuquei Pônei com os calcanhares para fazê-lo andar. Não que eu precisasse. Ele sabia que devia ir, e sabia para onde ir. Devagar, com cautela, ele passou pelo mato, depois se esgueirou pela rachadura na muralha. Era só um espacinho, suficiente para um menino pequeno em um cavalo pequeno. Imaginei o Pai, alto como era, naquele cavalo imenso, tendo que se abaixar para passar pela fenda.

Então entramos na Floresta, e estava escuro.

A trilha, se é que poderia ser chamada de trilha, era um vale raso serpenteando por entre as árvores. Os galhos se emaranhavam logo acima da minha cabeça, como longos dedos ossudos entrelaçados em oração. Me lembrei do teto abobadado da única igreja em que entrei, em Boneville, a qual o Pai me levou uma vez depois que admiti ter uma ligeira curiosidade sobre o "varão de dores". Uma visita bastou para mim, o que agradou o Pai, pois ele não era crente. Eu não era descrente.

Quanto mais eu me aprofundava na Floresta, mais meu coração disparava. Minhas bochechas estavam quentes. O ar era pesado e cheirava a seiva e terra molhada. Eu me sentia trêmulo.

— Tudo certo aí, Silas? — perguntou Mittenwool atrás de mim. Eu sabia que ele tinha visto a minha ansiedade, assim como eu sabia que ele não estava mais chateado comigo.

— Tudo certo — respondi, tentando controlar a respiração.

— Você está indo muito bem.

— É que ficou tão frio de repente.

— Seu casaco está abotoado?

— Já falei que está tudo certo!

Eu achava um tanto irritante como ele às vezes ficava no meu pé.

— Ok. *Fique firme* — respondeu ele calmamente.

Essa era uma expressão do Pai.

Eu abotoei o casaco.

— Desculpa. Pelo negócio dos *braços vazios*.

— Não se preocupe com isso. Só se concentre na missão.

Assenti, nervoso demais para dizer qualquer outra coisa. Embora eu estivesse congelando, também comecei a suar. Meus dentes estavam batendo. Meu coração estava disparado.

Fique firme, ordenei a mim mesmo, juntando as mãos em torno da boca para aquecê-las.

— "*Passar bem*" — Mittenwool começou a cantarolar. — "*Eu devo te deixar e partir por um tempo...*"

Era uma música que ele cantava para mim quando eu era pequeno e não conseguia dormir.

— Para com isso — sussurrei, envergonhado. Porém logo depois: — Não, continua.

— "*Mas se dez mil milhas tiver que atravessar, eu voltarei, tens meu juramento.*"

Ele murmurou o próximo verso tão baixinho que a música se misturou com o som dos cascos de Pônei e com o barulho da Floresta. Era como um ruído distante, e admito que me acalmou. Para ser sincero, era um grande conforto ter Mittenwool ali comigo. Decidi ser menos impaciente com ele.

Perto do ponto de entrada, a trilha levava a uma rocha plana, que se erguia inclinada do chão. Fiz Pônei subir por ela e, quando ele estava no ponto mais alto, me levantei nos estribos para olhar em volta.

— Está vendo alguma coisa? — perguntou Mittenwool.

Balancei a cabeça. Minha pele já estava toda arrepiada. Minhas mãos tremiam.

Mittenwool subiu ao meu lado.

— Por que você não o chama mais uma vez, e aí a gente vai para casa?

— Paaaaaaaai! — berrei no ar úmido.

Ouvi o grito assustado de uma multidão de criaturas invisíveis da Floresta, que grasnaram e guincharam em resposta. Eu podia sentir, embora não visse, pequenos movimentos nos galhos ao redor, como se o vento os sacudisse. Quando essa agitação parou, esperei por um som mais familiar. *Silas, estou aqui, filho. Venha cá.* Mas nada aconteceu.

Gritei muitas outras vezes, e em cada uma delas ouvi a mesma mistura de barulho e silêncio.

Só restava uma luz bem fraca àquela altura. O ar era azulado, as árvores eram pretas. Talvez no verão, quando os galhos estivessem cheios de folhas, fosse possível dizer que a Floresta era verde. Mas naquele momento, até onde meus olhos podiam ver, não havia outras cores no mundo que não azul e preto.

— Vamos. Você fez tudo que podia — disse Mittenwool. — É melhor a gente voltar antes que fique escuro demais para achar a trilha.

— Eu sei — respondi baixinho.

Ele tinha razão. Eu sabia que tinha. Mesmo assim, eu me vi incapaz de me mover, de virar Pônei e voltar para casa.

Estava me sentindo trêmulo desde que chegamos, com os batimentos pulsando nas orelhas, mas esse ribombar estava mais alto agora. Era como um tambor. *Bum. Bum.* Vindo de dentro de mim. Acelerando.

Se misturando com o zumbido incessante da Floresta. O murmúrio de criaturas imperceptíveis, o chacoalhar dos galhos, o movimento da cauda de Pônei, o zunido dos insetos, o som úmido dos cascos na terra instável. Parecia que aqueles barulhos estavam me atropelando, invadindo meus ouvidos como um rio. E de repente, a lembrança do que eu ouvira tantos anos atrás, quando estava com o Pai e tinha ficado tão assustado, tomou conta de mim. Pois eu comecei a ouvir tudo aquilo de novo.

Um estrondo. Sussurros e gemidos por todos os lados. Era isso que eu tinha ouvido na época. O rugido abafado de vozes.

Contudo, dessa vez preparei os meus nervos e disse a mim mesmo que eram apenas ilusões da mente. Minha *imaginação fértil* trabalhando, como o Pai disse uma vez. *Não são vozes*, pensei, *são só os sons da Floresta*.

Mesmo assim, por mais que eu tentasse ouvir esses sons da Floresta, só conseguia escutar palavras estranhas, os zunidos e murmúrios de palavras subindo e descendo no ar. Se fechando ao meu redor. Como se fossem trazidas pela névoa. O ar estava tão carregado de palavras que tive a sensação de que poderia me engasgar com elas. Era como se fossem invadir minha garganta e minhas narinas. Inundar meus ouvidos. Derreter meus ossos.

— Silas, temos que ir embora *agora*! — gritou Mittenwool.

— Sim! — guinchei, e tentei girar o Pônei.

Mas seus músculos resistiram, tensos, sob minhas pernas. Suas orelhas se agitavam loucamente. Ele balançou a cabeça e deu alguns passos cautelosos para trás, descendo pela pedra. Puxei as rédeas com força, pois estava completamente apavorado. Só queria dar a volta e fugir da Floresta o mais rápido possível. Porém esse impulso o assustou, ou talvez ele estivesse ouvindo o mesmo que eu. O que quer que fosse, algo fez com que Pônei pinoteasse de repente. Ele disparou da rocha, com o rabo erguido, o pescoço para a frente, galopando a toda velocidade. Para a direita e para a esquerda, ele ia desviando das árvores, enquanto eu me agarrava à sua crina para não cair, curvado sobre seu pescoço para evitar que algum emaranhado de galhos arrancasse a minha cabeça. Ainda assim, meu rosto foi arranhado e ferido.

Não sei por quanto tempo Pônei correu desse jeito desembestado. Dez minutos, uma hora? Algumas centenas de metros ou dez mil quilômetros? Quando ele finalmente diminuiu a velocidade, com o pelo molhado de suor, eu continuei encolhido. Não ergui o rosto de seu pescoço. Meus dedos permaneceram entrelaçados em sua crina. Ele estava ofegante, assim como eu, e senti seu coração pulsando sob minha perna direita. Nem sei quanto tempo se passou até ele parar por completo, mas mesmo assim demorei para abrir os olhos.

Eu não fazia ideia de onde a gente estava. A essa altura, mal conseguia diferenciar céu e terra. O mundo inteiro parecia retorcido aos meus olhos. Chegamos a um tipo de clareira, cercada de árvores finas e desfolhadas que mais pareciam postes. Já tinha escurecido. Ainda não era um breu, mas tudo era sombra. Pelo menos o lugar estava quieto. Isso eu notei de cara. Não havia vozes abafadas. Não havia palavras pairando no ar para me sufocar.

— Mittenwool? — chamei baixinho, pois não o sentia perto de mim.

Eu me sentei para olhar em volta, mas não vi sinal dele.

Já disse que Mittenwool é meu companheiro desde sempre, mas isso não significa que ele esteja ao meu lado o tempo todo. Ele vai e vem como bem entende. Posso ficar horas sem vê-lo. Às vezes, um dia inteiro se passa sem que eu tenha sequer um vislumbre de Mittenwool. Mas ele sempre volta à noite. Eu o vejo caminhando pelos arredores, ou sentado na cadeira do meu quarto, assoviando ou contando alguma piada, me fazendo companhia até eu cair no sono. Por isso, eu estava acostumado com suas ausências. Mas nesse momento, no meio da Floresta diabólica, a ideia de não tê-lo por perto me causou um pânico indescritível. Pela primeira vez na vida, me ocorreu que eu poderia perder Mittenwool. Ou que ele poderia me perder. Eu não sabia as regras da nossa existência conjunta.

— Mittenwool! — gritei. — Cadê você? Está me ouvindo? Por favor, apareça!

Ouvi um galho quebrando e me virei. No limite da clareira, um velho troncudo, com uma barba branca como a neve, apontava uma pistola brilhante e prateada para mim.

— Mas que diabos?! — disse o velho, surpreso ao me ver.

— Não atire, por favor! — exclamei, erguendo as mãos. — Eu sou só um menino.

— Estou vendo. O que você está fazendo aqui?

— Eu me perdi.

— De onde você veio?

— De Boneville.

— Quem é Mittenwool?

— Estou procurando meu pai.

— Mittenwool é seu pai?

— Eu estou perdido! Por favor, me ajude.

O velho pareceu confuso e soltou um suspiro. Ouvi naquele som certa irritação, como se ele lamentasse ter me encontrado. O velho guardou a arma.

— Você não devia estar aqui sozinho, moleque — disse com uma voz rabugenta. — Um menino do seu tamanho. Tem panteras nessa Floresta que são capazes de abrir sua barriga e chupar seus ossos num piscar de olhos. Melhor descer do cavalo e vir comigo. Montei acampamento a uns cem metros daqui. Venha rápido. Eu estava prestes a acender uma fogueira.

E foi assim que conheci Enoch Farmer.

5

Quando os acontecimentos não têm muito sentido, nossa tendência é não fazer muitas perguntas. Eu desci do Pônei, puxei-o pelas rédeas e segui o velho para fora da clareira, passando por uma área de árvores emaranhadas.

— Se vir algum galho grande no caminho, pode pegar — instruiu ele, sem olhar para trás. — Mas evite álamo. Faz uma fumaça escura horrenda. Precisamos de acendalha também, então tente catar alguns gravetos de pinheiro. Cuidado para não se machucar, eles são pontudos como agulhas.

O homem continuou andando enquanto eu o acompanhava uns cinco passos atrás, até chegarmos a um riachinho, estreito a ponto de eu conseguir pular por cima. Do outro lado, havia uma pequena clareira com um amontoado de bordos pontilhados de flores vermelhas. Perto das árvores, havia uma pilha bagunçada de lenha queimada e cinzas de fogueiras anteriores. Joguei no montinho os galhos e gravetos que tinha reunido, depois levei Pônei para um bordo caído a uns três metros dali. Era onde a montaria do velho, uma égua marrom-escura com olhos bem juntos, estava amarrada a um galho. No momento em que nos aproximamos, a égua mostrou os dentes para nós, como se fosse um cachorro agressivo, mas Pônei nem lhe deu atenção. Só abanou o rabo, sem oferecer qualquer outra resposta, enquanto eu o amarrava a uma curta distância.

Quando voltei à pequena clareira, o velho estava parado ao lado do monte de lenha, cutucando a pilha de brasas.

— Você trouxe fósforos? — perguntou, sem olhar para mim.

— Sim, senhor — respondi, tirando uma caixa da minha bolsa.

— Você já acendeu uma fogueira antes?

— Só num fogareiro. Assim, em campo aberto, não.

— Se você não consegue acender uma fogueira aqui, moleque, já está quase morto. — Ele se sentou pesadamente, esfregando os nós dos dedos nas costas. — Vou te mostrar como se faz. Qual é o seu nome?

— Silas Bird.

— Meu nome é Enoch Farmer — disse ele. — Você trouxe alguma coisa para comer, Silas Bird?

— Só um pouco de carne salgada e pão.

— Eu estava caçando um coelho quando você apareceu — retrucou ele asperamente, arrancando as botas. — Mas estou cansado demais para caçar agora.

— O senhor pode ficar com um pouco da minha comida.

Ele abriu um sorriso gentil ao ouvir isso.

— Ora, obrigado, Silas Bird. Que nome engraçado. — Sua barba parecia uma vassourinha branca pendurada na cara. — Então, Silas Bird, por que você não começa a fogueira enquanto eu descanso minhas costas doloridas aqui, e a gente faz um ensopado com a sua carne salgada? Aí você pode me contar o que diabos está fazendo neste lugar, no meio do nada. De acordo?

— Sim, senhor.

— E é bom você limpar o rosto. Está sujo de alguma coisa.

— Sim, senhor — respondi, cuspindo na palma da mão para limpar o sangue que tinha secado.

— Isso é sangue? Você se machucou?

— Não, senhor.

Ele esfregou as mãos, me observando com cautela, então me mostrou como fazer uma fogueira, como empilhar a madeira e onde tocar fogo na acendalha. Ele não falava, só grunhia as palavras. Logo descobri que era o tipo de homem que arrotava, peidava e xingava sem inibições. Muito diferente do Pai.

Consegui acender a fogueira, então ele me mandou arrancar um pedaço da casca de uma árvore e entortá-la em formato de pote, que usei para ferver a água. Colocamos a carne salgada dentro e fizemos um belo ensopado, que comi junto com o pão. Eu não tinha percebido como estava com fome.

Ele acendeu o cachimbo e me encarou com curiosidade enquanto eu comia. O pote ainda estava pela metade quando o ofereci para ele, mas o velho recusou com um gesto.

— Não estou com tanta fome, afinal — falou ele, bruscamente. — Pode terminar.

— Obrigado.

— Então — disse ele, depois que eu já estava satisfeito —, acho que está na hora de você me contar a sua história, Silas Bird. Como diabos você veio parar aqui no meio da Floresta?

O fogo me aquecia. A comida me acalmava. Eu ainda não tinha parado para pensar muito na minha situação, de tão concentrado que estava em cada desafio. Assim, quando ele me ofereceu algo como companheirismo, senti as emoções transbordarem. Fingi que estava secando os olhos por causa das fagulhas e da fumaça, mas, na verdade, era o efeito de todos os acontecimentos do dia. Contei a ele o que tinha acontecido até então. Como três homens a cavalo apareceram e levaram o Pai no meio da noite. Como Pônei tinha voltado para me buscar, o que me pareceu um sinal para ir atrás do Pai. Como fui parar na Floresta. E como estava perdido. Fim.

O sr. Farmer assentiu, absorvendo aquilo tudo, como se estivesse inspirando minha história junto com a fumaça do cachimbo. Nuvens sinuosas saíam de suas narinas em forma de gavinhas. Seus dedos, curvados em volta do cachimbo, eram grossos e retorcidos.

— Então, esses sujeitos — disse ele, enfim — apareceram do nada, sem explicação? Seu pai nunca tinha visto aqueles homens? Nunca tinha encontrado com eles?

— Não, senhor.

— O que o seu pai faz da vida?

— Ele é sapateiro por profissão, mas agora é um colodiotipista.

— Um colodi-*o-quê*?

— É um tipo de fotógrafo.

— Como um daguerreanista?

— Isso.

— Qual é o nome dele?

— Martin Bird.

O sr. Farmer retorceu a barba, como se estivesse assimilando o nome.

— Então, quem é o tal de Mittenwool que você estava chamando?

Eu não tinha mencionado Mittenwool em nenhuma das minhas explicações. Estava torcendo para que ele tivesse esquecido os gritos de antes. Baixei os olhos e não respondi.

— Olha, meu filho — começou o sr. Farmer. — Você está em maus lençóis, aqui sozinho. Foi pura sorte ter parado nesta parte da Floresta e não no Brejo. Aquele pântano vai te comer vivo. Se eu não tivesse te encontrado, sinceramente, não sei o que teria acontecido com você. Então não me importo de te tirar daqui amanhã de manhã, embora seja fora do meu caminho. Mas você tem que ser honesto comigo, Silas Bird. Você veio sozinho, ou tem mais alguém por aí com quem eu preciso me preocupar?

— Você não precisa se preocupar com mais ninguém.

Ele estreitou os olhos e franziu a testa, me avaliando.

— Eu tenho um neto da sua idade, sabia? — comentou ele. — Você tem o quê, nove, dez anos?

— Tenho doze.

— Sério? — disse, achando graça. — Você é pequeno para a sua idade, não é? Olhe só, Silas Bird. — Ele enfiou a mão no bolso do casaco e tirou um distintivo de metal, erguendo-o acima do fogo para que eu pudesse ver. — Você sabe o que é isso?

— É um distintivo.

— Exatamente. Eu sou um delegado federal dos Estados Unidos — explicou ele. — Estou rastreando uns criminosos que estão seguindo para leste. Recebemos a denúncia de que eles se esconderam em uma caverna do outro lado da ravina grande. Estão uns três dias à minha frente. Pode ser que eu e você estejamos procurando o mesmo grupo.

— Você está procurando por Rufe Jones? — perguntei, animado.

— Não conheço esse nome.

— Seb e Eben Morton? São irmãos.

— Não. Foram esses homens que levaram o seu pai?

Eu assenti.

— Eles estavam a mando de alguém chamado... Oscar alguma coisa? Não me lembro direito. — Enquanto falava, outro nome voltou à minha mente. — E Mac Boat? O senhor conhece? — soltei sem pensar.

A isso, enfim, o sr. Farmer reagiu.

— Mac Boat?! — exclamou ele, com as sobrancelhas erguidas. — Mac Boat era um dos homens que levaram o seu pai?

Sua resposta fez com que eu me arrependesse imediatamente de ter falado o nome em voz alta. Não sei por que fiz isso. Devia ter ficado de boca fechada.

— Não — respondi. — Eles só mencionaram esse nome. Não sei por quê.

— Bom, Mac Boat é um dos fugitivos mais procurados por aqui! — crocitou ele, quase com admiração. — Não ouço esse nome há anos. Mas, se ele tem alguma conexão com o que aconteceu com o seu pai, então nossos caminhos realmente estão ligados, moleque. Porque os homens que estou rastreando fazem parte da maior gangue de falsificação no Centro-Oeste. E Mac Boat, bem... Ele era um dos melhores falsificadores da história.

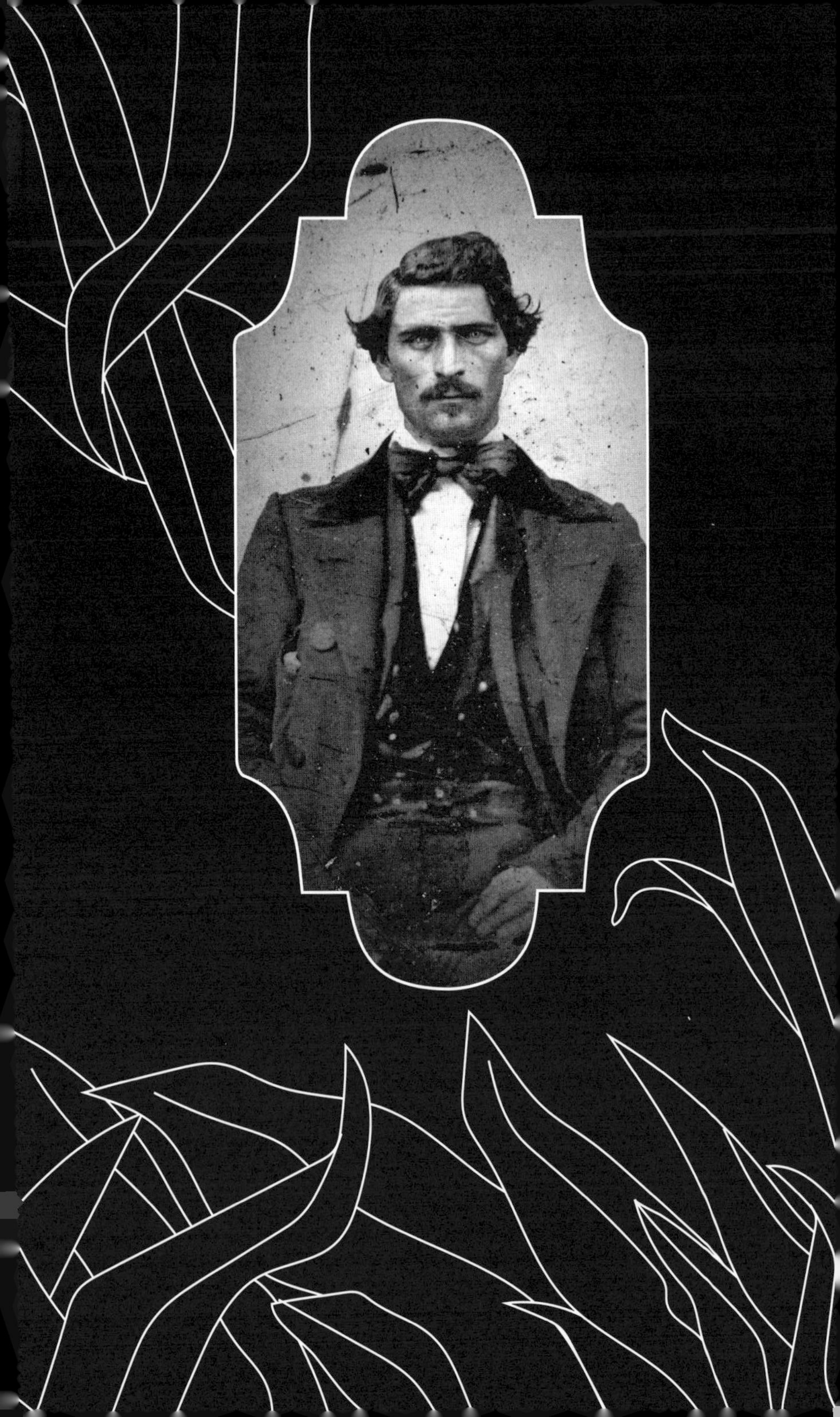

> **Sou um pobre estranho errante,
> viajando por este mundo de dores.**
>
> — Anônimo
> "Wayfaring Stranger"

TRÊS

1

A memória é um negócio estranho. Algumas lembranças voltam de forma clara e vívida, como fogos de artifício em uma noite longa e escura. Outras são tão difusas quanto brasas que se apagam. Sempre procurei dar ordem à minha memória, mas, às vezes, fazer isso é como tentar guardar um raio em uma caixa.

Mas já derrotei um raio, então quem sabe.

Não me lembro exatamente de quando Mittenwool apareceu naquela noite, que foi a primeira de várias que passei na Floresta. Só me lembro de despertar enquanto o fogo estalava e de ver o dossel das árvores acima de mim, deixando visíveis apenas fragmentos do céu noturno, parecendo cacos de vidro. As estrelas pontilhavam a escuridão como minúsculas velas tremulando em algum lugar distante.

De onde vem a luz dessas estrelas?, me perguntei. Então: *O que há além dessas estrelas?*

Eu estava quase adormecendo.

— Silas — chamou Mittenwool.

— Mittenwool! — sussurrei, feliz, me sentando. — Você voltou!

O sr. Farmer estava dormindo do outro lado da fogueira. Dava para ouvir seus roncos altos. Mas eu não queria acordá-lo, então mantive a voz abaixo de um sussurro.

— Achei que tivesse te perdido — completei.

— Só levei um tempo para te alcançar — respondeu, sorrindo de forma tranquilizadora. Ele deu um tapinha na minha cabeça e se sentou ao meu lado. Foi só quando estiquei o braço para apertar sua mão que ele viu como fiquei aliviado. — Caramba, você achou mesmo que eu não ia te encontrar?

Balancei a cabeça, um pouco emocionado.

— Bobinho — disse ele gentilmente. — Olha só. A fogueira está se apagando. É melhor atiçá-la. Coloque mais madeira.

Até esse momento, não tinha percebido como estava com frio, embora usasse o cobertor da sela do Pônei para me cobrir. Mesmo congelando, eu me levantei e joguei mais alguns galhos grandes na fogueira. As labaredas se ergueram e fizeram um estrondo. Eu me sentei ao lado de Mittenwool e esquentei as mãos nos sovacos.

— Onde você estava?

— Ah, você sabe, por aí.

No geral, eu não fazia perguntas desse tipo para Mittenwool. Aprendi há muito tempo que ele era sempre vago sobre certos aspectos de seu Ser. Não porque preferia não responder a essas perguntas, acho, mas simplesmente porque ele mesmo não sabia. Sua própria origem era um certo mistério para ele.

— Quem é aquela pessoa dormindo ali? — perguntou.

— Um velho chamado Enoch Farmer. Ele me encontrou. É um delegado, está perseguindo alguns criminosos. Acho que podem ser os mesmos homens que levaram o Pai.

Mittenwool pareceu duvidar.

— Bom, essa seria uma coincidência e tanto.

— Não é coincidência. É coisa do Pônei. Ele me trouxe até o delegado. Te falei que era um sinal, ele voltar para mim. Está me levando até o Pai.

Mittenwool me deu um sorriso fraco.

— Espero que seja verdade.

— Eu sei que é.

— Ei, Silas, tenho que confessar… Ainda estou um pouco irritado com você.

— Por causa da coisa dos *braços vazios*?

— Não. Porque você não cumpriu a sua palavra e entrou na Floresta. Você tinha me prometido.

— Eu sei. Desculpa.

— Essa Floresta não é brincadeira, Silas. Você não devia estar aqui sozinho.

— Eu sei! Por isso foi bom o delegado ter me encontrado. Ele me mostrou como acender uma fogueira e como fazer uma tigela com casca de árvore. E também está me ensinando a rastrear uma pessoa.

Mittenwool coçou o queixo, pensativo.

— E você confia nele?

— Ele parece legal. Me falou que tem um neto da minha idade.

Meu amigo fez uma careta, ainda desconfiado, e disse:

— Bom, é melhor você dormir agora.

Eu deitei de novo e puxei o cobertor da sela até as minhas orelhas. Ele se deitou ao meu lado, apoiado nos cotovelos, encarando o céu. Virei de lado e estudei seu perfil por um tempo, uma paisagem que eu conhecia melhor que qualquer lugar do mundo. De vez em quando, a surpresa de ter Mittenwool tomava conta de mim. A estranheza de nós dois.

Hesitei em perguntar, porque não queria atrapalhar a tranquilidade do momento, mas perguntei mesmo assim:

— Você ouviu também, né? Logo antes de o Pônei fugir. Eu não estava imaginando.

Ele trincou os dentes.

— Não, eu também ouvi.

— Não era um urso, era? Daquela vez com o Pai?

— Não. Não era um urso.

— Quem são? O que são?

— Não sei muito bem.

— Eles são como você?

Mittenwool pensou por um segundo.

— Sinceramente, eu não sei. — Ele estava olhando para cima enquanto falava, para a mesma noite estrelada que eu. — Tem muitas coisas que eu não sei, Silas.

Assenti, pois me ocorreu que, se a vida é cheia de mistérios, a morte também devia ser.

— Acho que é meio como essa Floresta — continuou ele, reflexivo. — Ouvimos os cantos e sons vindos de todos os lados. Galhos caindo. Criaturas nascendo e morrendo na escuridão. Mas não conseguimos vê-las. Só sabemos que estão ali, né? Temos *consciência* de que estão ali. É assim com você, acho. Você é especial, Silas. Você tem consciência de coisas que outras pessoas não percebem. É um dom.

— Eu não quero nada disso. Não é um dom, é uma maldição.

— Mas pode te ajudar a encontrar o Pai.

Fiquei pensando sobre essa possibilidade.

— É verdade. E me permite ver você. Acho que já é alguma coisa.

Ele sorriu e me cutucou com o cotovelo.

— Não vá ficar sentimental, seu bobão.

Dei uma risadinha.

— Você que é o bobão!

— Shh!

Eu tinha começado a falar alto sem perceber. Olhamos para o sr. Farmer para ver se ele tinha acordado, mas o velho só se remexeu um pouco, depois virou de lado.

— Melhor a gente parar de falar, ou você vai acabar acordando o homem — disse Mittenwool. — Vá dormir. Tenho a sensação de que vai precisar ficar bem desperto nos próximos dias. Você precisa descansar.

— Mas você vai ficar aqui, não vai?

— É claro que vou. Agora feche os olhos.

Obedeci.

— Mittenwool?

— Hum?

— O que você acha do nome Gringolet? — sussurrei sem abrir os olhos.

— Esse não era o cavalo do sir Gawain? Parece meio pomposo para o Pônei.

— E Percival?

— Percival? Hum. Também não parece adequado.

— Não, acho que não.
— Agora vá dormir.
Eu assenti. Então caí no sono.

2

Amanheceu, mas eu continuei dormindo. Quando acordei, o sol já estava alto. A luz não vinha bem de cima — ela reluzia principalmente na névoa que cortava as árvores. Brilhava nos galhos molhados de orvalho. Caía feito chuva.

— Ora, já não era sem tempo, dorminhoco! — resmungou o sr. Farmer.

Ele já estava calçado, cuidando da sua égua cansada. Parecia pronto para partir.

— Bom dia, sr. Farmer — murmurei.

— *Delegado* Farmer — corrigiu. — Tentei te acordar, mas você estava desmaiado. Vamos lá, hora de levantar.

Fiquei de pé, esfregando os olhos para afastar o sono. Minha cara parecia coberta de detrito das árvores, e eu sentia dor na bunda e nas pernas por causa do tempo que passei no cavalo. Eu estava *só o pó*, como dizem.

— Tem café da manhã? — perguntei, o que fez o velho fechar a cara.

O fogo havia se apagado, deixando apenas cinzas esbranquiçadas, e eu estava com frio. Uma fumacinha escapava da minha boca quando eu respirava. Ao colocar o chapéu, vi Mittenwool apoiado em uma árvore na beira da clareira. Fiz o mais breve dos gestos para ele. Não queria que o delegado me pegasse sendo estranho.

— Você fala dormindo — comentou o delegado Farmer, me observando com desconfiança.

— Eu sei. O Pai já me disse isso.

— Você falou aquele nome enquanto dormia. Mittenwool.

Ergui os ombros e fiz um bico como se dissesse: *Hum.*

— Então, quem é ele? — insistiu o delegado Farmer. — Esse Mittenwool. Era ele que você estava chamando quando te encontrei. É seu amigo?

Fui tirar água do joelho perto das árvores, onde o delegado não conseguia me ver.

— É seu amigo? — repetiu quando voltei. Ele estava determinado a descobrir.

— Diz que eu sou um amigo que mora perto da sua casa — sugeriu Mittenwool.

— Ele é um amigo que mora perto da minha casa, senhor — respondi, pegando o cobertor da sela e o levando até o Pônei.

— E ele veio com você para a Floresta? — perguntou o delegado Farmer, me encarando com curiosidade.

Era a primeira vez que eu dava uma boa olhada na cara do homem, na luz pontilhada da manhã. Ele era muito mais velho do que eu imaginava. Na noite anterior estava usando chapéu, mas agora pude ver que era quase careca, com tufos longos e ralos de cabelo branco surgindo aqui e ali como ervas daninhas. Ele tinha um rosto largo, curtido como couro. Com rugas em torno dos olhos que o faziam parecer amigável. Nariz vermelho. Aquele chumaço de barba branca embaixo do queixo.

— Mittenwool veio comigo até a beirada da Floresta, sim, senhor — respondi baixinho, colocando o cobertor em cima do Pônei. — Quando eu entrei na Floresta, ele ficou para trás.

— Então ele está te esperando onde você o deixou?

— Não. Acho que ele não ficou me esperando.

— Quando eu te levar até o limite da Floresta — disse ele, impaciente —, você vai saber voltar para casa sozinho? Porque não tenho tempo de te levar até a sua casa, seja lá onde for.

— O senhor não precisa fazer isso — falei rapidamente. — Quer dizer, eu não quero voltar para casa, delegado Farmer. Eu gostaria de ir com o senhor, se não tiver problema.

Ele deu uma risada irônica, balançando a cabeça enquanto ajustava o estribo do cavalo.

— É *claro* que tem problema.

— Por favor — implorei. — Eu preciso encontrar o meu pai. Tenho certeza de que os homens que o levaram têm ligação com as pessoas que você está procurando. Se encontrar esse grupo, vai encontrar o meu pai.

Ele estava dando uma maçã para a égua.

— Talvez tenham ligação, talvez não tenham — respondeu ele. — Seja como for, você não vem comigo.

Me irritou vê-lo dar uma maçã para a égua e não dividi-la comigo, considerando que ontem eu ofereci minha refeição para ele, mas aí lembrei que eu tinha lhe custado um coelho. Mesmo assim, meu estômago desejava aquela maçã.

— Por favor, senhor — insisti. — Me deixe ir com você. Não tenho ninguém em casa me esperando.

— Seu pai falou para você esperar por ele — respondeu bruscamente, sem olhar para mim. — Você deve fazer o que seu pai mandou.

— Mas e se ele estiver em perigo?

O delegado se inclinou no lombo do cavalo e apoiou os cotovelos na sela para me observar.

— Moleque, seu pai *obviamente* está em perigo — afirmou —, mas isso não significa que você pode ajudá-lo. Você é só um gravetinho de gente. Não tem nem uma arma.

— Mas o senhor tem.

Ele deu uma risada. Havia alguma afeição no gesto, e acho que ele me olhava como se eu fosse seu neto.

— Olha, rapaz — começou, pensativo. — É melhor você voltar para casa. Espere seu pai lá, onde você vai estar bem e em segurança. Vou ficar atento a qualquer sinal dele. O nome é Martin Bird, certo? Como ele é?

— Ele é bem alto. E magro. Tem o cabelo preto com um pouco de branco nas têmporas. Tem olhos azuis penetrantes, e dentes muito bons. Ele é um homem bonito. Não estou dizendo isso porque sou filho dele. Já vi como as senhoras baixam os olhos quando ele fala com elas. Meu pai tem uma covinha no queixo como eu, mas não dá para ver quando ele está de barba.

— Certo, já gravei sua aparência — disse o delegado, dando um tapinha na testa —, e vou garantir que os outros inspetores tenham essa informação também, para que ele não seja pego no fogo cruzado.

— Como assim, fogo cruzado?

O delegado Farmer franziu a testa.

— Você não acha que eu vou derrubar uma gangue de falsificadores sozinho, acha? Assim que eu localizar os homens e o centro de operações, vou juntar um grupo de ataque em Rosasharon. É uma cidade do outro lado da ravina. Os bancos estão oferecendo uma recompensa para quem encontrar esses contraventores, então terei muitos voluntários. Agora vamos, suba no cavalo logo, ou ficarei tão para trás que não vou conseguir rastreá-los.

Ele montou no cavalo, estalou a língua e deu meia-volta.

Terminei de prender a sela do Pônei e apertei a fivela com força. Pônei me encarou, e, por um segundo, pensei que ele também estivesse desejando uma maçã. Mas aí algo na sua expressão me fez pensar que ele estava simplesmente respondendo ao meu humor. Seus olhos tinham um quê de humano na forma como me encaravam. Como se ele compreendesse tudo que estava acontecendo.

— O delegado tem razão — comentou Mittenwool.

Eu o olhei com raiva, já que não podia dar voz à minha resposta.

— Não fique enrolando, hein? — gritou o delegado Farmer.

— Não estou enrolando! — respondi, de mau humor.

— Voltar para casa é a coisa certa a fazer, Silas — continuou Mittenwool.

Sem olhar para ele, coloquei o pé no estribo e joguei a perna por cima do Pônei. Já era ruim ouvir o delegado dizer que eu não podia acompanhá-lo. Não precisava do Mittenwool me atormentando por isso também. Comecei a sentir uma raiva ardendo dentro de mim, tanto dele quanto do delegado.

— A Floresta acaba a mais ou menos uma hora daqui — anunciou o delegado Farmer, apontando vagamente para a direita. — Vou te levar até o bosque de bétulas. De lá é uma cavalgada curta até a saída.

— Está bem — resmunguei.

— Ora, rapaz, chega de cara feia. Eu já expliquei por que você não pode vir comigo — disse o delegado, tentando encontrar meus olhos. Mas eu não queria lhe dar essa satisfação.

— É a coisa certa a fazer — insistiu Mittenwool.

— Vamos de uma vez — falei, cutucando Pônei com os calcanhares para seguir o delegado Farmer.

3

Fomos trotando na direção indicada pelo delegado Farmer, até chegarmos a uma trilha estreita demais para seguirmos um ao lado do outro. Ele fez um sinal para que eu fosse na frente, e foi nos acompanhando atrás. Mittenwool manteve certa distância enquanto caminhava em paralelo, aparecendo e desaparecendo entre as árvores.

— Me diga, que troço é esse pendurado atrás da sua sela? — perguntou o delegado Farmer a certa altura, com a voz suave.

Eu fingi não ouvir, pois não estava com vontade de conversar.

— Me ouviu, rapaz? O que é isso aí que você trouxe? Parece um caixãozinho.

— É um estojo de violino.

— Um estojo de violino? Por que você trouxe isso?

Não respondi. Sentia a fúria subindo por meus ossos, pernas, coluna e culminando na minha cabeça, que estava doendo. Tudo me doía.

— Por que você trouxe um estojo de violino? — repetiu ele.

— Para proteger o violino que tem dentro.

— E por que você trouxe o violino que tem dentro?

— Não sei.

— Você toca violino?

— Não!

Ele fez um som que pareceu uma flautinha, um assobio longo e lento.

— Olha, eu sei que você está irritado, rapaz — continuou com a voz suave. — Sinto muito por não poder te levar comigo. E prometo que vou ver como você está depois que tudo isso acabar. Vou visitar você e seu pai na sua casa em Boneville. Você me deve um jantar de coelho, lembra?

Ele estava tentando falar com um tom conciliatório, mas isso só me irritou ainda mais. Minha ideia era não conversar com ele, porém não consegui ficar em silêncio.

— E se ele não voltar? — perguntei com a voz áspera, como se tivesse engolido fogo.

Não ergui os olhos enquanto dizia essas palavras. Estava falando tanto para mim quanto para ele. Estava falando para Mittenwool também. Estava falando até para o Pai, de certa forma. Seu abandono era uma ferida aberta, embora eu soubesse o motivo da partida. Percebi, então, que ser deixado sozinho é a pior coisa que pode acontecer com uma pessoa. E lá estava eu, prestes a ser deixado sozinho de novo por esse velho de nariz vermelho que eu tinha acabado de conhecer. Era quase demais para mim.

— O que eu vou fazer se o Pai não voltar? — falei de novo, cansado.

O delegado Farmer pigarreou. Não respondeu imediatamente.

— Bom — disse, enfim, com a voz séria. — Você tem algum parente com quem possa ficar?

— Não.

— Sua mãe?

— Morreu.

— Sinto muito.

— Morreu quando eu nasci.

— Ela tem família?

— Eles cortaram relações quando ela se casou com o Pai, porque ele não tinha dinheiro. Então mesmo que eu soubesse onde moram, ou como se chamam, eu nunca procuraria essas pessoas. E antes que você pergunte, não, meu pai não tem família. Somos só eu e ele.

— Entendi — respondeu o delegado, considerando as palavras. — Certo, então talvez você possa ir morar com amigos.

— Eu não tenho amigos.

— E o seu amigo Mittenwool? Tenho certeza de que a família dele deixaria você ficar com eles.

Não consegui me segurar e bufei.

— Não, eu não posso ficar com o Mittenwool.

— Por quê? Você não gosta da família dele?

— Ele também não tem família!

— Não? Quantos anos ele tem?

Balancei a cabeça. A essa altura, eu só queria que o delegado Farmer ficasse quieto. Quantas perguntas irritantes.

— Silas, quantos anos tem esse seu amigo? — persistiu o delegado Farmer. — Achei que ele fosse um garoto como você.

— Não, ele não é um garoto como eu — respondi alto. — Ele nem é uma criança. Sinceramente, não sei quantos anos ele tem.

— Silas, tenha cuidado — avisou Mittenwool.

Mas eu não aguentava mais. Estava cansado das perguntas do delegado Farmer. Estava completamente farto.

— Até onde eu sei — disse —, talvez Mittenwool tenha cem anos. Talvez tenha mil anos. Ele não me conta esse tipo de coisa.

— Por que você está fazendo isso, Silas?! — exclamou Mittenwool.

— Então ele não é uma criança, é isso que você está me dizendo? — perguntou o delegado Farmer.

— Silas, pense bem antes de...

— Não, ele não é uma criança. Ele é um fantasma, entendeu? — respondi com raiva. — É um fantasma! Você não conseguiria vê-lo nem se tentasse! É um fantasma!

Eu praticamente cuspi as últimas três palavras. Mittenwool estava olhando para mim. Quando terminei de falar, ele balançou a cabeça com tristeza e continuou caminhando por entre as árvores.

4

É bom eu explicar que, muito tempo atrás, quando eu tinha por volta de seis anos, todos nós concordamos — eu e o Mittenwool, e eu e o Pai — que eu nunca falaria do Mittenwool para outras pessoas. Chegamos a esse acordo depois de um incidente infeliz envolvendo algumas crianças que, certa tarde, me ouviram conversando com Mittenwool enquanto eu esperava pelo Pai do lado de fora da mercearia de Boneville. As crianças me perguntaram com quem eu estava falando, e, como eu era inocente em relação à atitude das pessoas, respondi sem titubear: *Estou falando com o meu amigo Mittenwool!* Você deve imaginar como elas me perturbaram depois! Zombaram de mim e me ridicularizaram sem piedade. Um garoto até começou a torcer o meu braço enquanto gritava de olhos fechados, a plenos pulmões, *Vade-retro, satanás!*.

Quando o Pai saiu e viu aquilo, a fúria silenciosa nos seus olhos foi impressionante. As crianças se espalharam como corvos num campo. Então, ele me levantou, me colocou na carroça, me entregou as rédeas — algo que nunca tinha feito antes, visto que Burro era agressivo e minhas mãos ainda eram bem pequenas —, e saímos de Boneville. O Pai estava à minha direita, e Mittenwool à minha esquerda. *Silas, veja bem*, o Pai, enfim, dissera, *sua amizade com Mittenwool é maravilhosa e uma coisa a ser valorizada. Mas tem gente que não vai entender, porque não consegue ver esse tipo de maravilha. Então, e essa é uma decisão completamente sua, talvez seja melhor manter sua amizade com Mittenwool só para você, pelo menos até conhecer alguém muito, muito bem. O que acha?*

Mittenwool concordou.

— Seu pai tem razão, Silas. Ninguém precisa saber de mim.

Eu me arrependi imediatamente de falar o que falei para o delegado Farmer, mas não tinha como voltar atrás. Não tinha como voltar atrás em nada que acontecera desde que aqueles três sujeitos apareceram na nossa porta. Não era possível desdizer o que havia dito, assim como não era possível voltar no tempo. Isso foi outra coisa que o Pai me disse uma vez: *O mundo só gira numa direção, que é para a frente, e vai tão rápido que nós nem sentimos*. Mas eu conseguia sentir naquele momento. O mundo estava girando para a frente a uma velocidade estonteante, e era só para a frente que eu podia ir.

Fiquei surpreso quando o delegado Farmer não respondeu logo à minha declaração. Em vez disso, ele deixou as palavras ficarem um tempo no ar, permitiu que os passarinhos passassem por elas, que os mosquitos voassem para dentro delas e que toda a Floresta selvagem as absorvesse.

Cavalgamos em silêncio até as bétulas, onde a gente se separaria. O delegado Farmer me pediu para diminuir a velocidade, mas eu me sentia indiferente às palavras dele naquele momento. Eu estava sendo levado pelo ritmo de Pônei, e não tentei puxar as rédeas. Então o delegado trotou até a minha frente e se virou na sela para me encarar. Achei que ele ia se despedir, e eu estava parcialmente certo.

Ele tirou o chapéu e coçou a cabeça com a mesma mão. Uma mosca pousou na sua bochecha e ele tentou afastá-la com o chapéu, mas o inseto continuou voltando para o mesmo ponto conforme ele falava.

— Filho, quero que você seja franco comigo, entendeu? — disse ele seriamente. — Por que brincou comigo daquele jeito? Por que me contou tudo aquilo?

Eu o encarei bem nos olhos.

— Tudo aquilo o quê?

Ele colocou o chapéu e franziu os lábios.

— Aquela história sobre o seu amigo. Mittenwool.

— Sobre ele ser um fantasma?

— Valha-me Deus! — gritou ele, desconfortável com a simples menção da palavra. — Você não acredita nisso de verdade, acredita? Só está zombando de mim, não é?

Balancei a cabeça e respirei fundo. Enquanto isso, Mittenwool caminhou mais para a frente e ficou bem entre os nossos cavalos.

— Fala para ele que você estava só brincando, Silas — disse ele com calma. — Vamos acabar com isso de uma vez e voltar para casa.

— Eu não quero ir para casa — respondi. — Só quero encontrar o Pai.

— Eu sei disso, garoto — comentou o delegado Farmer.

— Não estou falando com você, estou falando com o Mittenwool — respondi de forma desafiadora.

O delegado Farmer tentou tirar a mosca teimosa do rosto de novo, mas acho que só estava ganhando tempo para pensar em uma resposta.

— Então — começou cuidadosamente —, isso significa que você está falando com ele agora mesmo. Esse Mittenwool está aqui agora?

— Sim, ele está parado entre os nossos cavalos.

Olhei para Mittenwool, que deu de ombros, desaprovando minha decisão.

— Agora acabou-se — murmurou ele.

O delegado Farmer me observou com atenção. Dava para ver que estava bastante irritado. Mais uma vez, afastou a mosca teimosa do rosto enquanto pensava no que dizer.

Olhei para cima. Principalmente porque não queria olhar para ele, mas também porque queria observar o céu e os pássaros voando. Essa parte da Floresta era muito mais clara que a de ontem. Em comparação com aquela Floresta azul-escura, eram diferentes como o dia e a noite. Entendi que florestas, como tudo que tem vida, não são só uma coisa ou outra, mas uma mistura de muitas coisas.

— Escuta aqui — disse o delegado, por fim, interrompendo o silêncio dos meus pensamentos. — Eu já estou cansado disso. Falei que ia trazer você até o limite da Floresta, e cá estamos. Se seguir direto por essa fileira de árvores, vai evitar o Brejo e sair da Floresta em mais ou menos uma hora. — Ele apontou para as bétulas pretas que se postavam como pilares marcando o caminho. — Estamos um pouco ao norte de onde te encontrei, mas, se você continuar nesta trilha, deve chegar em casa hoje a tempo de dormir na sua cama.

Eu sabia que ele estava olhando para mim, me esperando responder, mas só virei o rosto de volta para o céu e fechei os olhos. Ele com certeza achava que eu tinha algum problema na cabeça. E talvez eu tivesse mesmo. Talvez eu tenha. Às vezes, simplesmente não sei.

Acho que só alguns segundos se passaram, mas me pareceu muito mais que isso.

— Ou... ou... — gaguejou. — Acho que você poderia vir comigo.

Ele falou de forma tão casual que eu pensei ter ouvido errado. Olhei para ele na mesma hora. O delegado estava me encarando, com a expressão séria e fria como pedra.

— Mas, se você vier comigo — continuou —, não posso garantir sua segurança. E não vou mimá-lo. Se me atrapalhar, vou deixá-lo para trás. Se não conseguir me acompanhar, vou deixá-lo para trás. E se mentir para mim...

— Não vou! — gritei, feliz, balançando a cabeça. — Eu juro, delegado Farmer, vou acompanhar o seu ritmo! Não vou atrapalhar!

Ele ergueu o dedo gordo para mim, em um gesto de aviso.

— E se eu ouvir você falando de fantasma ou alguma maluquice assim de novo, eu juro que te mando embora. Está me escutando?

— Sim, senhor — respondi com humildade.

— Não gosto desse tipo de bobagem — continuou, irritado. — Sou um homem simples e falo de forma simples, não tenho tempo para as suas fantasias. Seu pai pode aturar essas besteiras, mas eu não. Está me ouvindo?

Ele praticamente bufou as últimas frases, como se estivesse dizendo as palavras pelo nariz em uma longa expiração.

— Sim, senhor.

Concordei com a cabeça rapidamente.

— Tem certeza?

— Sim, senhor!

Ele assentiu, aprovando minha mudança de atitude, pois eu tinha endireitado a postura na sela para tentar impressioná-lo. Sim, sou pequeno para minha idade, mas queria demonstrar que posso ser corajoso também. Pônei parecia igualmente animado, pisoteando o chão como se dissesse: *Estou pronto. Vamos atacar!*

Esse tempo todo eu me esforcei ao máximo para não encarar Mittenwool, que certamente estaria infeliz com a mudança de planos. Dei uma espiada nele e o vi a certa distância, com os olhos concentrados na Floresta. Mesmo que eu pudesse falar com ele, não tinha nada para dizer.

— Certo. Agora que concordamos, vamos partir — afirmou o delegado Farmer, girando a égua e passando a trote por mim.

Ele se afastou das bétulas e seguiu por uma área de matagal, e eu sabia que estava voltando para a Floresta fechada. Respirando fundo, como se estivesse prestes a mergulhar na água, fiz o Pônei virar e sair trotando atrás dele.

Sempre para a frente, era só o que eu conseguia pensar. Eu estava indo para a frente, não para trás, nesse mundo de giro veloz.

5

Nunca frequentei a escola. Quando tinha uns sete anos, passei um breve período na escola de Boneville, que era administrada por uma mulher conhecida como Viúva Barnes. Àquela altura, porém, já havia se espalhado o boato de que o filho de Martin Bird era "parvo" (é assim que eles chamavam), e, quando a Viúva Barnes ouviu esses rumores, me confrontou na frente da turma. Embora eu já soubesse mentir muito bem sobre Mittenwool e tivesse falado o que ela queria ouvir, mesmo assim a Viúva Barnes me fez escrever "fantasmas não existem" no quadro, enquanto as outras crianças riam de mim pelas costas. Depois ela bateu nas minhas mãos com uma régua por via das dúvidas, dizendo que não aturaria espiritualistas modernos na sua escola, seja lá o que isso quer dizer.

Quando voltei para casa, o Pai viu a marca nas minhas mãos e ouviu minha explicação chorosa. Eu nunca o tinha visto tão furioso. *Gente que nem aquela velha Viúva Barnes não deveria nunca ensinar a crianças,* falou baixinho, fumegando enquanto esfregava óleo de amêndoas nos nós dos meus dedos. *Ela não tem ideia da grandiosidade que existe na sua mente, Silas. Passei a vida toda vendo gente como ela. Essas pessoas não têm imaginação. Não têm brilho em suas mentes. Então tentam limitar o mundo às coisas minúsculas que compreendem, mas o mundo não pode ser limitado. O mundo é infinito! E você, por mais jovem que seja, já sabe disso.*

Ele ergueu o meu mindinho.

Está vendo esse dedo? Há mais grandeza no seu dedo mindinho do que em todas as Viúvas Barnes do mundo. Ela não vale as suas lágrimas, Silas.

Então, ele beijou meu mindinho e falou que eu nunca mais colocaria os pés naquela escola. Ele seria meu professor dali em diante.

É claro que essa foi a melhor coisa que poderia ter me acontecido, pois o Pai era um professor muito melhor do que a velha Viúva Barnes. Não digo isso para me gabar, mas para explicar que, por conta dos ensinamentos do Pai, sei de coisas que crianças da minha idade nunca saberiam. Por outro lado, tem algumas coisas que crianças da minha idade deveriam saber e eu não sei. Mas o Pai diz que tudo vai se equilibrar quando eu ficar mais velho. Era isso que eu estava descobrindo conforme adentrava na Floresta. Todas aquelas informações que ele tinha me passado estavam voltando. Coisas que eu nem sabia que sabia, mas das quais agora me lembrava.

Eu e o delegado Farmer seguimos em um bom ritmo. Cavalgamos durante a maior parte da manhã, até acharmos a trilha dos homens que estávamos rastreando. Quatro homens a cavalo deixam marcas no chão, especialmente quando não sabem que estão sendo perseguidos. O delegado apontou para esses sinais enquanto avançávamos. Cocô de cavalo era o mais fácil de ver, por causa das moscas varejeiras que circulavam as pilhas de estrume em pequenas nuvens. Gravetos partidos no solo. Galhos tortos. Poças redondas demais para serem naturais. Ao longo do dia, fui identificando esses sinais com mais facilidade. E sempre que eu via um graveto esmagado no chão, pensava: *Talvez tenha sido o Pai que fez essa marca.* Isso me motivava a seguir em frente, embora eu estivesse tão cansado que às vezes queria dormir por cem anos.

Não paramos em nenhum momento para comer, mas bebíamos água sempre que um riacho cruzava nosso caminho. No meio da tarde, entramos na parte da Floresta que o delegado Farmer chamava de Brejo. Esse tempo todo estávamos em paralelo a ele. Eu o vislumbrava de vez em quando, uma confusão de árvores retorcidas à direita, uma escuridão aparentemente impenetrável, e minha espinha se arrepiava só de pensar nas vozes que eu tinha ouvido lá dentro no dia anterior. Eu me lembro do Pai me contando dos répteis gigantes que já andaram sobre a Terra, *nos dias do mundo primordial*, e era isso que o Brejo me parecia. Algo de outra época, pertencente a criaturas de outro tempo.

Mesmo assim, precisávamos entrar. Os homens que estávamos perseguindo tinham entrado no Brejo, então nós faríamos o mesmo. Eu me esforcei ao máximo para não demonstrar meu medo ao delegado. *Fique firme, fique firme.* Sentei na sela com as costas bem retas. Fiz uma expressão de coragem. Não deixei meus olhos vaguearem pelas vinhas que se enrolavam como cobras entre as árvores. Nem pelos galhos acima de nós, tão emaranhados que pareciam imensas adagas negras penduradas no céu. Conforme serpenteávamos tronco a tronco pela trilha, tudo pingando ao nosso redor, úmido ao toque, tentei ignorar o frio que sentia nos ossos. A fumaça saindo das minhas narinas. Até o ar parecia mais denso ali dentro. Então, uma névoa surgiu. E eu comecei a ouvir as vozes de novo.

Inicialmente, elas estavam distantes. Achei que pudessem ser mosquitos zumbindo ao nosso redor. No entanto, quanto mais entrávamos, mais alto o barulho ficava, e logo comecei a ouvir vozes em vez de zumbidos. Choros e murmúrios, igual a ontem. Igual a todos aqueles anos atrás, quando fui pela primeira vez à Floresta com o Pai. Como descrever aquele som? É como entrar em um grande salão em que centenas de pessoas conversam ao mesmo tempo, ora falando alto, ora falando baixo, ora com urgência. Dessa vez, nem tentei dizer a mim mesmo que aquilo era coisa da minha imaginação. Eu sabia o que era. Eram vozes de fantasmas.

Eu temia que Pônei disparasse de novo, então me mantive logo atrás do delegado Farmer, com a cabeça baixa, o queixo tocando no peito. Se eu pudesse, teria fechado os olhos, mas precisava ficar atento para acompanhá-lo. Eu repetia para mim mesmo: *Seja corajoso, Silas! Você derrotou o raio.*

Pouco depois, pelo canto dos olhos, comecei a ver formas entre as árvores. De início, não estavam muito claras. Era só o movimento de seres. Não estavam nitidamente delineados na minha visão, eram apenas sombras de pessoas caminhando pelo pântano. Eu não ousava olhar diretamente para elas, por medo de gritar e ter que dar explicações ao delegado Farmer. Podia sentir o calor familiar nas minhas bochechas, o tremor na espinha, os arrepios febris que atravessavam meu corpo. Não era só medo que eu sentia, já que essa é uma preocupação mental, mas a reação física do meu corpo ao deles. Eu era um menino vivo, afinal de contas. E eles não estavam vivos. Eram pessoas mortas, me cercando por todos os lados.

Quanto mais penetrávamos no Brejo, mais as figuras borradas se solidificavam aos meus olhos. Vultos nas sombras. Caminhando. Falando sozinhos. Alguns choramingavam. Outros riam. Eram fantasmas, cada um com seus propósitos. Seus mistérios. Contando suas histórias. Eram jovens e velhos. Crianças também. Flutuavam por nós como água passando pelas rochas. Se você me perguntasse qual era a aparência deles, eu não saberia responder. Não conseguia encará-los. Não queria vê-los de jeito nenhum.

Uma dessas formas passou tão perto de mim que achei que me tocaria, então movi a perna para evitá-la. Isso a fez erguer os olhos para mim, pois, naquele momento, deve ter percebido que eu conseguia vê-la. Embora eu tivesse me esforçado para não encará-la, não tive opção. Observei-a por completo. Seu único olho se arregalou em horror. O outro não existia, já que metade de sua cabeça era só uma massa disforme e sangrenta.

Não pude conter um arfado, e o som atraiu os olhares de todos os fantasmas, conscientes da minha presença. Todos cobertos com os ferimentos que causaram sua morte. Cortes e perfurações e tiros e rasgos e apodrecimentos e queimaduras. Pele arrancada dos ossos. Membros pingando sangue. Eles começaram a vir na minha direção. Com que propósito eu não sei. E não consegui mais me segurar. Soltei um grito.

— O que houve?! — exclamou o delegado Farmer, girando na sela para me olhar.

Mas fui embora antes que ele se virasse. Não sei se Pônei estava agindo por conta própria ou reagindo ao meu sofrimento repentino, mas ele disparou à frente da brava égua marrom do delegado. Nós partimos a toda velocidade, como fizemos ontem, para qualquer lugar que estivesse livre de fantasmas.

QUA

Qualquer corpo, após ser exposto à luz, retém na escuridão alguma impressão dessa luz.

— Nicéphore Niépce
Annual of Scientific Discovery, 1859

TRO

1

Em quase toda noite de primavera e verão, às vezes até no outono, eu e o Pai nos sentávamos no alpendre depois do jantar e passávamos mais ou menos uma hora lá, observando o céu enquanto as brisas frias sopravam pelo campo. O Pai lia para mim, em geral um de seus jornais. Por mais difícil que o assunto fosse, ele sempre o tornava compreensível. Ou lia histórias que sabia que eu iria gostar. Contos sobre cavaleiros arturianos, e mosqueteiros, e bucaneiros, e marinheiros. Tapetes mágicos. Centauros.

Em algumas noites, ele deixava os livros de lado e desenhava figuras nas milhares de estrelas que enchiam o céu. Como aquelas histórias sobre as constelações me fascinavam! A voz calma e musical do Pai me levava para desertos e oceanos. Ele usava palavras que pareciam inventadas. *Papalvo*, por exemplo. Como na frase *Cassiopeia foi a rainha mais* papalva *que já existiu*. Significa "tola".

Soído era o som que uma brisa longa e tranquila fazia quando soprava no mar.

Prásino era como ele chamava a cor da grama no início da primavera.

Muito tempo depois, descobri que essas palavras não eram comuns para a gente, mas sim expressões que o Pai tinha trazido do outro lado do oceano, lá da Escócia.

Depois de sair do Brejo, enquanto esperava o delegado Farmer, eu só conseguia pensar no Pai dizendo: *Se prepare para a* procela, *Silas*.*

E ele tinha razão.

2

Dizer que o delegado Farmer ficou zangado quando enfim me alcançou seria pouco. O velho estava irado, o rosto vermelho que nem tomate. Ele mal conseguia falar.

— Eu vi um urso. — Foi a única mentira que consegui pensar em minha defesa. — Desculpa.

O velho estava sem fôlego, como se ele mesmo, e não sua égua, tivesse corrido atrás de mim.

— Um urso — ecoou o delegado, rangendo os dentes. — Você viu um urso e não deu um pio? Jesus, da próxima vez que vir alguma coisa, suba numa árvore e me avise! Entendeu?

Assenti.

— Desculpa, delegado Farmer.

— Que tipo de urso era? Um urso-negro? Pardo?

Eu ainda tremia por causa do que tinha visto, e só queria continuar cavalgando para bem longe.

---

* Os termos em inglês são *"barmy"* ("papalva"), *"soogh"* ("soído"), *"amerand"* ("prásino") e *"gowling"* ("procela"). Como diz o narrador, as palavras não eram comuns nos Estados Unidos, sendo típicas apenas na Escócia (N. da E.).

— Não sei. Era uma sombra...

— Uma sombra? — Suas bochechas se encheram de ar, e ele expirou longamente, como se apagasse uma vela. — Sei lá por que diabo aceitei te ajudar — murmurou, mais para si do que para mim.

Achei melhor não responder.

— A sua sorte é que você não se afastou tanto, garoto, é só isso que eu tenho a dizer — falou ele, agitando o grande dedo torto para mim —, porque, se tivesse, eu nem teria te seguido! Ia te deixar para os lobos, sem pensar duas vezes! Preste bem atenção: se fizer isso de novo...

— Não vou fazer! Não vai acontecer de novo. Prometo.

Ele alisou a barba por um tempo, os dentes ainda trincados de raiva, até que começou a se acalmar. Quando a fúria passou, o delegado enxugou o rosto com as mãos.

— Bem — disse ele, olhando ao redor. — Já está tarde, e este é um bom lugar para montarmos acampamento.

— Não, por favor. Podemos cavalgar um pouco mais?

Eu ainda tremia.

Seus olhos se arregalaram, como se ele não acreditasse na minha audácia.

— Por favor. Só um pouco mais longe do Brejo? — implorei.

— O que te faz pensar que não estamos mais no maldito Brejo?

Não tem fantasmas aqui, pensei.

— O chão está menos molhado — falei.

— Exato! O chão está seco! — gritou ele, agitando o punho para mim. — E é por isso que devemos montar acampamento aqui! — O delegado arregaçou as mangas. — Agora desça do cavalo e faça uma fogueira! Já é quase noite. Estamos cavalgando há doze horas, e os bichos precisam descansar.

Ele desmontou e se espreguiçou, mantendo a mão no quadril. Notei que suas costas continuavam um pouco curvadas, mesmo quando tentava se alongar. Quando o delegado me viu olhando para ele, esbravejou:

— Mandei sair de cima desse maldito cavalo! Vá pegar lenha para a gente! E vá rápido, enquanto ainda tem um pouco de luz para enxergar!

Desmontei, amarrei Pônei a uma árvore próxima e comecei a procurar gravetos.

3

Eu estava um pouco longe, carregando um monte de lenha, quando Mittenwool apareceu.

— Como você está, Silas? — perguntou, em tom compassivo.

— Ele não pode me ouvir conversando com você — sussurrei, me virando para ter certeza de que o delegado Farmer não estava me espiando. — Não quero que ele fique bravo de novo.

— Não gosto da maneira como ele fala com você.

— Eu não devia ter deixado o Pônei disparar daquele jeito.

— Ele se assustou.

— Então você viu o que aconteceu lá? No Brejo?

O rosto de Mittenwool ficou tenso.

— Vi.

— Eram tantos, Mittenwool. Cobertos de sangue. Nunca senti tanto medo.

— Eu sei. Mas está tudo bem agora.

— E se eles vierem para cá durante a noite, enquanto eu estiver dormindo?

— Isso não vai acontecer. Eles não saem do Brejo.

— Por quê?

— É assim que as coisas são.

— Mas por quê? Por que eles não saem do Brejo? E como você sabe disso? Ontem mesmo você falou que não sabia o que eles eram.

— E eu não sabia, não tinha certeza. Mas hoje eu os vi, que nem você. É evidente o que eles são.

— São fantasmas.

Mittenwool fez uma careta e concordou.

— Mas são diferentes de você — continuei.

Ele deu de ombros, como se não soubesse o que responder.

Aí, de repente, eu entendi.

— Alguns fantasmas não sabem que estão mortos, não é?

Mittenwool ficou em silêncio por alguns segundos, seu cabelo caindo sobre o rosto enquanto ele olhava para o chão. Para falar a verdade, às vezes não faço a menor ideia do que se passa na cabeça dele.

— Tudo que sei — respondeu Mittenwool, baixinho — é o que *eu* sei, o que *eu* vejo. O que os outros veem ou sabem, bem, isso está fora do meu alcance. Morrer é diferente para cada um, Silas. Assim como viver. — Ele afastou o cabelo do rosto e olhou diretamente para mim. — Mas tenho quase certeza de que esses fantasmas não querem te fazer mal. Eles estão apenas passando pelo Brejo, assim como você. Talvez aquele lugar tenha alguma importância para eles. Mas eles vão seguir em frente quando estiverem prontos. De qualquer forma, isso não tem nada a ver com você. Então não precisa se preocupar, porque ninguém vai aparecer aqui de noite. Está certo? Você vai ficar bem.

— Diabos! — chiou o delegado Farmer do outro lado do acampamento. — Por que está demorando tanto, garoto?

O velho estava tentando me encontrar por entre as árvores.

— Já vou! — gritei de volta. Então disse para Mittenwool: — Acho melhor a gente voltar antes que ele tenha outro ataque.

— Vá em frente. Nos vemos amanhã.

— Espera. Você não vai comigo?

— Prefiro ficar aqui, se não tiver problema. Ainda consigo te ouvir daqui.

— É porque você não gosta dele?

Mittenwool olhou para o delegado, que estava abrindo o saco de dormir aos pontapés, pisando duro, xingando e dando um chilique porque eu ainda não tinha começado a fogueira.

— Como eu disse antes — respondeu —, não gosto da maneira como ele fala com você. É um velho antiquado e maldoso.

— Eu sei, mas ele vai me ajudar a encontrar o Pai. É só isso que importa.

— É bom ele te tratar melhor, senão...

— Senão o quê? Vai dar uma coça nele? — perguntei, rindo.

— Ah, você não sabe do que sou capaz! — respondeu em tom de brincadeira, fechando a mão em um punho. — Bem, estarei aqui se precisar de mim. Vai dormir um pouco. Boa noite.

— Boa noite.

Comecei a andar de volta para o acampamento, mas então me lembrei de uma coisa.

— O que você acha de Éton?

Ele considerou o nome.

— De onde vem?

— Era um dos cavalos de Heitor.

Ele repetiu o nome algumas vezes.

— Ainda gosto mais de Pônei.

Franzi o cenho.

— Hum. Está bem.

— Continue pensando.

— Pode deixar.

4

O delegado Farmer não me dirigiu a palavra quando voltei para o acampamento, nem quando ofereci alguns cogumelos que colhi depois de acender a fogueira. Ele só me enxotou com um gesto brusco, acendeu o cachimbo e ficou encarando as chamas. Não me importei. Para ser franco, fiquei feliz de não ter que conversar com ele. Pelo menos no início. Conforme a noite caía, no entanto, e a lembrança dos fantasmas no Brejo rodopiava na minha cabeça, o silêncio começou a pesar sobre mim. Parecia que, para onde quer que eu olhasse, via o rosto daquela mulher na escuridão. O vermelho brilhante do sangue. O horror explícito de sua morte. Não conseguia expulsar as perguntas que surgiam na minha mente, até que, por fim, não tive escolha a não ser quebrar o silêncio.

— Delegado Farmer? — Minha voz soou como um guincho na noite, até para meus próprios ouvidos. — Posso te fazer uma pergunta?

Ele olhou para mim, alerta.

— Fala.

Escolhi as palavras com muito cuidado.

— Aconteceu alguma coisa lá? No Brejo que a gente atravessou?

— No lugar em que você *viu um urso*? — zombou ele, e depois cuspiu na fogueira.

Ignorei seu tom de voz.

— Lembro de o meu pai me dizer que teve um monte de conflitos por essas bandas. Entre os colonos e os nativos.

— Tudo aqui era território em disputa, se é a isso que está se referindo — respondeu o delegado, jogando um graveto na fogueira. — Mas nós expulsamos todos eles.

— Nós?

— O governo.

— E expulsaram para onde?

— Para o Território Indígena! Valha-me Deus, você e as suas perguntas!

Pensei nos fantasmas.

— Não acho que foram *expulsos* — falei, baixinho. — Acho que foram mortos. Pelo menos alguns deles.

— Houve matança nos dois lados.

— Meu pai diz que é repugnante o que fizeram com os nativos — respondi.

O delegado Farmer bufou e jogou mais lenha no fogo.

— Eu também acho que é repugnante — completei.

— Bem, você é só um moleque. Não sabe de quase nada.

— *"Que lutemos, e, se necessário, que morramos, mas que nunca conquistemos."*

— É outra coisa que o seu pai diz?

— Fénelon escreveu isso. Sabe quem é?

— Mais um dos seus amigos fantasmas, aposto.

— Era um escritor — respondi. — François Fénelon. Escreveu *As aventuras de Telêmaco*. Você conhece?

Ele pareceu surpreso com a pergunta.

— Não sou exatamente um estudioso, garoto, se é que isso ainda não ficou claro.

— Bom, é um dos meus livros favoritos no mundo inteiro — afirmei. — Fénelon o escreveu para o rei da França quando ainda era um menino. Enfim, Fénelon disse que a guerra só é justificável quando tem o objetivo de trazer a paz. Mas o nosso governo não está lutando pela paz. Está lutando por território. Então acho que nada disso é justificável.

O delegado Farmer tirou o cantil do casaco e deu um bom gole.

— Não dá para simplesmente pegar a terra dos outros e achar que eles vão aceitar numa boa, né? — continuei.

O homem esfregou os olhos.

— Bem, quando você tem armas melhores, pode fazer o que quiser.

— Essa é uma maneira horrível de pensar! — gritei.

Ele levantou o queixo para mim, os olhos brilhando, e tive certeza de que ia brigar comigo.

— Você não tem papas na língua, garoto — disse ele, e arrotou.

Nesse momento, percebi que não havia água no cantil, mas algo que o deixava bem mais complacente.

— Aposto que você nem sabe quem é Telêmaco — falei.

— E você ganharia essa aposta — respondeu.

— Quer saber quem é?

Ele ergueu as sobrancelhas e soltou um suspiro.

— Claro, garoto. Estou morrendo de vontade de saber.

Mais uma vez, fingi não notar seu sarcasmo.

— Telêmaco era o filho de Odisseu — comecei. — E Odisseu era o mais inteligente dos soldados gregos que lutaram na guerra de Troia. Mas ele fez uma coisa que irritou os deuses e eles o castigaram, fazendo com que se perdesse a caminho de casa, em Ítaca, depois do fim da guerra. Vinte anos se passaram, e Odisseu ainda não tinha voltado, então Telêmaco, o filho que ele deixou ainda bebê, foi procurar o pai para trazê-lo de volta.

O delegado Farmer cruzou os braços e olhou para mim com a cabeça inclinada.

— Por que diabo está me contando isso? — perguntou, cansado.

— Não sei — respondi. — Só pensei que essa história se parece um pouco com a minha, já que também estou procurando o meu pai. — Na verdade, não tinha feito a conexão até aquele momento, e fiquei feliz por poder compartilhá-la. — E Telêmaco é acompanhado por um homem chamado Mentor, que é mais ou menos como o senhor, não acha? Quer dizer, você está me ensinando sobre a Floresta, sobre como fazer uma fogueira, e coisas do tipo.

Achei que o delegado ia ficar lisonjeado, mas ele só bufou. Depois levantou o cantil na minha direção, como se fosse fazer um brinde.

— Você fala muito, sabia? — Foi tudo o que disse.

Fiquei corado, me sentindo tolo de repente.

— Pensei que você ia achar interessante, só isso — respondi, com pesar. — O Pai me disse que os gregos antigos davam muita importância a viagens longas, retornos para casa e tudo mais.

— Já falei que não sou chegado em livros — murmurou ele. — Enfim, está ficando tarde. — O homem bebeu até a última gota do cantil. — E, para ser sincero, você tagarelando que nem um maldito papagaio está me dando sono. Boa noite.

— Boa noite. — Minha voz falhou.

— Pode me contar mais sobre o seu livro amanhã, se quiser — disse o delegado Farmer, acho que com uma intenção conciliatória. Àquela altura, ele já tinha tirado o chapéu e o colocado sobre o rosto. — Rá! — disse debaixo do chapéu. — Tagarelando que nem um papagaio. E o seu nome é Bird, que quer dizer "pássaro". Eu nem falei isso para ser engraçado. — Ele olhou para mim. — Foi engraçado, não acha? Ah, diabo. Você não está chorando, está?

— Não.

— Isso não vai funcionar comigo! — resmungou ele.

— Eu não estou chorando!

— Ótimo!

— Sei que você pensa que eu sou esquisito. — Sequei os olhos com o dedo. — Não é a primeira vez que alguém pensa isso de mim.

O delegado grunhiu. Ou talvez só tenha dado um longo suspiro.

— Não diria esquisito — respondeu, com alguma gentileza. — Mas você é mesmo diferente de todas as crianças que eu já conheci.

Funguei e desviei o olhar.

— O que você está bebendo nem deve ser água.
— Claro que é! É minha água especial de néctar.

Balancei a cabeça, desaprovando.

— Vou te dizer uma coisa, garoto — disse ele, com a voz baixa e arrastada. — Tudo no mundo fica melhor à luz do dia do que à noite, então feche os olhos e durma um pouco. Você vai se sentir melhor de manhã.

— A lua não fica — respondi, tentando manter a voz firme.

Ele me encarou por um tempo com uma expressão confusa, até entender o meu comentário.

— Rá — disse, assentindo. — Você me pegou, garoto. Boa noite.

Em seguida cobriu o rosto de novo, e começou a roncar antes de eu contar até dez.

5

A lua não fica, eu disse. Foi uma boa resposta. Fiquei pensando se Mittenwool tinha escutado. Ele acharia uma resposta inteligente para um velho grosseiro. O Pai também teria gostado.

Só de pensar no Pai, meu coração acelerou.

Dava para ver a lua acima de mim, me observando através da copa das árvores. Uma lua cheia branca em um céu preto como carvão. *Talvez o Pai esteja olhando para a lua agora*, ponderei. *O que ele está fazendo neste exato momento? Será que está pensando em mim?*

Um mês atrás, eu e o Pai estávamos no alpendre fotografando uma lua cheia que nem essa. Bem, não exatamente que nem essa. Só fazia mesmo um mês? Pareciam anos.

(Minha mente estava fazendo aquela coisa de sempre, jogando os meus pensamentos em mil direções diferentes.)

O plano era inscrever a fotografia num concurso que vimos num dos jornais científicos do Pai. O melhor "retrato lunar" ganharia um prêmio de cinquenta dólares, e seria exibido pela Royal Astronomical Society na Exposição Internacional de Londres de 1862.

— Cinquenta dólares por uma fotografia da lua? — me lembro de falar, incrédulo, quando o Pai me mostrou o anúncio durante o café da manhã. Isso foi em algum momento de novembro. — Parece dinheiro fácil.

O Pai deu uma risadinha.

— Ah, é mais difícil do que você pensa, filho — disse ele, com um tom gentil. — Em primeiro lugar, a pessoa precisaria de um telescópio grande, de um metro e oitenta ou dois metros. Talvez até maior. Do tipo que o Foucault apresentou na Academia de Ciências alguns anos atrás. Usando vidro revestido de prata como refletor. Não um espelho primário, veja bem, que é o que a maioria desses amadores ainda usa. Então, a pessoa teria que lixar o vidro e cobri-lo com nitrato de prata e amônia, talvez até com potassa. Lactose. E construir algum mecanismo de rotação, algo para sustentar o telescópio. Não, não, é muito trabalho, filho. Por isso ninguém conseguiu tirar uma foto boa da lua desde o De la Rue. É um grande desafio.

— Pai, sabe de uma coisa? Você devia fazer isso. Devia entrar nesse concurso!

— Rá — respondeu em voz baixa, achando que era piada.

— Por que não? Você ganharia!

Ele ergueu as sobrancelhas.

— Você sabe quanto tempo e dinheiro seriam necessários para fazer um telescópio desse tipo?

— Mas você já fez um telescópio.

— Não como esse, filho.

— E a gente está ganhando um bom dinheiro com os seus ferrótipos.

— Que um dia vai ser usado na sua educação.

— Mas a gente pode ir para Londres se você ganhar, Pai! Você podia colocar aqueles chapéus altos e elegantes para ir à exposição!

Levantei a mão acima da cabeça para indicar até onde o chapéu chegaria.

— Ah, essa seria uma visão e tanto — comentou, achando graça e se recostando na cadeira.

— Vamos! Vai ser divertido. Eu te ajudo!

Ele sorriu e suspirou ao mesmo tempo. Então, depois de alguns segundos, perguntou:

— Vai me ajudar, é? Você lembra o que eu te ensinei sobre a órbita da lua? O que é *perigeu*?

— É quando a lua... — titubeei.

Ele sorriu.

— É o ponto da órbita em que a lua está mais próxima da Terra.

— Está mais próxima da Terra — falei, rápido.

Ele assentiu e colocou seus óculos de leitura. Então pegou o *Almanaque do fazendeiro* na mesa e começou a folheá-lo. Parou numa página e passou o dedo por uma tabela.

— "Dia 7 de março de 1860: a lua cheia ocorrerá perto do perigeu" — leu em voz alta e olhou para mim por cima dos óculos. — É a época certa para fotografá-la. Quando a lua cheia está mais perto da Terra. Não vai ficar maior ou mais brilhante que isso em nenhum outro momento do ano.

— Isso significa que a gente vai participar do concurso?

Ele fechou o almanaque.

— Bem, já que você prometeu me ajudar...

Comemorei, batendo palmas.

— Oba! Nós vamos para Londres!

— Calma, calma, não fique cheio de expectativas. Só faltam quatro meses para o dia 7 de março, e temos muito a fazer até lá. Trabalho duro não permite atalhos.

E ele não estava exagerando! A quantidade de coisas que o Pai fez toda noite pelos quatro meses seguintes foi impressionante. Construiu um telescópio. Um mecanismo de rotação. Um suporte de madeira. Fez experimentos com misturas de coloides. Adaptou sua câmara escura. Tudo isso enquanto ainda atendia às encomendas de botas e tirava retratos no estúdio durante o dia. Toda noite, eu ia dormir e o deixava debruçado sobre a mesa cheia de livros, e toda manhã o encontrava na mesma posição. Não que o Pai reclamasse. Na verdade, ele parecia gostar do trabalho, até quando as palmas de suas mãos começavam a sangrar depois de horas lixando as lentes no arenito e polindo o vidro.

Conforme o grande dia se aproximava, não conseguíamos falar de outra coisa. E se nevasse naquela noite? E se estivesse nublado? E se estivesse frio demais e as lentes ficassem embaçadas? E se o vento forte movesse a câmara? Quando finalmente chegou o momento, eu já não me aguentava de tanta ansiedade. E o Pai, que em geral era cauteloso com o seu entusiasmo, não conseguia conter a própria animação.

O dia nasceu radiante, sem uma única nuvem. Nem acreditamos na nossa sorte. Era como se o céu tivesse conspirado com a gente para criar essa obra de arte, e estávamos prontos. Já tínhamos ensaiado cada passo inúmeras vezes, para garantir que tudo correria sem problemas. O Pai havia pintado Xs nas placas de madeira para indicar a posição do suporte, e havia coberto o alpendre com uma tela para bloquear o vento. Levamos o telescópio para fora assim que o sol começou a baixar. A engenhoca não parecia particularmente elegante, só uma longa caixa retangular feita de nogueira rústica. Mas, dentro dela, havia uma variedade meticulosa de lentes espelhadas que iria, de acordo com o Pai, *deixar o cosmos ao nosso alcance*. Na base do telescópio, estava a câmara, que o Pai prendeu com cuidado. Depois de ajustar o ângulo e fixar a base, ele se sentou ao meu lado nos degraus do alpendre, e nós esperamos o cair da noite num deslumbramento silencioso. Quando a lua começou a nascer por trás das montanhas, foi puro esplendor.

— Caramba — sussurrei em reverência. — Está tão brilhante quanto o sol.

— É o sol que a faz brilhar — sussurrou o Pai em resposta.

— Mas o sol não está brilhando.

— Está, sim. — Ele bagunçou o meu cabelo. — Mesmo quando a gente não vê, o sol nunca para de brilhar. Sempre se lembre disso.

— Tá bom.

— Acho que o céu já está escuro o suficiente. — Ele se levantou e limpou as mãos na calça. — Você está pronto?

— Sim! — exclamei, me levantando num pulo, feliz da vida.

Ele entornou o colódio na placa de vidro, que mais tarde seria o negativo, cobrindo toda a superfície. Em seguida, sob a proteção de um grande pano preto, jogou nitrato de prata para deixar a placa sensível à luz, e colocou seu suporte de madeira dentro da câmara escura. Fez pequenos ajustes no refletor de foco, então removeu o pano preto.

Quando estava tudo pronto, o Pai respirou fundo e, com cuidado, deslizou a tampa que cobria a lente para começar a exposição. Fizemos contagem regressiva a partir de vinte...

Seis. Cinco. Quatro. Três. Dois. Um.

Ele recolocou a tampa. Naquele momento, quando expirou, percebi que o Pai tinha prendido a respiração durante o processo.

Assim que a lente foi tampada, ele retirou o suporte da placa e foi para o quarto escuro que havia no porão, iluminado apenas por um lampião cor de rubi. Ele entornou sua solução de ferrótipo em cima da placa de vidro para revelar a imagem latente da lua.

Sempre achei fascinante, e sempre vou achar, o momento em que algo invisível se torna visível. Aos poucos, como mágica, o negativo da lua tomou forma na placa de vidro na vasilha.

O Pai ergueu a placa pelas bordas e, delicadamente, enxaguou-a em outro vasilhame que continha água da chuva. Então, na fraca luz vermelha, a aproximou do rosto para examiná-la com atenção. Pingos d'água caíam da parte de baixo do vidro e molhavam o chão.

— Tenho que admitir, Silas — disse devagar, sorrindo enquanto olhava para cada centímetro da placa —, isto superou as minhas maiores expectativas. As bordas estão nítidas. As áreas de sombra estão bem definidas. Dá para ver os mínimos detalhes... até nas crateras. A gente pode mesmo ganhar o prêmio!

— Posso ver? Posso ver? — perguntei, ansioso.

— Claro, mas tome muito cuidado.

Ele me passou a placa e, assim que os meus dedos se curvaram em volta das bordas, ela escorregou das minhas mãos. Em um segundo, o vidro se transformou em um milhão de pedacinhos aos meus pés.

Arquejei, como se os meus pulmões tivessem sido perfurados.

— Não — falei, sem fôlego, cobrindo a boca com as mãos. — Não, não.

Gemi de dor. Não acreditava no que tinha feito.

— Não tem problema, filho.

Não conseguia olhar para ele.

— Ah, Pai...

As palavras não se formavam nos meus lábios. Eram como cacos de vidro na minha boca.

— Não tem problema, filho — repetiu baixinho, acariciando o meu ombro. — Juro. Não tem problema.

Comecei a chorar freneticamente, uma convulsão de lágrimas que fez meu corpo todo tremer. Como eu era idiota! Desajeitado! A Viúva Barnes tinha razão. *Parvo!* É isso que eu sou!

Quase desmaiei no meio dos estilhaços, mas o Pai me pegou e me carregou até a cozinha. Eu soluçava tanto que a minha cabeça começou a doer. Meus olhos estavam ardendo. Só notei que meus tornozelos estavam cheios de pedacinhos de vidro quando vi o sangue.

O Pai me sentou na beira da mesa e removeu meticulosamente os fragmentos de vidro das minhas pernas enquanto eu tentava me acalmar. Conforme limpava o sangue com tintura de iodo, ele sussurrou num tom consolador:

— Não fizemos isso por causa da exposição nem do prêmio em dinheiro, ouviu? O que importa de verdade é que a gente conseguiu, Silas. Tiramos uma fotografia da lua. É só isso que importa, filho. Que a gente conseguiu.

O Pai tentou me fazer encará-lo, e, quando ergui a cabeça, ele sorriu e colocou as mãos nas minhas bochechas, limpando as lágrimas com os dedos.

— Teremos outras luas — garantiu, olhando fundo nos meus olhos. — Não se preocupe.

Então me abraçou, e eu entendi que tudo ficaria bem.

Ele me carregou até o quarto e ficou sentado na beira da cama até eu dormir.

Acordei poucas horas depois, com os olhos inchados de tanto chorar. O Pai já tinha saído, mas Mittenwool estava lá.

— Você viu o que aconteceu? — perguntei. — Eu quebrei a lua.

— Eu vi. Sinto muito.

— O Pai foi dormir?

— Ele está no alpendre.

Desci a escada e olhei pela janela da cozinha. O Pai estava mesmo no alpendre, encostado no pilar ao lado do telescópio. Só havia uma névoa amarelada onde a lua estivera mais cedo, mas o Pai observava o céu como se ainda pudesse vê-la. Seus olhos brilhavam na escuridão.

Ele parecia tão sereno que eu não quis interromper. Voltei para a cama.

— Teremos outras luas — disse Mittenwool, repetindo as palavras do Pai.

— Não como aquela — respondi, puxando o cobertor sobre a cabeça.

Agora, deitado nessa Floresta desconhecida, nesse chão desconhecido, olhando para uma lua cheia infinitamente mais pálida do que a que capturamos por um breve momento, só pensei nos olhos do Pai observando o céu, brilhando mil vezes mais do que qualquer lua jamais conseguiria.

Relembrando aquela noite, percebi que a fonte de iluminação da lua não era o sol. Era o Pai.

CIN

> **Não sabemos por que eles podem vir, nem por que não podem.**
>
> — Catherine Crowe
> *The Night-Side of Nature*, 1848

1

Na manhã seguinte, acordei antes do delegado Farmer e já estava pronto para partir. Pronto para continuar a viagem. Assim que ele se levantou, montamos nos cavalos e seguimos. Sem conversa. Sem parar para comer.

Por sorte, não seria necessário passar pelo Brejo. Os homens que estávamos perseguindo devem ter odiado o pântano tanto quanto nós, pois contornaram a área em vez de a atravessarem. Fiquei aliviado, é claro, não só porque não precisaria reencontrar os fantasmas do Brejo, mas também porque os mosquitos de lá tinham me mordido sem dó nem piedade.

— Por que eles não picam você? — reclamei quando paramos num riacho para os cavalos beberem água, notando que o delegado Farmer não tinha uma única mordida. Eu já estava sangrando de tanto me coçar.

— Acho que a minha pele é dura demais — respondeu, orgulhoso. — É isso que acontece quando você chega à minha idade.

— Qual é a sua idade?

— Hum. Sabe, não tenho certeza — murmurou. Ele apertou os olhos, encarando as árvores do outro lado do riacho. — A verdade é que estou sempre nesta Floresta, perseguindo fugitivos de um lado para outro, e acabo perdendo a noção do tempo. Em que ano estamos?

— 1860.

— Hum. É, faz sentido. Vou te dizer, garoto: o tempo é engolido por esta Floresta. Vamos.

Ele bateu as rédeas da égua, e fui atrás, obediente.

Eu tinha percebido a mesma coisa, sobre como o tempo corre na Floresta. Não sabia dizer se era manhã ou tarde quando estávamos cavalgando. Minutos pareciam horas. Horas pareciam segundos. Às vezes, tinha a impressão de que a gente passava pelas mesmas árvores, pelo mesmo bosque, pelas mesmas colinas cheias de sanguinárias e murugem, de novo, e de novo, e de novo. Mas então, de repente, encontrávamos uma clareirazinha iluminada, e parecia que o céu tinha descido à Terra junto com os raios de sol. Cada árvore e cada galho cintilavam com uma luz dourada, e, quando eu olhava para cima, podia ver o céu azul-brilhante sobre a copa das árvores. Era incrivelmente bonito.

Comecei a entender que o tempo é como a luz salpicada que entra na Floresta. Vai e vem. Brilha e se esconde. Durante todo esse processo, estamos apenas de passagem. Eu me senti um pouco como Jonas dentro daquela enorme baleia, isolado do mundo, as árvores se erguendo à minha volta como costelas imensas, e Pônei, meu pequeno bote, se agitando no mar. Não que eu já tivesse visto o mar, mas é assim que o imaginava.

Naquele dia, só fizemos uma parada longa. Acho que foi no meio da tarde, mas não sei, pode ter sido mais cedo. Desci do Pônei e comecei a colher brotos de samambaia, enquanto o delegado Farmer se agachou para examinar os rastros, que tinham se perdido um pouco na vegetação. Mais uma vez, notei como suas costas eram curvadas.

— Está olhando o quê? — rosnou quando percebeu que eu o observava.

— Nada!

Sério, ele era um velho tão rabugento que às vezes era até difícil de aguentar.

— Peguei uns brotos de samambaia para a gente comer depois — falei, apontando para as plantas ao meu lado.

— Esses são venenosos — avisou, com ar indiferente.

— Quê?

Larguei imediatamente os brotos e limpei as mãos no casaco.

— Me ajude a levantar.

Estendi a mão, e, usando-a como apoio, o delegado ficou de pé.

— Só coma os que tiverem borda marrom — informou, depois de se levantar. — Agora vamos indo. Sei para que direção eles seguiram.

Montei no Pônei e vi o delegado Farmer subir na égua, com um pouco de dificuldade por causa da dor nas costas.

— Meu pai pode te ajudar com a sua coluna, aliás — sugeri cautelosamente quando, enfim, fizemos os cavalos trotarem. Eu cavalgava ao lado do delegado numa clareira larga e escura. — Quando a gente encontrar o meu pai, quer dizer. Ele pode realinhar as vértebras das suas costas, que nem fez com as minhas.

— Do que você está falando?

— Alguns anos atrás, depois da minha experiência com um raio, eu caí e dei um jeito na coluna. Meu pai pegou todos os livros de anatomia que conseguiu encontrar e, por incrível que pareça, curou a minha coluna! Pode curar a sua também!

Ele me lançou um olhar irritado, então logo virei o rosto.

— Ele podia ter sido médico, o meu pai — continuei, tomando o cuidado de não encarar o delegado Farmer, como quem evita olhar diretamente para um animal selvagem. — Ou um cientista. Ele tem muito conhecimento sobre biologia e coisas do tipo.

— Você não disse que ele era sapateiro?

— Esse é o ganha-pão dele — respondi. — Mas ele sabe sobre um monte de assuntos. Você não vai encontrar um homem mais inteligente, delegado Farmer! Praticamente um gênio, eu diria.

— É mesmo, é?

— Acho que foi por isso que levaram ele.

— Como assim?

— Provavelmente acharam que ele podia ajudar com aquele negócio de falsa ação.

— Falsificação.

— Falsificação.

— Você nem sabe o que é isso, não é?

— Não, senhor.

— Você sabe quem é Fénelon, mas não conhece a palavra *falsificação*.

Se ele queria que eu me sentisse um idiota, conseguiu.

— Nunca falei que *eu* era um gênio — murmurei.

— Um falsificador é alguém que produz dinheiro falso — explicou.

— Dinheiro falso? Como fazem isso?

— Tem mais de um jeito. Basicamente, eles apagam a tinta de um papel-moeda velho e fazem uma nova impressão com valores mais altos, que ficam parecendo verdadeiros e se passam por dinheiro.

— Como eles apagam a tinta?

— Usando produtos químicos e coisas assim.

Não pude conter a animação.

— Então a minha teoria faz sentido! O Pai usa produtos químicos para gravar imagens no papel, delegado Farmer. Só que, em vez de a imagem ficar apenas na superfície, como uma impressão em papel albuminado, ela tinge a própria fibra do papel. O Pai fez até um pedido de patente.

O delegado se reclinou sobre a sela e mordiscou as bochechas, como se estivesse pensando nas minhas palavras.

— Bem, admito que química está um pouco além do meu conhecimento — comentou alguns segundos depois —, mas talvez você tenha razão, garoto. Esses falsificadores estão sempre procurando formas de inovar. Não importa o que os bancos façam para tentar ser mais espertos que eles, os falsificadores estão sempre dois passos à frente.

— Fazer dinheiro falso não me parece tão ruim. — Continuei tagarelando, sem pensar no que estava dizendo. Não sei por que as palavras pulavam da minha boca que nem cuspe quando eu estava com o delegado Farmer.

— Você não acha tão ruim? — gritou ele com raiva, se virando na sela para literalmente rosnar e me mostrar os dentes. Os poucos que ele tinha eram cor de poeira. — Se tivesse uma nota de cem dólares e descobrisse que ela não valia nada, como ia se sentir?

Meu queixo caiu.

— Delegado Farmer — respondi com honestidade —, nem sei como me sentiria, nunca na vida tive uma nota de cem dólares!

Acho que a minha sinceridade inesperada o pegou de surpresa. O delegado chegou a rir enquanto balançava a cabeça.

— Te garanto uma coisa, garoto — disse ele. — Se o seu pai conseguir ajeitar a minha coluna, pago o dobro disso com dinheiro de verdade.

— Negócio fechado! — exclamei, satisfeito por melhorar o humor do delegado.

— Certo. Agora chega de tagarelar. Prepare o seu cavalo e vamos andando.

— Espera, delegado Farmer. Olha! — gritei, puxando as rédeas do Pônei para brecá-lo. Desmontei empolgado e corri até uma árvore, onde havia dois ovinhos de pássaro intactos sobre uma samambaia. Levantei-os para o delegado ver. — Um para você e outro para mim!

— Tudo bem, tudo bem, mas vamos logo.

Sem paciência, ele estalou os dedos na minha direção.

Coloquei os ovinhos com cuidado no bolso do casaco e subi no Pônei.

— Aliás, o que foi aquilo que você falou antes? Sobre sua *experiência com um raio*. O que quis dizer?

— Ah. Eu fui atingido por um raio alguns anos atrás — respondi sem rodeios.

Ele riu de novo, balançando a cabeça. Então esporeou a égua para ir mais rápido.

— É verdade! — berrei, dando uma joelhada no Pônei para alcançá-lo. — Fiquei com uma marca nas costas. Posso te mostrar mais tarde, quando a gente montar acampamento.

— Não precisa, garoto.

O delegado nem olhou para mim enquanto falava.

— O Pai diz que significa que eu sou sortudo — acrescentei.

— Sortudo? — sibilou ele, e de repente todo o humor desapareceu de sua voz. — Você está no meio do nada, perseguindo um bando de malfeitores. Como isso pode ser sorte?

— Bom, encontrar você foi sorte, não foi?

Ele voltou a ser o velho calado de sempre. Com o rosto virado para a frente. Os cantos dos lábios repuxados para baixo.

— Que tal dar um descanso para a sua boca, hein? — murmurou. — Nunca vi alguém falar tanto quanto você!

E esse foi o fim da nossa conversa pelo resto do dia.

2

Montamos acampamento logo antes do crepúsculo. O delegado Farmer soltou um gemido quando se sentou, apoiando as costas numa árvore grande, enquanto eu preparava a fogueira para cozinhar os ovos, depois de colocá-los contra a luz para ver se não estavam podres. A fome finalmente tinha batido. Eu estava sentindo até pontadas na barriga, logo abaixo das costelas. Minha cabeça estava zonza. Observei os ovos cozinhando e fiquei com água na boca.

Era o fim do nosso terceiro dia juntos na Floresta.

Eu e o delegado ficamos em silêncio, como de costume, em lados opostos da fogueira. Eu tinha decidido não puxar nenhuma conversa naquela noite. Não aguentava mais ser chamado de tagarela. Se o delegado quisesse falar, ele que começasse o assunto. Enquanto eu olhava para a fogueira, ele tirou o cantil do bolso e deu vários goles demorados. Ele devia ter várias garrafas de "néctar" no alforje, porque aquele cantil nunca esvaziava.

Acho que o delegado percebeu que eu não queria abrir a boca, porque ficava me encarando enquanto eu preparava os ovos, como se estivesse torcendo para eu falar alguma coisa. Mas eu não ia falar.

Enfim, ao acender o cachimbo, ele quebrou o silêncio:

— Você estava falando sobre o seu pai mais cedo — começou —, e isso me fez pensar.

Aticei o fogo, mantendo o rosto inexpressivo.

— Você tem certeza de que ele não conhecia nenhum dos homens que foram buscá-lo? — continuou.

Senti um nó na garganta.

— Tenho.

Ele assentiu, alisando a barba. Na meia-luz do fogo, seu corpo parecia desaparecer no tronco da árvore que o apoiava.

— Estou perguntando porque o Mac Boat era um sujeito esperto. Ele teria se interessado por aquelas coisas químicas que você mencionou.

Me odiei por ter tocado nesse assunto.

— Eu cheguei a te contar o que o Mac Boat fez? — perguntou o delegado.

— Só que ele era falsificador.

— Isso é o que ele *era* — retrucou. — Não o que ele *fez*. Quer que eu te conte?

Dei de ombros, como se eu não me importasse.

— O homem pegou o seu pai. Não está nem um pouco curioso?

— Eu nunca disse que *ele* pegou o meu pai — respondi depressa. — Falei que o Rufe Jones mencionou o nome dele, só isso.

— Estou surpreso com a sua falta de curiosidade.

— Tá bem, então. Me conta.

Ele se ajeitou na árvore, como se estivesse se preparando para contar uma longa história.

— Já ouviu falar da Gangue da Orange Street? — indagou, apontando o cachimbo para mim. — Não. Claro que não. A Gangue da Orange Street era a maior quadrilha de falsificadores de Nova York. Isso faz um bom tempo, claro, antes de você nascer. As operações do grupo iam de Five Points até o Canadá, para você ver como eles eram poderosos. Enfim, o Mac Boat surgiu na Gangue da Orange Street.

— Certo.

Dei de ombros de novo, tentando fingir indiferença.

— As autoridades estavam há anos perseguindo essa gangue — continuou, contando a história cheio de entusiasmo. — E um dia, do nada, receberam uma denúncia sobre uma grande troca que ia acontecer. Esse é o momento em que as notas falsas são substituídas por dinheiro de verdade. Então, reuniram uma equipe enorme. Xerifes, policiais, delegados. Eram mais ou menos vinte homens. E cercaram o esconderijo na Orange Street. Houve um forte tiroteio. Seis oficiais foram mortos. Mas, no final, conseguiram pegar todo mundo. A gangue inteira foi morta ou presa... exceto por uma pessoa. Quer saber quem foi?

Ele me observou, os olhos arregalados de expectativa.

— Mac Boat — respondi, relutante.

— Exatamente — confirmou, dando uma longa baforada no cachimbo. — E até hoje, ninguém sabe como ele fez isso. Não só escapou da lei naquele dia, como levou um baú cheio de moedas de ouro. Vinte mil dólares em Liberty Heads recém-cunhadas.

Fiquei sem fôlego.

— Vinte mil dólares? Para onde ele foi com todo esse dinheiro?

O delegado Farmer se recostou.

— Ninguém sabe — respondeu. — As moedas nunca voltaram à circulação. Podem estar enterradas em algum lugar. Ou foram derretidas para virar barras de ouro. Ele pode ter viajado com elas para a Escócia, seu país de origem. Mas a verdade é que ninguém sabe o que aconteceu com o Mac Boat. É como se tivesse evaporado. Foi por isso que, quando você mencionou o nome dele de repente, fiquei em alerta. É tudo muito misterioso, não acha?

Observei o fogo. Não posso dizer o que estava passando pela minha cabeça, pois eu mesmo não sabia.

— E aí fiquei pensando — disse o delegado. — Se o Mac Boat está mancomunado com os homens que estou perseguindo, tem uma boa chance de eu resolver o mistério dos vinte mil dólares quando pegá-los. Seria um feito e tanto, hein?

Os ovos cozidos ficaram prontos. Àquela altura, eu já tinha perdido o apetite. Afastei a panela do fogo e, com um graveto forcado, tirei um ovo da água. Não estava com vontade de comê-lo, mas queria evitar os olhos do delegado.

Enquanto descascava o ovo, percebi que ele estava me observando.

— Veja bem, não estou atrás da recompensa — continuou. — O que eu quero é acertar as contas com esses caras, só isso. Alguns anos atrás, meu parceiro foi morto pelo chefe dessa gangue, um homem chamado Roscoe Ollerenshaw, e eu...

— Esse é o nome — interrompi, levantando o rosto depressa.

— Como é?

— Esse é o nome que eu não consegui lembrar outro dia. *Esse* é o homem que mandou o Rufe Jones pegar o meu pai. Não Mac Boat.

— Roscoe Ollerenshaw? Você tem certeza?

— Absoluta.

— Ora, mas essa é boa! — sibilou, coçando o queixo. — Estou perseguindo esse homem há anos! Jurei no túmulo do meu parceiro que ia encontrar o Ollerenshaw. Quem diria!

Enquanto o delegado falava, dei uma mordida no ovo descascado. Cuspi na mesma hora, lutando contra a vontade de vomitar.

O delegado Farmer sorriu.

— É um ovo selvagem, filho — disse, rindo de leve.

— Mas eu coloquei contra a luz!

— Às vezes só dá para ver que tem um pintinho quando a gente morde. Achei que você soubesse disso.

— Não sabia! — respondi amargamente, tomando um bom gole d'água do meu cantil e jogando o ovo na fogueira.

— Tenta o outro. Pode ser que esteja bom.

Joguei o segundo ovo no fogo também e abracei meus joelhos.

— Se estiver com fome, sempre dá para cavar em busca de larvas — sugeriu. — Não ficam tão ruins se você fritá-las num galho.

— Não estou com fome!

— Você que sabe. — Ele pegou seu cantil e começou a beber. — Enfim, como eu estava dizendo…

— Olha, se você não se importar, não quero mais falar sobre essas coisas! — Eu o interrompi, pois achei mesmo que fosse vomitar. — Não quero ouvir sobre tiroteios, polícia e falsificadores. Só quero ir dormir. Tudo bem?

A fogueira crepitou.

— Tudo bem — respondeu ele, achando graça. — Mas coloque mais lenha no fogo antes de se deitar, ouviu?

Revirei os olhos, joguei uns galhos grandes na fogueira e então desenrolei o cobertor da sela.

— Boa noite — falei, virando de lado, de costas para o fogo.

Ele arrotou. Então, disse com a voz um pouco diferente, em um tom malicioso:

— Ei, deixa eu te perguntar mais uma coisa.

Resmunguei. Por alguma razão, sabia exatamente o que ele ia perguntar.

— O que é?

Ele tomou mais um gole da bebida.

— Por que você o chama de Mittenwool? Que tipo de nome é esse? Por que não Tom? Ou Frank?

— Eu não o *chamo* de nada. Esse é o nome dele.

— É um nome que uma criancinha inventaria. Que nem Penny Doll.

Por fim, me virei para encarar o delegado.

— Que tipo de homem deixa um menino morder um ovo com um pintinho? Essa devia ser a pergunta!

— Ha-ha-ha! O tipo de homem que acha que um garoto com um fantasma deveria saber as coisas mais básicas do mundo! Imaginei que o seu amigo invisível cuidava de você, evitando que comesse pintinhos malpassados.

Apertei os olhos para encará-lo.

— Meu *amigo invisível* não está aqui agora. E sabe por quê? Porque ele não gosta de você, delegado Farmer! Nem um pouco! E não posso dizer que ele está errado.

Só percebi quanta raiva havia na minha voz quando o delegado olhou para mim, com as sobrancelhas erguidas, os lábios comprimidos. Então soltou a maior gargalhada que já vi sair de sua boca. Riu tanto que se engasgou.

Eu simplesmente me deitei de novo.

— Que bom que você está se divertindo — falei, virando de lado.

— Não, garoto — respondeu o delegado, o riso ainda na voz. — Por favor, só estou brincando um pouco, só isso. Não fica assim.

— Não acho graça nenhuma nas suas brincadeiras — rebati debaixo do cobertor.

— Não fique chateado, garoto. É só o delegado Farmer se divertindo um tiquinho, só isso. A verdade é que estou sozinho há tanto tempo que já não sei mais conviver com outras pessoas.

— Só estou aqui com você porque está me ajudando a encontrar o Pai. Essa é a *única* razão.

— Eu sei, garoto.

— E não estou nem aí se você acredita em mim ou não. Sobre o raio, fantasmas ou qualquer outra coisa. O Pai sempre diz: *A verdade é a verdade. Não importa no que as outras pessoas acreditam*. Então acredite no que quiser, delegado Farmer. Pode rir à vontade. Não me importo nem um pouco. Agora vou dormir. Boa noite!

O fogo crepitou, e seu calor se espalhou pelas minhas costas. Alguns segundos se passaram.

— Ele parece um bom homem, o seu pai — disse o delegado Farmer com gentileza.

Engoli em seco.
— O melhor de todos.
— Vou encontrá-lo para você, garoto. Prometo.
Ele parecia estar falando sério. Não respondi.
— Boa noite, garoto.
Não respondi.

3

Minha mente vagou em círculos depois disso. O delegado Farmer, com seu jeito singular, tinha acendido uma centelha na minha cabeça mil vezes mais quente do que a fogueira às minhas costas. Meus pensamentos rodopiavam feito fumaça. Minha cabeça doía.

Mittenwool.

O Pai me contou que essa foi uma das primeiras palavras que eu falei quando era bebê. Não *Pai*. Não *gu-gu*. Mas *Mittenwool*. Como isso deve ter sido estranho para ele na época. Não posso nem imaginar o que ele pensou. Mas o Pai sempre agiu como se fosse a coisa mais normal do mundo. Nunca debochou de mim. Nunca fez com que eu me questionasse ou me sentisse bobo.

É claro que eu já refleti sobre o mistério de Mittenwool. Posso ser jovem, mas também sou curioso. E, embora tenha aceitado as incertezas do nosso mundo com o devido respeito, sempre fui sensato o bastante para formular as perguntas para as quais não tinha resposta. Cheguei até a fazê-las para Mittenwool vez ou outra, como já mencionei, mas ele sempre foi vago. Na verdade, ele não sabe quase nada sobre si mesmo. E não há uma explicação lógica para o pouco que ele sabe. As regras do xadrez. A repulsa por peras. O desdém por sapatos. A única coisa que ele sabe com certeza é que não sabe nada com certeza.

Cheguei à seguinte conclusão: algumas almas estão prontas para deixar o mundo, e outras, não. É só isso. Aquelas que estão prontas, como a minha mãe, simplesmente se vão. Mas aquelas que não estão ficam aqui. Talvez suas mortes tenham sido muito repentinas, então elas se conectam ao último lugar em que se lembram de estar vivas. Algo familiar. Onde seus ossos repousam. Ou talvez estejam esperando por alguém. Elas podem ter assuntos inacabados. Algo que queiram resolver. E, quando resolvem, seguem em frente, como disse Mittenwool.

No entanto, não sei por que eu consigo ver essas almas e outras pessoas, não. Lembro-me da minha surpresa quando, ainda novo, percebi pela primeira vez que os outros não enxergavam Mittenwool. *Como isso é possível? Ele é tão vívido para mim! Posso segurar a mão dele! Posso ver seus dentes quando ri! Suas roupas ficam amassadas! Suas unhas ficam sujas! Ele não podia ser mais real. De carne e osso. Como as pessoas não conseguem vê-lo? Como o Pai não consegue vê-lo?* Parecia impossível para mim.

Ele nem era o único fantasma que eu já tinha visto. Sempre notei outros de relance. Sombras fugazes em Boneville. Figuras espreitando por entre as árvores.

Mas eu fechava os olhos para elas. Não queria ver algo que depois não conseguiria esquecer.

Nunca foi assim com Mittenwool. Nunca houve um momento em que ele não estivesse presente. Como um irmão mais velho. Um companheiro constante.

Por que ele apareceu na minha vida, e como estamos conectados, são perguntas que eu talvez nunca saiba responder. Acho que é assim com todo mundo. Dia após dia, as pessoas passam umas pelas outras na rua, e não fazem a menor ideia se têm algum tipo de conexão. Se talvez as avós delas se conheceram. A mulher que compra açúcar na mercearia não imagina que o estranho à sua frente pode ser um primo distante. As pessoas não pensam assim. Não se perguntam, quando encontram alguém: *Será que nossos ancestrais se conheciam? Será que tiveram uma briga? Será que se amavam? Na antiguidade, quando tribos vagavam pelo deserto, será que erámos do mesmo povo?* Só Deus sabe os vínculos que temos! E, se é assim com os vivos, então deve ser assim com os mortos. Os mistérios que nos governam os governam também. Se a vida é uma aventura pelo grande desconhecido, o mesmo deve valer para a morte. E embora algumas pessoas, como a minha mãe, soubessem exatamente para onde estavam indo, outras talvez não soubessem. Pode ser que tenham se desviado um pouco do caminho, sem saber para onde ir, ou que se sintam perdidas. Talvez precisem de um mapa, como estrangeiros num país novo. Estão procurando pontos de referência. Uma bússola. Instruções para onde ir. Talvez Mittenwool esteja apenas de passagem, e nosso tempo juntos seja apenas uma parada em sua viagem.

Eu simplesmente não sei.

Mas aprendi a aceitar tudo que não sei. Aceitei todas as leis da física que são quebradas, as biologias sobrenaturais que estão em jogo, e as provas inconsistentes da existência de Mittenwool. Aceitei a lógica delicada do seu Ser e todas as suas frágeis manifestações. A única coisa que sei, com certeza absoluta, é que ele sempre esteve do meu lado. E é só isso que eu preciso saber.

Então, se o velho delegado Farmer quer se divertir com isso, o que posso fazer? Que ria à vontade. Não me importo com o que ele acredita. A verdade é a verdade, como diz o Pai. E só.

Era o que eu falava para mim mesmo enquanto a fogueira aquecia minhas costas, e a parte noturna do mundo ecoava na escuridão. *A verdade é a verdade.* As palavras me acalmaram feito um bálsamo.

No entanto, a outra parte da conversa com o delegado me mantinha acordado. Sobre Mac Boat e um baú cheio de moedas de ouro. Era essa história que a minha mente não conseguia silenciar, que o meu coração não conseguia esquecer. Esses pensamentos continuavam flutuando na minha cabeça, se chocando como mariposas dentro de um lampião. Era simplesmente indecifrável.

Suponho que, no fundo do meu coração, talvez eu já soubesse da verdade. Ou acreditasse que a descobriria do outro lado da Floresta. Mas o coração é um lugar misterioso. Podemos viajar milhares de quilômetros, passar por terras estranhas, e ainda assim nunca encontrar algo tão indecifrável quanto o amor.

4

Acordamos cedo na manhã seguinte. Estava fresco e ventava. Eu me sentia cansado, irritado pela falta de sono.

— Vem tempestade por aí — anunciou o delegado Farmer.

Olhei para cima. Não vi nenhuma nuvem no céu, mas não ia perder meu tempo discordando.

— Hoje a gente chega à ravina? — perguntei.

Ele grunhiu alguma resposta. Podia ter sido um sim e podia ter sido um não. Não me dei ao trabalho de confirmar.

Esse era o meu quarto dia na Floresta. Parte de mim pensava: *Se eu tivesse ficado em casa esperando, será que o Pai estaria de volta em alguns dias?* Ou pensava: *Talvez, se eu tivesse escutado Mittenwool, teria evitado os mosquitos, e a fome, e os ossos doídos de tanto cavalgar, e a memória dos mortos ensanguentados.* Sim, tudo isso passou pela minha cabeça. Mas também pensei: *O mundo só gira para a frente. O relógio não anda para trás.*

Cavalgamos em alta velocidade e, em uma hora, chegamos à ravina.

Depois de tanto tempo de viagem, encontrar esse lugar tão subitamente pela manhã pareceu ao mesmo tempo extraordinário e banal. Fiquei um pouco sem fôlego, como se estivesse correndo sem enxergar e agora, de repente, o sol brilhasse nos meus olhos. As coisas começaram a acontecer mais depressa. Meu corpo estava arrepiado, meus sentidos aguçados. Finalmente estávamos na ravina.

Não tinha percebido, até olhar para o outro lado, como tínhamos subido na Floresta ao longo dos últimos dias. O que parecia uma inclinação leve era, na realidade, bem mais íngreme do que eu havia imaginado. Quando alcançamos o topo da ravina, era como se estivéssemos na beira do mundo. Nos meus doze anos de vida, nunca tinha ido a um lugar tão alto, e, por alguns segundos, enquanto olhava para o penhasco, senti minha alma desfalecer, como se estivesse deixando meu corpo. Tive que ficar de quatro e voltar engatinhando até o ponto em que tínhamos amarrado Pônei e a égua marrom, a poucos metros do desfiladeiro. Só de ver o delegado andando de um lado para o outro no precipício me deixou com as pernas bambas e um frio na espinha. Havia um nome para isso, o Pai tinha me ensinado, mas a palavra me fugia. Assim como milhões de outras palavras, ela rodopiava no espaço entre mim e a terra lá embaixo.

Não conseguia mais olhar para o delegado Farmer, então escondi a cara na crina do Pônei. A maneira como ele relinchou em resposta me fez lembrar de Argos, que fazia os mesmos sons estridentes quando eu afagava seu estômago, e de repente senti uma onda de desespero. *Como está o Argos? O que estou fazendo aqui? Como diabos vim parar na beira de uma ravina tão distante de casa?*

Olhei ao redor, procurando por Mittenwool. Não o via desde a noite anterior. O sumiço dele me irritava. Tinha prometido que ficaria por perto.

O delegado Farmer se aproximou, murmurando alguma coisa para si mesmo. Não estava de bom humor, para dizer o mínimo.

Ele tinha perdido o rastro. Dava para perceber. Ali, no pico rochoso desse penhasco impossivelmente alto, não havia marcas de cascos nem galhos torcidos. Procuramos em todo lugar por estrume de cavalo ou sinais de acampamento. Era como se o Pai e os homens que estávamos perseguindo tivessem desaparecido da face da Terra.

— O que a gente faz agora? — perguntei.

— Não tenho a menor ideia — resmungou o delegado, com a voz irritada.

— Estou com sede — falei, não tanto para ele, mas só para me expressar em voz alta. Mas isso o deixou zangado.

— Dá para ficar quieto enquanto estou tentando pensar?

Minha vontade era dizer que eu não tinha aberto a boca naquela manhã, mas segurei a língua. Ele voltou para o precipício e se ajoelhou. Fiquei inquieto quando se inclinou, dobrando a coluna. Ele se arrastou até a beirada, então se deitou de bruços, deixando a cabeça completamente para fora do penhasco. Admirei sua coragem, até ouvi-lo me chamar:

— Garoto, vem cá.

— Não, obrigado, estou bem aqui — respondi, com o rosto enterrado no pescoço de Pônei.

— Vem cá!

A contragosto, rastejei até o delegado e parei em suas botas.

— Não, mais perto — ordenou. — Meus olhos não são muito bons. Você tem que vir até aqui e me dizer o que está vendo.

— Meus olhos também não são muito bons — retruquei.

— Venha agora mesmo! — insistiu, com uma expressão dura, o rosto novamente vermelho.

Hesitei, mas sabia que o Pai estava lá, do outro lado da ravina, e meus ossos, meu tutano, meu coração e cada músculo do meu corpo me diziam que ele precisava de mim. Então criei coragem e, de bruços na pedra lisa, me arrastei até o delegado Farmer. Com as mãos agarrando a beirada do precipício, fiquei ao lado dele, nossas cabeças dependuradas sobre o abismo.

— Olha ali — mandou. — O que você vê?

Achei que fosse desmaiar olhando para onde ele apontou, mas não. Havia um riacho caudaloso lá embaixo, não tão largo quanto um rio, atravessando uma vala apertada entre as paredes de pedra.

— Estou vendo um riacho — respondi.

— Não, ali! — disse com impaciência, indicando a parede do outro lado do penhasco, que parecia bem próxima.

— Nada além do desfiladeiro — afirmei.

— Então olha ali e ali! — ordenou, gesticulando para a esquerda e para a direita. Entendi que era para eu procurar por alguma coisa em todas as direções.

— O que você quer que eu procure? — perguntei, incerto.

— Eu sei lá! Só use os seus olhos, diabo.

Então tentei encontrar sabe Deus o quê. Analisei com atenção toda a parede do penhasco, olhando para a direita e para a esquerda. Não havia nada além da mesma parede de pedra amarela, e estava prestes a falar isso quando algo em cima do precipício me chamou a atenção.

Era Mittenwool! De pé na beirada, acenando para mim. Era para lá que ele tinha ido! Fiz o possível para conter minha alegria, e claro que não mencionei nada para o delegado Farmer.

Mittenwool apontou para baixo. Ele estava diretamente acima do ponto em que o penhasco fazia uma curva, ondulando feito uma cortina. Baixei os olhos em linha reta, como se fosse um prumo. Perto do chão, a uns seis metros do riacho, vi uma cavidade tosca e comprida na parede. Não parecia nada de mais, exceto pelo fato de que havia outra, de tamanho semelhante, quase um metro abaixo, e mais algumas abaixo dessa. Eram seis no total, mais ou menos paralelas umas às outras, descendo até o riacho.

— Estou vendo pequenos entalhes ali — falei para o delegado Farmer, apontando para a esquerda. — Como se fossem degraus escavados na pedra.

Ele voltou sua atenção para onde eu indiquei, mas não conseguiu ver nada, mesmo com os olhos apertados. Então se afastou da beirada e me cutucou com os dedos inchados para que eu fizesse o mesmo.

Voltamos até os animais e cavalgamos quase meio quilômetro pela Floresta, sempre margeando a ravina, e depois repetimos o mesmo método de aproximação. A pedra ali era bem mais íngreme, então, para colocar a cabeça sobre o penhasco, meus braços precisariam de mais força do que tinham. Achei que o delegado Farmer fosse me ajudar, mas ele apenas me apressou com ofensas.

— Anda logo, garoto! Coloque esses seus bracinhos magricelas para funcionar — ordenou o homen, grosseiramente.

Fiz força e mais força, e finalmente consegui chegar à beirada para ver o outro lado da ravina. Para o meu alívio, Mittenwool estava no mesmo lugar de antes. E bem mais abaixo estavam as seis marcas sobre o riacho. Daquele novo local de observação, no ponto diretamente oposto à parede do penhasco, pude ver o que não conseguia antes. Acima da "escada", onde a parede fazia a curva, havia uma grande saliência que levava a um buraco na pedra. Talvez tivesse uns quatro metros de diâmetro, mas ficava escondida no fundo da saliência, a não ser que alguém olhasse bem de frente. Se a pessoa estivesse poucos metros para a esquerda ou para a direita, não veria o que certamente era a entrada de uma caverna.

5

— Minha nossa! — sussurrou o delegado Farmer, exultante. — Encontramos, garoto. Encontramos.

— Tem certeza? — perguntei.

— Veja você mesmo! Até os meus velhos olhos conseguem ver que é uma caverna. Devia estar um breu lá dentro, não é? Mas não está. Sabe por quê?

— Porque está iluminada por dentro?

Ele assentiu.

— Exato!

— Então o Pai está lá? — perguntei, com o coração acelerado.

— Aposto que sim — respondeu o delegado. — Eles usam esses buracos na pedra como uma escada, e sobem do leito do riacho até a caverna.

— Mas como chegam daqui até o leito do riacho?

— Isso eu não sei. Deve ter algum caminho para baixo ou por dentro. O que tem ali? — Ele apontou para a nossa esquerda, onde, ao longe, o riacho parecia se bifurcar em torno de uma cachoeira estreita. — É uma cascata? Acho que estou escutando alguma coisa. Malditos olhos e ouvidos de velho...

— É uma cascata, sim, senhor.

— Vamos até lá.

Ele desceu da pedra, e fui atrás.

Cavalgamos por mais meia hora. Pônei se manteve perto das árvores, como se soubesse que eu não queria ver o abismo. O delegado seguiu pela ravina, mas não perto o bastante para ser visto do outro lado.

Quando finalmente paramos, o delegado me chamou com um gesto, e lutei para me manter firme enquanto me aproximava. Estávamos num mirante diante da ravina e, do outro lado, havia mais um mirante alguns metros abaixo. Era um salto de quase dois metros até lá. Entre os dois mirantes, não havia nada além de uma queda livre até o riacho caudaloso. Estávamos no ponto mais estreito da ravina, pois à nossa esquerda ela se abria e se dividia em duas grandes elevações, tão íngremes quanto qualquer outra lateral de montanha.

Eu não conseguia nem olhar para além da borda sem ficar tonto, com os joelhos tremendo. Levei Pônei de volta às árvores, a uns quatro metros do delegado Farmer, que estava procurando alguma coisa, talvez uma passagem mágica pelo abismo estreito.

— Silas! — chamou Mittenwool, saindo da Floresta e andando na minha direção.

— Você encontrou a caverna — sussurrei, grato, para o delegado não me ouvir.

— Ele está lá, Silas! O Pai está na caverna. Eu vi.

Cobri a boca para não soltar um grito.

— Ele está com os pés acorrentados, mas parece bem. Tem outros homens na caverna. Não sei quantos, pois estão sempre indo e vindo. Os cavalos deles ficam no pé da Cachoeira. Do outro lado tem um caminho até o riacho, mas não dá para ver daqui porque fica logo atrás da cascata.

— Como a gente chega até o outro lado?

— Vamos ter que pular — respondeu o delegado Farmer, que tinha se aproximado por trás e achou que eu estava falando com ele.

Eu me virei depressa.

— Como assim "pular"? — perguntei.

— O caminho que leva até o riacho deve ficar do outro lado da Cachoeira.

— Eu sei, mas...

— Como assim, você *sabe*? Como pode saber?

— Quis dizer que *suponho*. Mas isso não importa se não conseguirmos chegar ao outro lado do abismo.

Suas narinas inflaram.

— Tem um jeito de chegar ao outro lado, que é pulando!

Achei tão absurdo que quase ri.

— A gente não pode fazer isso!

— Infelizmente, ele tem razão — murmurou Mittenwool, ainda do meu lado. — É a única forma de atravessar.

— Não vamos saltar sobre a ravina — declarei em voz alta, sem acreditar no que estava ouvindo.

Eu até esperava uma coisa dessas do delegado, mas do Mittenwool, que sempre me protegeu?

— Passei a noite toda procurando um caminho mais seguro — afirmou Mittenwool, olhando para o abismo. — Não tem outra maneira de atravessar. Talvez a gente até encontre uma ponte se seguir por outro caminho, mas isso pode levar um dia inteiro.

O delegado Farmer estava falando ao mesmo tempo que Mittenwool, então só ouvi o final da frase:

— ... seu cavalo vai dar conta do recado.

Espiei o outro lado da ravina.

— Mas eu… eu nunca nem tinha andado a cavalo até uns dias atrás! — balbuciei.

O delegado fez um muxoxo, como se aquilo não fosse nenhuma novidade. Então, se aproximou para checar se a sela do Pônei estava bem presa e apertou mais a cinta. Deu uns tapinhas nos ombros do Pônei e assentiu, admirado.

— Você tem um belo cavalo, garoto — elogiou. Ele nunca tinha falado com tanta gentileza. — Só mantenha os pés para baixo e segure firme. Vai ficar tudo bem. Os árabes são bons saltadores.

— Árabes?

Ele riu baixinho, como se tivesse acabado de me contar um segredo, e montou em sua égua. Então estalou os dedos com impaciência, me ordenando a fazer o mesmo. Olhei para Pônei, que bufou pelas narinas, como se estivesse me garantindo que conseguiria pular.

Mittenwool tinha caminhado até a beirada do precipício e olhava para baixo, parecendo mais preocupado do que nunca. Eu tinha certeza de que ele me diria para dar meia-volta. Afinal, era seu conselho desde o início. E aqui estávamos nós, prestes a ver seus medos confirmados nesse imprudente pulo sobre um abismo.

Em vez disso, quando percebeu o meu olhar, falou:

— Você consegue, Silas.

Meu queixo caiu de surpresa.

— O Pônei vai te levar para o outro lado — disse com firmeza, os olhos brilhantes.

Eu o encarei por um longo segundo, com as sobrancelhas erguidas. Balancei a cabeça sem acreditar.

— Tá bom, então — murmurei.

— Isso, garoto! — comemorou o delegado. — Agora vem cá.

Inspirei fundo e soltei o ar lentamente, como se estivesse apagando uma vela. Depois montei no Pônei. Poucos dias atrás, eu mal conseguia subir na sela, e agora era o movimento mais natural do mundo para mim.

Fiz Pônei acompanhar a égua do delegado Farmer até o mirante. Lá, no limite da ravina, deixamos nossos cavalos observarem os arredores: o salto de quase dois metros, o abismo entre os dois penhascos, o riacho caudaloso lá embaixo.

O delegado me cutucou.

— Já me localizei — afirmou, olhando para o despenhadeiro. — Isso aqui é chamado de Oco. A mata do outro lado é conhecida como a Floresta do Oco. E subindo a montanha está Rosasharon, a umas duas horas de cavalo naquela direção. — Ele apontou para a esquerda. — Conheço o xerife de lá. É um bom sujeito. Depois que a gente encontrar o caminho para o riacho, vamos direto para Rosasharon. Aí reunimos um grupo e voltamos no fim da tarde com uma dúzia de homens. Se tudo correr bem, Ollerenshaw vai estar algemado hoje à noite e você vai reencontrar o seu pai! Não parece bom?

— Sim, senhor.

— Falei que ia encontrá-lo, não falei?

— Sim!

O rosto dele se alargou num sorriso satisfeito. Então, o delegado virou a égua e trotou até as árvores, tomando distância para o pulo. Eu o segui de perto.

— Eu vou primeiro — anunciou quando cheguei ao seu lado. — E você vai logo depois. Pés para baixo. Sem hesitar. Se vacilar por um segundo, o cavalo vai sentir e vai te lançar pelo abismo. Acredite no que estou falando.

— Não vou vacilar.

— É normal ficar com medo. Só não vacile, ou seu cavalo vai sentir.

— Não vou vacilar.

O delegado bateu no meu ombro com a grande mão calosa, um gesto tão inesperado que me fez recuar instintivamente. Ele abriu um largo sorriso, e vi pela primeira vez seus dentes de baixo, que pareciam três feijões presos de forma aleatória à sua gengiva.

— Muito bem, garoto! — exclamou, cheio de entusiasmo. — Te vejo do outro lado!

Então estalou a língua, bateu as rédeas e esporou a égua com força. Ela disparou de maneira majestosa, galopando a toda em direção ao mirante. Depois de uns doze passos largos, ela aumentou a velocidade e saltou sobre a ravina com uma naturalidade selvagem. Fiquei impressionado ao ver aquele animal obstinado dar o pulo, como se estivesse voando. Porém, assim que a égua aterrissou no outro lado, ouvi um barulho horrível, como um tiro sendo disparado no abismo. O som do osso quebrando me atingiu antes de meus olhos entenderem o que estava acontecendo: a égua caiu para a frente na superfície rochosa, atirando o delegado por cima do seu pescoço, de cara na pedra. Ele deu algumas cambalhotas até parar, seu corpo contorcido feito uma marionete. Mas a égua, que ainda não tinha conseguido frear, foi derrapando até o delegado, com as longas pernas tortas, e rolou em cima dele. A cascata de barulhos ecoou por toda a ravina. A batida das ferraduras na pedra. O relincho que parecia um gemido longo e estridente. Então, uma quietude que eu achei que fosse me esmagar.

Naquele momento, não vacilei e afundei os calcanhares no Pônei, depositando minha fé nos seus membros e músculos. Galopamos a toda velocidade na beirada de pedra e saltamos sobre o abismo.

SEIS

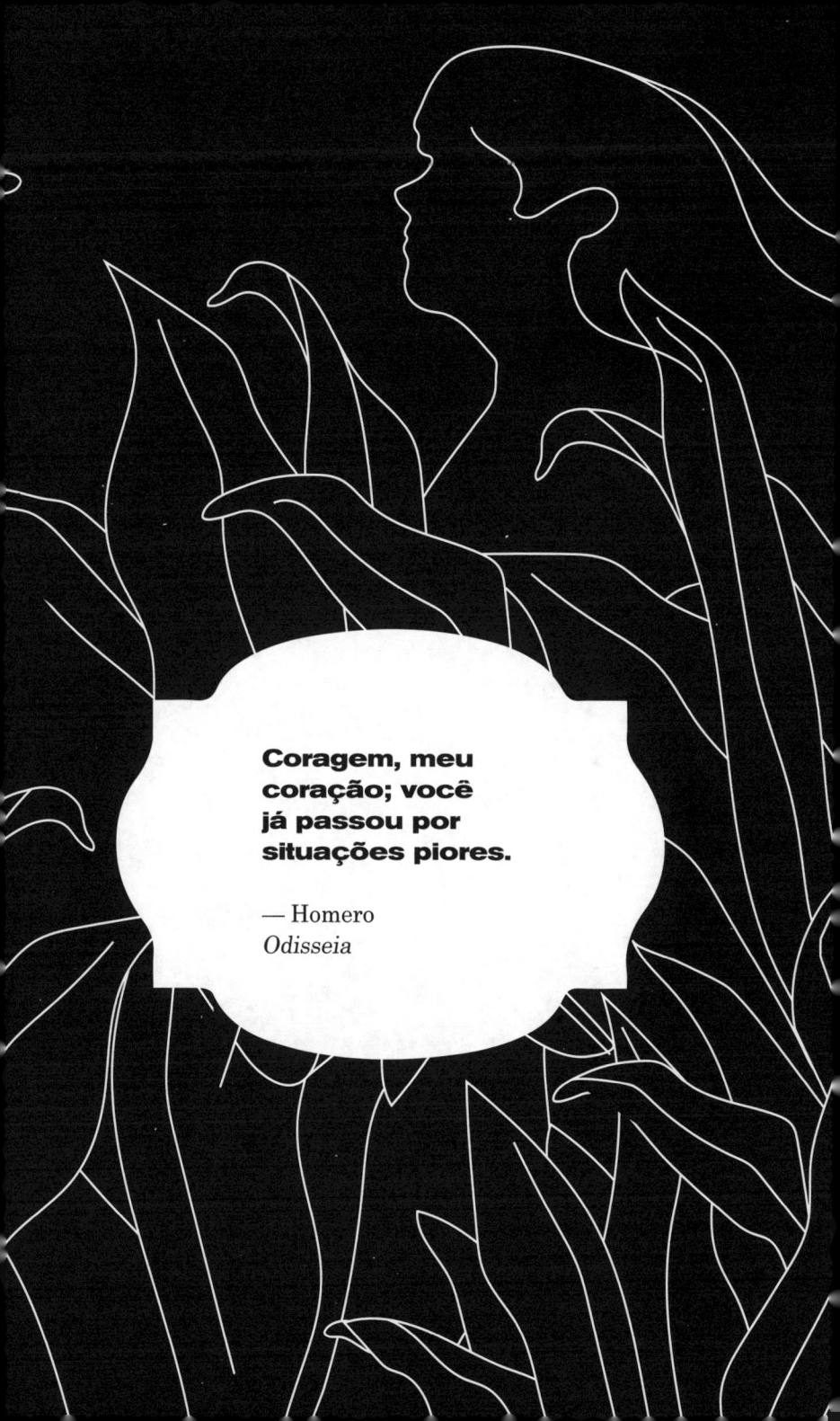

Coragem, meu coração; você já passou por situações piores.

— Homero
Odisseia

1

O Pai tinha uma coleção de livros que eu adorava ler à noite, chamada *A History of the Earth, and Animated Nature*. Eram quatro volumes, mas o meu preferido era o segundo, que contava a história de todos os animais do mundo. Era cheio de ilustrações maravilhosas de todas as criaturas possíveis. No momento em que o delegado Farmer disse a palavra *árabes*, me lembrei da página que dizia: "*De todos os países do planeta onde há cavalos selvagens, a Arábia produz a raça mais bela.*" Como não tinha pensado nisso antes? O Pônei sempre me pareceu familiar. Seu perfil. O pescoço arqueado. Sua cauda alta. Estava tudo lá no livro, naqueles desenhos de seus ancestrais do deserto.

E como ele pulava! O próprio Pégaso não teria feito um salto melhor sobre o precipício, me carregando na garupa, planando no ar com uma graça majestosa.

Pônei aterrissou do outro lado tranquilamente, sem escorregar nem tropeçar. Desmontei depressa e me ajoelhei perto da cabeça do delegado Farmer. Ele estava respirando, mas havia sangue saindo de sua boca, e uma das pernas estava dobrada num ângulo anormal. Fiquei enjoado só de olhar para ele.

— Delegado Farmer — chamei, dando tapinhas suaves em seu rosto.

— Olá — disse ele, fraco, abrindo os olhos. — Atravessou bem, garoto?

— Sim, senhor, estou bem.

— Como está a minha égua?

Ele levantou a cabeça para procurá-la. A égua tinha voltado a ficar de pé, mas estava mancando. *A perna da frente deve estar quebrada*, pensei. Quando o delegado Farmer viu, soltou um palavrão. Então deitou novamente a cabeça na pedra.

— Pega um pouco de água, por favor?

Fui depressa até a égua, peguei o cantil e o coloquei na sua boca. A "água" escorreu pelos cantos, sem que o delegado conseguisse engolir. Ele gesticulou para eu parar, então obedeci e fiquei esperando outra orientação.

— Que enrascada, hein — murmurou.

— Você está sentindo dor?

Ele balançou a cabeça e franziu o cenho.

— Na verdade, não. Não estou sentindo muita coisa.

— O que a gente faz?

Ele respirou fundo, avaliando a situação.

— Bem, não temos muitas opções, garoto. Você vai ter que ir até Rosasharon para buscar ajuda.

— Claro, posso fazer isso.

— Ótimo. No final das contas, foi bom ter deixado você vir comigo.

— O que eu faço quando chegar lá?

— Procure o xerife Archibald Burns. Não o vejo há anos, mas ele vai se lembrar de mim. Fale que estou nesta situação e que Roscoe Ollerenshaw está entocado numa caverna no Oco, logo ao sul da Cachoeira. Ele vai saber onde é. Diga para reunir uma dúzia de homens e voltar para cá ainda hoje, sem falta. Entendeu tudo?

— Sim, senhor — respondi.

— Qual é o nome do xerife? — perguntou, me testando.

— Archibald Burns.

— E o nome do criminoso? Veja se consegue falar agora.

— Ros-coe Ol-le-ren-shaw.

Ele abriu um sorriso fraco enquanto dava um tapinha no meu braço.

— Bom garoto.

— Mas você vai ficar bem?

— Ah, eu? Vou ficar novinho em folha, garoto — afirmou. — Não é a primeira vez que entro em apuros, posso te garantir. Agora, deixa o meu cantil perto de mim e pode ir.

— Vou te cobrir antes — falei.

— Eu estou bem, garoto! Não precisa ficar me mimando. Sai logo daqui!

Assenti, atordoado demais para pensar naquele momento, então montei no Pônei e disparei pela Floresta.

2

Não me lembro bem da viagem. Só sei que mantive a cabeça baixa no pescoço de Pônei enquanto ele atravessava a mata, como se já tivesse passado por lá mil vezes antes. Era uma subida íngreme, e precisei me abaixar para que os galhos não batessem em mim, mas o solo era muito menos denso nesse lado da ravina. Disso eu me lembro bem.

Não foram as circunstâncias do trajeto que ficaram na minha cabeça, mas o que senti enquanto cavalgava. A sensação de que já tinha feito aquilo antes, como se tivesse visto tudo num sonho. Algo familiar na cor da luz, talvez. No som dos cascos batendo na terra. Como uma tempestade caindo num campo coberto de mato.

Quando cheguei a Rosasharon, não me senti em território desconhecido. Talvez por ser uma cidade parecida com Boneville. Construções de tijolos. Uma mercearia. Uma estação dos correios. Uma igreja de madeira no final da praça. Foi estranho ver pessoas de novo, usando roupas do dia a dia. Elas devem ter pensado que eu era um andarilho, cavalgando pela rua principal com os meus trajes sujos de lama. Por sorte, foi fácil achar a cadeia, localizada entre um bar e um tribunal de justiça de dois andares.

Amarrei Pônei em um poste e corri pela grande porta branca do gabinete do xerife. Fui recebido com surpresa e curiosidade pelo único oficial que estava no cômodo.

— O senhor é Archibald Burns? — perguntei, com uma nova austeridade na voz. Só tinham se passado quatro dias desde o sumiço do Pai, mas eu parecia ter crescido mais de um ano.

O sujeito à mesa estava com os pés cruzados sobre uma pilha de papéis, sem saber o que pensar de mim ou da minha invasão.

— Deus do céu — disse ele. — Quem é você?

— Meu nome é Silas Bird — respondi rapidamente. — O delegado Enoch Farmer me mandou até aqui em busca do Archibald Burns. Preciso falar com ele agora mesmo, por favor.

O oficial, um jovem magro, de barba feita e com um cabelo encaracolado castanho, se inclinou para a frente.

— Quem é Enoch Farmer?

— Ele é um delegado dos Estados Unidos. Olha, não temos tempo a perder. O delegado Farmer caiu do cavalo e está muito machucado. Ele estava vindo para cá para reunir alguns homens, porque encontrou o esconderijo do Oscar Rollerensh na Cachoeira.

Por alguma razão, eu nunca conseguia decorar aquele nome.

Achei que, depois de ouvir as informações, o jovem oficial fosse tomar uma atitude ou, pelo menos, reagir com algum entusiasmo. Mas ele olhou para mim como se as palavras não fossem tão significativas quanto eu imaginava.

— Oscar Rollerensh...? — disse ele, enfim. — Você quer dizer Roscoe Ollerenshaw?

— Isso! — gritei freneticamente.

— Na Cachoeira? — perguntou.

— Sim! — falei, exasperado. — O senhor pode chamar o Archibald Burns, por favor? O delegado Farmer me disse para falar com ele. Precisamos reunir vinte homens e atacar o esconderijo hoje mesmo.

— Atacar o esconderijo — repetiu, me encarando como se eu fosse louco. — Olha, moleque, é claro que eu já ouvi falar do Roscoe Ollerenshaw. Todo oficial da lei já ouviu. Mas não conheço nenhum delegado Enoch Farmer. E Archibald Burns? Ele era o xerife antes de mim, mas morreu cinco anos atrás.

3

Não fiquei tão chocado assim quando soube da morte de Archibald Burns. Fazia anos que o delegado Farmer não via o xerife. Mas fiquei preocupado, pois não achava que o jovem oficial, com seu cabelo encaracolado e suas covinhas, estava pronto para a missão.

— Bem — falei —, então o Archibald Burns não importa mais. O que importa agora é que o senhor precisa juntar um grupo de homens, e rápido.

Ele balançou a cabeça lentamente e por fim se levantou, com um chapéu de campanha nas mãos, como se não soubesse se devia colocá-lo na cabeça ou não. O xerife era mais alto do que eu esperava, e tinha uma estrela velha de latão na camisa.

— Olha, Silas — começou. — Esse é o seu nome, certo? Silas, parece que você passou por poucas e boas, e quero saber tudo sobre esse delegado Farmer e como vocês encontraram Roscoe Ollerenshaw, que é mesmo um fugitivo da lei com uma bela recompensa para quem pegá-lo. Mas por que você não senta um pouco e come alguma coisa, e aí depois a gente conversa com calma?

— Não tenho tempo para conversar! — gritei, sentindo um nó na garganta. — O delegado Farmer está ferido. O corpo dele está destruído. Temos que voltar. Não temos tempo a perder.

Nesse momento, outro oficial entrou no prédio e viu a nossa discussão.

— Desimonde, o que temos aqui? — perguntou o oficial grandalhão, dando tapinhas na minha cabeça e se sentando perto do jovem de cabelo encaracolado. Ele olhou para mim como se achasse graça. Seu bafo fedia a cerveja. — Quem é esse molecote?

— Ele diz que um delegado dos Estados Unidos mandou ele aqui — respondeu o homem de cabelo encaracolado. — Enoch Farmer. Conhece esse nome?

— Não.

— Quer que a gente reúna um grupo de homens.

— Para que diabos?

— Diz que sabe onde o Roscoe Ollerenshaw está.

— Roscoe Ollerenshaw?

— A gente não tem tempo para isso! — exclamei, levantando os braços.

— Olha, Silas — disse o homem de cabelo encaracolado. — Eu sou o xerife Chalfont e esse é o inspetor Lindoso. Vamos fazer de tudo para te ajudar, mas você precisa ficar calmo e nos contar a sua história, do início ao fim. Quem você é. De onde veio. E o que precisa que a gente faça. Tudo bem? Devagar e com calma. Senta na cadeira que está ao seu lado e começa do início.

Achei que fosse chorar se baixasse a guarda. Estava tão cansado, com tanta pressa, e, nos últimos dias, o tempo corria cada vez mais rápido na minha direção. Me cercava como um dilúvio, e eu tinha medo de ser carregado pela corrente e levado até o mar. Naquele momento, o xerife Chalfont estava me jogando uma corda para que eu continuasse na superfície. E eu queria desesperadamente me agarrar a ela.

Então me sentei e contei tudo que podia, omitindo Mittenwool, os fantasmas no Brejo e o fato de que uma jovem mulher elegante, de mais ou menos vinte anos, estava andando no cômodo atrás dele enquanto cobria uma ferida sangrenta no peito.

Quando terminei, o xerife Chalfont não disse nada, mas ficou absorvendo as minhas palavras. O inspetor Lindoso, por outro lado, riu enquanto mascava um pedaço de tabaco.

— Mas que monte de bobagem — escarneceu, mastigando ruidosamente. — Vamos lá, moleque. Você deve ter mais mentiras para contar.

— Nada do que eu disse é mentira — falei, me dirigindo ao xerife Chalfont. Nem olhei para o inspetor, de quem não tinha gostado desde o início.

— Ora, vamos! — repetiu o inspetor, me incitando. — Quer que a gente acredite que você perseguiu os homens do Roscoe Ollerenshaw sozinho? Você tem o quê, seis anos?

— Tenho doze! E não, eu não estava sozinho — respondi. — Eu sabia que o Pônei conhecia o caminho porque ele tinha vindo pela Floresta com os homens que aparecerem na nossa casa e levaram o meu pai. Então eu sabia que ele me levaria até eles.

— Ah, sim, perseguição com pôneis mágicos! — retrucou sarcasticamente o inspetor Lindoso, assentindo com um sorriso enorme que eu adoraria tirar da cara dele. Depois cutucou o xerife, que estava de braços cruzados enquanto me observava. — Me diz, Desimonde, por que nunca usamos pôneis mágicos quando vamos perseguir alguém, hein?

Fiquei furioso. Não apenas com o inspetor, claro, mas também comigo, por ter sido burro a ponto de falar sobre a participação do Pônei na história. Quando vou aprender que a maioria dos adultos não está nem aí para o que as crianças têm a dizer? Eles não são como o Pai, que sempre me escuta. Eu devia ter imaginado!

— Nunca falei que o meu cavalo era mágico! — exclamei, com a raiva presa na garganta. — Só que eu sabia que ele ia seguir o mesmo caminho de volta. O que é uma conclusão lógica. E, no final, eu tinha razão! Estou aqui, não estou? E posso levar vocês agora mesmo até uma caverna escondida, logo acima das margens de um riacho, onde uma gangue de falsificadores está tocando as operações. Fica a menos de duas horas a cavalo, praticamente debaixo dos seus narizes. Não querem pegar esses caras? Que tipo de oficiais vocês são?

Ou está com medo de seguir um pônei mágico, inspetor Lindoso?

Bem, o inspetor Lindoso não gostou nem um pouco daquilo, mas o xerife Chalfont olhou para baixo e sorriu. Ele colocou o chapéu e deu um tapinha no braço do inspetor.

— Parece que um menino de seis anos levou a melhor sobre você desta vez, Jack — caçoou ele, num tom gentil.

— Eu não tenho seis anos! — gritei.

O xerife Chalfont apontou para mim, o sorriso ainda nos lábios.

— Escuta, Silas. Eu acredito na sua história, acredito mesmo, mas você vai ter que parar de gritar com a gente, está bem? Nós vamos com você! Então se acalme. E pegue leve com o velho Jack. Ele é mais legal e esperto do que parece, eu garanto.

O xerife empurrou o meu chapéu para baixo, cobrindo os meus olhos. Em seguida, pegou alguns cantis cheios d'água e jogou um pedaço de carne seca para mim.

— Coma alguma coisa enquanto nós dois preparamos os cavalos. Depois que acabar, nos encontre na porta. Vamos, Jack.

Ele saiu depressa, e o inspetor Lindoso deu um suspiro teatral, apertando os olhos como se quisesse me intimidar. Então, por mais estranho que pareça, ele mostrou a língua para mim antes de seguir o seu chefe.

4

Pensando agora, percebo muitas conexões que na época eram desconhecidas. Esta é uma das pegadinhas da memória: conseguimos enxergar os fios invisíveis que nos unem, mas só depois de tudo acontecer. Mais tarde, eu descobriria detalhes sobre o xerife Desimonde Chalfont, o que ele queria da vida, que tipo de homem era. Porém, enquanto cavalgávamos pela mata até a Cachoeira, eu só sabia que gostava dele. Confiava nele. E isso, por ora, era suficiente.

Não posso dizer o mesmo do inspetor Lindoso. Como um imbecil bronco daqueles podia ser um oficial da lei? Toda vez que falava comigo, soltava algum deboche. Mas, como dizem, a cavalo dado não se olha o dente, e ele e o xerife Chalfont eram o que eu tinha. Apesar dos meus protestos, o xerife se recusou a reunir um grupo de homens até falar com o próprio delegado Farmer e avaliar a situação de Roscoe Ollerenshaw na caverna.

Então corremos feito loucos pela mata, sempre descendo a colina. Tinha começado a chover, o que tornou o caminho bem mais escorregadio, mas Pônei disparou entre as árvores sem medo ou hesitação. O xerife Chalfont estava montado em uma grande égua branca, majestosa como uma pintura, e o inspetor Lindoso cavalgava uma égua baia musculosa que ele chamava de Petúnia. Logo atrás, havia um quarto cavalo para o delegado Farmer, um animal de tração desgrenhado, mas robusto. Só que nenhum desses animais maiores conseguia acompanhar o meu Pônei pela mata. O xerife teve que pedir várias vezes para eu diminuir a velocidade, até finalmente gritar:

— Para! Para! Para, Silas!

Dei meia-volta com Pônei e vi que o inspetor Lindoso tinha caído da sela de Petúnia para a lama. Ele não tinha se machucado, mas estava furioso... comigo!

— Desimonde, fala para esse moleque parar de cavalgar que nem um doido! — esbravejou para o xerife, tirando a sujeira dos ombros enquanto se levantava. Ele não era um homem atlético, para dizer o mínimo, e, coberto de lama, parecia um urso molhado.

— Agora seria bom ter um pônei mágico, né? — observei friamente.

— Não é minha culpa se essa maldita pangaré não consegue acompanhar o ritmo! — gritou ele de volta.

— Para com isso — repreendeu o xerife Chalfont, estalando os dedos para mim. — Vamos, Jack, anda logo. — Então, ele se aproximou de mim na garupa de sua égua e disse baixinho, mas com tom severo: — Silas, você precisa ir mais devagar. Não adianta nada a gente se machucar no meio do caminho.

Fiz uma expressão solene, e vi o inspetor Lindoso subir na Petúnia. Nessa hora, talvez eu até tenha sentido um pouco de remorso.

— Mas que tipo de nome é Lindoso, hein? — perguntei para ele.

—O nome de um homem lindo—grunhiu. Pela rapidez da resposta, percebi que já devia ter ouvido aquela pergunta mil vezes.

Assim que ele voltou para a sela, fiz Pônei seguir a um trote mais calmo pela mata. Mais ou menos uma hora depois, chegamos à saliência rochosa sobre a Cachoeira. Tinha parado de chover, mas o solo estava encharcado na subida para o mirante. Que estava completamente vazio.

5

Eu já estava acostumado com uma série de mistérios na minha vida, é claro. Primeiro, eu tinha crescido com um amigo que ninguém podia ver. Depois, eu via e ouvia vozes de pessoas que não estavam mais vivas neste mundo. Para completar, eu tinha sido marcado por um raio e sobrevivi para contar a história. Então, por mais jovem que eu fosse, sempre entendi que haveria certo nível de incerteza na minha vida.

Ainda assim, eu não estava preparado para o sumiço do delegado Farmer. Sabia, sim, que ele poderia estar morto quando eu voltasse. Mas que ele poderia desaparecer totalmente, sem deixar rastro? Para esse mistério eu não tinha me preparado.

—Tem certeza de que você deixou ele aqui?—perguntou calmamente o xerife Chalfont, de cima da sua égua.

Desci do Pônei e circulei pelo mirante em que, menos de quatro horas atrás, havia um homem ferido.

— Sim! — exclamei. — Deixei ele bem aqui!

O inspetor Lindoso, para minha surpresa, desceu de sua montaria e começou a examinar os arbustos perto do paredão.

— E a égua dele?

— Estava bem aí onde você está agora — respondi.

O inspetor Lindoso se abaixou para inspecionar o solo, e então olhou alguns metros em todas as direções. Ele balançou a cabeça.

— Não tem nenhuma pista para seguir aqui. A chuva lavou tudo.

— Eu juro, xerife Chalfont — insisti, fincando o pé no chão. — Deixei o delegado Farmer bem aqui.

O xerife Chalfont assentiu.

— Acredito em você, Silas — respondeu ele, pensativo.

— Você acha que os homens do Ollerenshaw pegaram ele? — indagou o inspetor Lindoso.

O xerife Chalfont franziu o cenho.

— Ou isso, ou ele foi embora na égua manca. Isso pode ter acontecido, Silas?

— Acho que sim — falei, pasmo. — Ele é um velho maluco e durão.

— Vamos, suba no seu pônei — mandou o xerife. — Mostre para a gente onde você viu a caverna.

Olhei para o mirante do outro lado do abismo.

— A gente teria que pular para o outro lado.

— Espera um segundo. Você deu esse salto? — perguntou o inspetor Lindoso, observando o precipício sem acreditar. — Não, impossível. Ele não fez isso, Desi.

— Por que eu mentiria? — rebati.

— Por que o menino que gritava lobo mentiria? Porque ele é um mentiroso safado. Por isso.

— Não estou mentindo!

— Diga a ele que tem um caminho atrás da Cachoeira — sugeriu Mittenwool, aparecendo do nada. Tomei um susto, porque não o tinha visto se aproximar. — Desculpa, não queria te pegar de surpresa!

— Tem um caminho atrás da Cachoeira — informei ao xerife, recuperando o fôlego.

— Acabei de ir à caverna para ver quantos homens são — explicou Mittenwool.

— Posso te levar até lá, xerife — continuei fervorosamente.

— Desimonde — alertou o inspetor Lindoso, me encarando com desconfiança, pois viu minha surpresa quando Mittenwool apareceu. — Essa história é esquisita, estou avisando. Se *alguma* coisa que esse moleque contou é verdade... e talvez nem *ele* saiba o que é verdade ou não... mas se o que ele contou sobre a caverna é verdade, pode ter uma dúzia de homens lá dentro. E somos só dois, se você não percebeu.

Ele cuspiu um pedaço de tabaco no chão, como se quisesse reforçar sua fala.

— Tem sete homens na caverna — informou Mittenwool.

— Só tem sete homens na caverna! — repeti.

— Ora, como diabos você sabe disso? — perguntou o inspetor Lindoso, irritado.

— O delegado Farmer me contou — menti.

— Esse moleque é esquisito, Desi. Estou falando! — insistiu o inspetor.

— Eu juro que posso levar vocês até a caverna! — afirmei.

Nós dois olhamos para o xerife Chalfont, aguardando uma resposta, mas ele não ia dizer nada até tomar uma decisão. Isso estava claro. Ele era o tipo de homem que ouvia com cuidado e agia com calma. Parecia o Pai.

— Escuta, Desi... — começou o inspetor.

— Um segundo, Jack — interrompeu o xerife, levantando a mão. — Acho que o Silas está contando a verdade. Mas, de uma forma ou de outra, estamos nessa agora. Estamos aqui. O fato é esse. — Ele tirou um dos rifles do coldre e o colocou em cima da sela. — Então vamos dar uma olhada, está bem? Quero ver o que estamos enfrentando *antes* de haver um confronto.

Ele subiu na égua.

— Mas e se forem doze homens armados até os dentes na caverna? — indagou o inspetor, cético.

— Vamos ter que fazer o que sempre fazemos, Jack! — respondeu o xerife alegremente. — Ou atirar muito bem, ou correr muito rápido. Funcionou em Rio Grande, não foi?

— Funcionou tão bem que fomos parar na cadeia — murmurou o inspetor, subindo em sua égua baia.

— Mas foi o que nos manteve vivos, companheiro! — riu o xerife. — No final das contas, é isso que importa, não é? — Depois ele se virou para mim, ainda rindo, e disse cheio de animação: — Vamos andando, Silas! Leve a gente para essa caverna escondida no seu pônei mágico!

SETE

> Saímos por ali,
> a rever estrelas.
>
> — Dante Alighieri
> *Inferno*

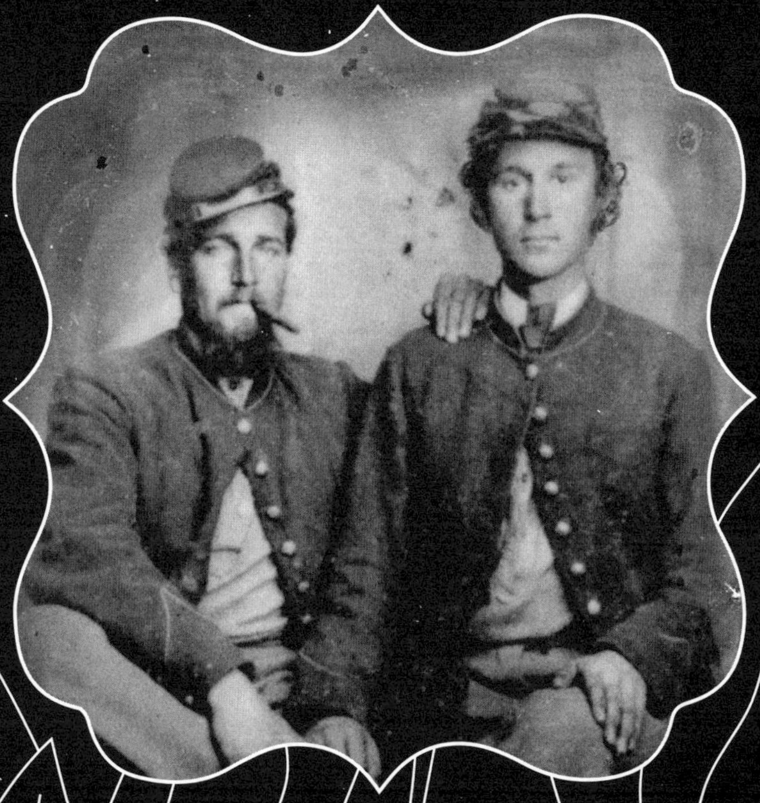

1

A história foi assim: o Pai conheceu a Mãe na oficina de um gravador, em algum lugar da Filadélfia. Ela estava lá para encomendar convites para o seu casamento. Ele trabalhava como tipógrafo, e ficou responsável por preparar a impressão dos convites. A Mãe ditou para o Pai as palavras que deveriam aparecer no papel, incluindo seu nome, Elsa. Mas o Pai percebeu a expressão triste em seus olhos quando ela falou o nome do noivo, e isso o emocionou. Como ela estava na companhia da mãe, no entanto, ele não pôde puxar conversa ou fazer perguntas elaboradas. Depois que elas saíram da oficina, conta o Pai, ele não conseguia parar de pensar naquela bela mulher chamada Elsa e na melancolia em seus olhos.

Ele levou três dias para fazer as chapas e gravar os tipos, mas, como ela havia escolhido tinta prateada para a impressão, um luxo até para os ricos, ele pegou uma carruagem até a casa dela para que o layout fosse aprovado. Isso era só uma desculpa para vê-la de novo, é claro, mas era uma boa desculpa. Depois de bater na grande porta de madeira da casa, ele arrumou o cabelo com as mãos e ajeitou a gravata. O Pai tinha trinta e poucos anos na época, e sua vida era só trabalho, privações e pouco amor, então seus sentimentos o surpreenderam, pois ele achava que era imune aos chamados do coração. Um mordomo o recebeu e pediu que esperasse em uma sala, decorada com retratos de corpo inteiro em molduras sofisticadas de ouro. Ele se sentou em um sofá de veludo vermelho. Em cima de uma mesinha, que tinha cabeças de leão esculpidas nas pernas de madeira, havia um pequeno livro. Ele o pegou e, no mesmo instante, o livro abriu em uma página mal impressa com o tipo Garamond.

Como eu disse antes, o Pai tem uma memória incrível, sendo capaz de passar os olhos por uma página e decorar todo o conteúdo. Assim, quando minha mãe entrou na sala, o Pai se levantou, segurando o livro fechado, e recitou as seguintes palavras:

> Ó glória! Ó maravilha e graça! Ó sagrado mistério!
> Minh'alma um Espírito infinito! Uma imagem da Deidade!

Minha mãe, é claro, ficou encantada.

— O senhor conhece a obra do Anônimo de Ledbury? — perguntou ela.

O Pai sorriu e balançou a cabeça.

— Nem um pouco — respondeu, abrindo o livro. — Mas o tipógrafo dele deixa muito a desejar.

(Quando conta a história, é nesse momento que o Pai ergue a mão e a faz tremer para mostrar como seus ossos estavam. Ele diz que nunca, na vida inteira, tinha visto tal gentileza brilhar em uma pessoa, como se a Mãe fosse um espelho que irradiava luz.)

A Mãe se sentou em uma poltrona verde-escura, estampada com orquídeas amarelas, em frente ao sofá vermelho em que o Pai estava. Ela sorria. Uma covinha na bochecha esquerda, o Pai sempre comentava, que ela passou para mim.

— No verão do ano passado, minha família foi para Herefordshire com um grupo de amigos — respondeu ela. — Lá, os trabalhadores que estavam fazendo obras na adega encontraram uma coleção valiosa de manuscritos esquecidos, incluindo o trabalho de um poeta anônimo. Senti uma conexão profunda com esse poema em especial. Se chama "My Spirit". A anfitriã, muito graciosamente, encomendou uma cópia encadernada só para mim.

— É lindo — concordou o Pai.

— Esse poema me comove — disse a Mãe. — Tenho lido muito sobre o espírito desde que o meu irmão mais novo faleceu na primavera passada. De escarlatina.

— Sinto muito pela sua perda.

— Obrigada. O senhor gosta de poesia, sr. Bird?

O Pai disse que se sentiu muito consciente de suas roupas de trabalhador naquele momento, tão cinzentas e sem graça perto dos móveis coloridos. Ele também sentiu, na pergunta dela, certa investigação. Não julgamento, apenas curiosidade.

— Não tenho inclinação à poesia religiosa — respondeu com sinceridade.

— O senhor acha que o espiritualismo é uma religião? — retrucou ela, em tom leve.

— Só quis dizer que não acredito muito em filosofias que se baseiam em noções de vida após a morte, espíritos, ou coisas dessa natureza. Sou o tipo de homem que só acredita no que é capaz de ver, tocar e sentir. Talvez seja um erro. Não tenho a intenção de desrespeitá-la.

Ela pareceu pensativa.

— De forma alguma. Quem pode dizer o que é um erro? Só sei que tenho lido bastante sobre isso, e acredito que há certo grau de verdade. *"Tudo muda, nada morre! O espírito circula, vem de lá para cá e vai de cá para lá, toma posse de qualquer corpo"*, como disse Dryden.

— Acredito que seja Ovídio — comentou o Pai, com gentileza.

— Não, senhor!

— É uma tradução. Aposto meu dinheiro nisso.

Ela riu.

— Ah, minha nossa, o senhor provavelmente tem razão!

— Conhece esta? *"Vencendo-me co' o lume de um sorriso ela me disse: 'Volta-te ora e escuta, que não só no olhar meu é o Paraíso.'"*

— Não.

— Dante.

— Fui vencida.

— De maneira nenhuma.

— De onde o senhor é, se me permite a pergunta? Ouço vestígios de um sotaque.

— De Leith, originalmente. Perto de Edimburgo.

— Escócia! Estivemos lá no verão passado também! — exclamou a Mãe, animada. — Eu gostei muitíssimo. Um lugar tão mágico. Imagino que sinta falta de lá.

— Conheço muito pouco, para ser sincero. — Ele não falou *porque cresci dentro de um abrigo*. Isso, e muito mais, ele lhe contaria depois. — Quando eu tinha doze anos, me escondi em um navio, e aqui estou.

Ela o observou com atenção.

— E aqui está.

O Pai, que era um homem quieto por natureza, mas não tímido, se viu sem palavras diante dos olhos iluminados da Mãe.

— Eu trouxe o layout do seu convite de casamento — comentou ele, sem jeito.

— Ah, sim, é claro. Minha mãe está descendo para vê-lo também — respondeu a Mãe, e de repente sua voz revelou o mesmo distanciamento do outro dia. — Foi a família dele que fomos visitar em Herefordshire — completou, suspirando. — O homem com quem vou me casar.

— Ah — disse o Pai. — Mas a senhorita não vai se casar com ele. Tenho certeza disso.

O Pai conta que as palavras simplesmente escaparam de sua boca, sem hesitação. E foi isso.

Três meses depois, eles se casaram. Foi um escândalo e tanto na família da Mãe. Na primeira vez que meus pais fizeram uma visita depois do casamento privado, meu avô soltou os cães de caça em cima do Pai. O Pai disse que bastou assobiar para os cachorros ficarem quietos e começarem a lambê-lo, o que deixou meu avô ainda mais furioso. A Mãe ficou tão magoada pela forma como a família tratou o Pai, que decidiu nunca mais entrar naquela casa. Só levou uma coisa de lá: seu violino da Bavária.

Meu avô, determinado a acabar com o casamento, usou seus contatos na Filadélfia para tirar o emprego do Pai na oficina do gravador. Pior: começou a fazer perguntas sobre o Pai para a polícia local, forçando-os a inventar todo tipo de mentiras. Então, o Pai e a Mãe decidiram ir para a costa oeste e começar uma vida nova na Califórnia. O Pai ia abrir um estúdio de daguerreotipia. A Mãe ia plantar um jardim de orquídeas perto do mar.

Eles ainda estavam em Columbus quando perceberam que um bebê logo se juntaria à aventura, por isso compraram um terreninho perto de Boneville, o mais distante possível da intromissão de outras pessoas. Foi lá que o Pai construiu a casa para a Mãe.

Para mim, essa é a melhor história na história das histórias, e já pedi para o Pai me contá-la umas cem vezes, pois gosto de imaginar as cenas. O sofá de veludo vermelho. O Pai, todo nervoso. Os olhos carinhosos da Mãe.

Há histórias que mantemos no coração em tempos sombrios, e essa é a minha.

2

Mittenwool caminhava à minha frente enquanto eu conduzia Pônei para o outro lado do rochedo, onde descemos em direção à Cachoeira. O xerife Chalfont estava atrás de mim, seguido pelo inspetor Lindoso. O barulho aumentava conforme nos aproximávamos da queda d'água, ficando tão ensurdecedor que não ouvíamos nem os cascos dos cavalos, nem nossas próprias vozes. Até meus pensamentos pareciam abafados.

Quando chegamos à Cachoeira, o ar estava úmido com a névoa constante da água, como uma espécie de chuva horizontal. A cascata soava como um trovão. *Esse deve ser o som do oceano*, refleti, e então me perguntei de onde vinha toda aquela água. Provavelmente de alguma nascente minúscula a quilômetros de distância, serpenteando pela montanha. Ninguém pensaria que algo tão pequeno se tornaria tão grandioso, mas o Pai com certeza diria que tudo neste mundo começa assim: pequeno. O princípio de uma ideia. Uma gota de chuva em uma semente. *Só amores e raios surgem de repente.* (Eu me lembro de ouvi-lo dizer isso, embora não saiba quando nem por quê.)

Mittenwool parou e se virou para mim.

— Daqui em diante é só descida — informou, apontando para um caminho entre os arbustos. — É melhor deixar os cavalos, Silas. Fica bem íngreme.

— É melhor a gente deixar os cavalos aqui — sugeri, então repeti mais alto quando o xerife Chalfont colocou a mão em volta da orelha.

Desci do Pônei, o amarrei em um bordo jovem, e observei os policiais fazerem o mesmo. O inspetor beijou o focinho do cavalo e me olhou com cara feia.

— Vá na frente, Mirrado.

Eu me virei e segui Mittenwool caminho abaixo. Eles me seguiram logo depois.

Fiquei emocionado e satisfeito ao ver que os dois homens confiavam em mim, e me perguntei o que achariam se soubessem que, na verdade, quem estava nos guiando era um fantasma. Aliás, eu não precisava imaginar. Já sabia o que eles achariam.

3

O caminho até o riacho ficava escondido por um bosque denso pertinho da beirada do precipício e por um paredão de rocha coberto de arbustos e raízes. Vinhas marrons grossas se entrecruzavam pelas árvores e pelo paredão como uma teia, e fomos desviando até chegarmos à beirada.

Segui Mittenwool enquanto ele, descalço como sempre e mordendo o lábio em concentração, nos levava pela lateral da montanha. Eu acompanhava seus passos com cuidado, dizendo a mim mesmo para não olhar para baixo, para só focar na trilha à minha frente. Ela tinha poucos metros de largura, o suficiente para um cavalo firme, e desejei estar montado no Pônei em vez de escorregando na lama. Após uns seis metros de descida, a trilha fazia uma curva fechada, e, depois de vinte metros, outra, até desembocar em uma grande abertura na montanha. Parecia que algum monstro antigo havia mordido um pedaço da rocha. Era a parte interna da Cachoeira, de onde víamos a cascata cair à nossa frente como um rio desabando do céu. Estávamos ensopados e não conseguíamos ouvir nada.

Mittenwool fez um gesto para que eu o seguisse pelo trecho final do caminho, no outro lado da caverna. No entanto, quando olhei para trás, percebi que o inspetor Lindoso estava cansado. Ele estava pálido, e achei melhor deixá-lo recuperar o fôlego. O xerife Chalfont notou meu gesto, sinalizando sutilmente sua aprovação, como se estivéssemos compartilhando um segredo. Em seguida, ele se aproximou e fez uma pergunta, que não consegui ouvir, então repetiu por mímica: fez dois dedos caminharem na palma da mão, e ergueu os ombros.

— Só mais vinte minutos, e estaremos lá — respondeu Mittenwool.

Levantei as mãos para o xerife, com os dedos bem abertos, duas vezes.

O xerife assentiu e fez um sinal para continuarmos. O inspetor, ainda arfando, respirou fundo e balançou a cabeça, como se estivesse pronto. Seguimos para a última parte do caminho.

Naquele momento, percebi que não era de altura que eu tinha tanto medo, mas de beiradas. A sensação de estar na beira de um precipício era aterrorizante. Pois, embora estivéssemos só uns quinze metros acima da ravina, o restante da trilha não passava de um pedacinho de rocha, sem nada que nos impedisse de cair lá embaixo. Só de pensar no precipício eu sentia que ia perder o equilíbrio e cair, então me agarrei à rocha enquanto descia de lado. Vi que o xerife estava logo atrás de mim, ágil e destemido.

O inspetor Lindoso, por outro lado, tinha tanto medo de altura ou de beiradas quanto eu. Só notei isso quando cheguei ao final do caminho e olhei para trás, é claro. O pobre homem estava com o rosto colado à parede, os braços esticados como se tentasse abraçar toda a montanha, seus dedos crispados na rocha. Era ao mesmo tempo doloroso e cômico ver seu progresso, com os pés mal saindo do chão, avançando centímetro por centímetro. Naquele momento, senti pena dele, pois sabia como eu mesmo tinha ficado assustado.

Quando estávamos os três na base da Cachoeira, subimos pela margem do rio até onde um promontório se erguia do riacho, como a proa de um navio. Era ali, talvez uns trinta metros acima, que eu tinha saltado de uma ponta da ravina à outra. Não dava para ver de cima, mas agora eu entendi por que esse lugar se chamava Cachoeira do Oco. Havia um amplo espaço aberto na base do promontório, bifurcando o riacho, cercado por uma saliência que brilhava com minúsculos pontinhos de minério de ferro. A passagem por baixo era uma pequena clareira com ar quase etéreo, coberta por capim e juncos amarelos, no meio da qual seis cavalos pastavam tranquilamente. Reconheci na hora o cavalo com pintas do Rufe Jones. Ao lado dele, estava o grande cavalo preto que tinha levado o Pai.

4

Percebi, assim que o xerife Chalfont assumiu o controle da situação, que eu tinha errado no meu julgamento dele. Achei que sua natureza tranquila e seu rosto infantil indicassem que ele era dócil demais para a missão. No início, para ser sincero, eu teria preferido que o delegado Farmer comandasse o ataque contra Roscoe Ollerenshaw. O delegado era fogo em seu estado mais puro. O xerife não tinha me parecido tão capaz. Ledo engano!

No momento em que vimos os cavalos, o xerife Chalfont ergueu o rifle à altura dos olhos. Fez um sinal para que eu não me mexesse, então chamou o inspetor, que também havia puxado o rifle, e os dois saíram cautelosamente dos arbustos em direção aos animais. Deram a volta na área até se certificarem de que não havia mais ninguém. Só os seis cavalos, com as rédeas, mas soltos, as selas em uma pilha no solo. Um portão de gravetos e barbante havia sido improvisado na margem, de modo que os cavalos só poderiam fugir se atravessassem os riachos de cada lado.

— Quanto falta para a caverna? — perguntou o xerife Chalfont, baixando o rifle.

— Mais ou menos um quilômetro subindo o riacho — respondi.

— Está mais para um quilômetro e meio — corrigiu Mittenwool.

— Talvez um quilômetro e meio — completei rapidamente. — A gente estava do outro lado da ravina, então é difícil avaliar daqui. O riacho faz uma curva tão fechada que só dá para ver a caverna se estivermos bem na frente.

O xerife assentiu.

— O cavalo do delegado Farmer é um desses? — perguntou ele.

Balancei a cabeça negativamente. Já tinha procurado sua égua marrom brava, mas ela não estava lá.

— O Rufe Jones veio naquele cavalo com pintas — falei. — E o preto grandão foi usado pelo meu pai.

Dei um tapinha no pescoço do cavalo, pensando naquela noite que parecia ter acontecido meses atrás.

— Por que eles levaram o seu pai mesmo? — insistiu o inspetor Lindoso de um jeito mal-humorado, colocando tabaco fresco na boca. Eu já tinha contado a história toda, então essa pergunta me irritou.

— Não sei — falei. — Como eu já disse, eles confundiram o meu pai com outra pessoa.

— Com quem?

— Isso não importa, não é?

— Claro que importa.

— Alguém chamado Mac Boat.

Quando ouviu a resposta, o xerife Chalfont se virou para mim.

— Mac Boat? — questionou. — Você não tinha dito isso antes.

— Não achei que fosse importante — menti. — Por quê? Vocês já ouviram falar dele?

— Todo mundo já ouviu falar do Mac Boat.

— Eu não.

— Qual é mesmo o nome do seu pai?

— Martin Bird. Ele é sapateiro.

Os homens olharam para mim, assentindo em silêncio.

— Ele também é colodiotipista — completei. — Faz um tipo de fotografia que usa papel coberto de sais de ferro para imprimir uma imagem. O delegado Farmer achou que os falsificadores queriam usar esse método para imprimir dinheiro falso.

Isso não era exatamente verdade, pois era minha teoria, não do delegado Farmer, mas parecia mais impactante se eu a apresentasse como ideia dele.

Os dois ainda estavam parados no mesmo lugar, me observando, sem fazer comentários ou perguntas. Eu sabia o que estavam pensando.

— Meu pai não é o Mac Boat — garanti.

5

O xerife Chalfont deu um tapinha no meu ombro.

— Ninguém está dizendo isso, Silas.

O inspetor Lindoso cuspiu no chão.

— É o que *ele* está pensando, dá para ver — resmunguei em tom acusatório, olhando para o inspetor.

— O que *eu* estou pensando não é da sua conta! — retrucou ele, irritado, e voltei a detestá-lo. O homem certamente me dava nos nervos, disso eu não tinha dúvida.

— Olha, a verdadeira questão aqui — interveio o xerife Chalfont, naquele seu jeito calmo — é o que vamos fazer agora. Voltamos a Rosasharon e reunimos uma equipe? Ou tentamos surpreender os homens na caverna? Jack, o que você acha?

O inspetor Lindoso coçou o rosto e franziu a testa.

— É impossível surpreender os homens se eles souberem que estamos a caminho — respondeu rapidamente —, e eles vão saber que estamos a caminho se tiverem encontrado o Farmer. O fato de o cavalo dele não estar aqui não significa porcaria nenhuma. Se o cavalo estava machucado, eles podem ter dado um tiro nele e jogado o corpo no rio. Talvez tenham feito a mesma coisa com o delegado, inclusive.

— Se for esse o caso — disse o xerife —, não vamos encontrar ninguém na caverna. Ollerenshaw já vai ter juntado as coisas e partido, sabendo que a polícia está a caminho.

O inspetor Lindoso concordou e deu uma cusparada.

— Mas, se eles não tiverem encontrado o Farmer, a coisa muda de figura — continuou o xerife. — Sete contra dois, e nós temos o elemento surpresa.

— Isso se o moleque estiver certo sobre esse número — argumentou o inspetor.

— Estou certo sobre o número — comentei.

— Por que ainda tenho a sensação de que você está tentando nos enganar? — rosnou o inspetor para mim.

— Não sei! — berrei, me segurando para não olhar para Mittenwool, que estava literalmente ao lado dele.

— Se você estiver nos levando para algum tipo de emboscada... — ameaçou o inspetor, cutucando meu ombro.

— Por que ele nos levaria para uma emboscada? — questionou o xerife.

— Sei lá! Mas eu *sei* quando alguém está escondendo alguma coisa. E tenho certeza...

— Por favor, Jack — interrompeu o xerife. — Temos uma decisão a tomar. Juntamos um grupo de ataque ou enfrentamos Ollerenshaw por nossa conta? O que prefere?

— A minha preferência — respondeu o inspetor, com os olhos ardendo de raiva — seria estar na cidade agora, comendo um belo frango assado e virando uma caneca de cerveja! Essa é a minha preferência, Desi! Mas, se você me perguntar o que eu acho que devemos fazer, posso te dizer o seguinte: se eu subir esse maldito penhasco, não vou descer de novo. Nem se eu tiver os trezentos de Esparta comigo. Vou pegar o caminho mais longo, seja ele qual for.

— Seria o caminho que tomamos até aqui — disse Mittenwool.

— A gente levaria um dia inteiro para descer a montanha! — reclamei.

— Por que essa mosca insuportável continua zumbindo na minha orelha? — resmungou o inspetor para o xerife.

— O que eu fiz para você?! — gritei.

— Chega, chega — disse o xerife Chalfont, cortando o ar com as mãos como se estivesse nos separando. — Então, Jack, confirmando: você prefere atacar Ollerenshaw agora. Correto?

— Sim! — respondeu o inspetor, assentindo exageradamente.

— Eu também! — exclamei, animado.

O xerife Chalfont me observou. Percebi, naquele momento, que eu devia ter ficado quieto. Devia ter tentado desaparecer, na esperança de que eles se esquecessem de mim, porque eu sabia o que ele ia dizer.

— Espera aí, Silas — disse o xerife, com gentileza. — Eu sei que você não quer ouvir isso, mas não vamos te levar com a gente. Não tem a menor chance — Ele continuou falando mesmo quando eu comecei a protestar: — Você vai subir pela trilha para ficar com os cavalos até a gente voltar. E, se não voltarmos, você vai montar no seu pônei ligeiro e vai buscar ajuda em Rosasharon.

— Não — afirmei. — Todo mundo sempre me abandona. Por favor...

— Eu sei que você está passando por um momento difícil, Silas, mas...

Nem ouvi o resto da frase porque, de repente, Mittenwool estava do meu lado.

— Tem alguém vindo.

— *Shhh!* — ordenei.

— Ei, você já está passando dos limites — respondeu o xerife, sério, achando que eu o tinha mandado calar a boca.

— Tem alguém vindo! — sussurrei, com o dedo nos lábios.

— Do que você está... — rosnou o inspetor Lindoso, mas o xerife Chalfont o calou.

Por alguns segundos, ficamos paralisados, escutando. Tudo o que se ouvia era o som da Cachoeira, que já parecia um ruído na nossa cabeça, assim como o relincho dos cavalos e o barulho das águas à direita e à esquerda. O inspetor Lindoso, que me encarava como se quisesse me estrangular, ia interromper o silêncio quando um som diferente chegou até nós. O som de algo se movendo na água, um pouco mais pesado que o ronco da Cachoeira. Em seguida, o som de vozes masculinas.

Nós três nos agachamos e abraçamos a parede sombreada. Observamos enquanto Seb e Eben Morton atravessavam o riacho à nossa direita, com a água na cintura. Eles seguravam os rifles acima da cabeça, junto com sacos que provavelmente continham suas roupas, já que estavam sem camisa. Eles obviamente não tinham nos visto, nem imaginavam o perigo que os aguardava do outro lado do riacho.

Isso só podia significar uma coisa, é claro. O delegado Farmer, que Deus o tenha, não havia sido capturado.

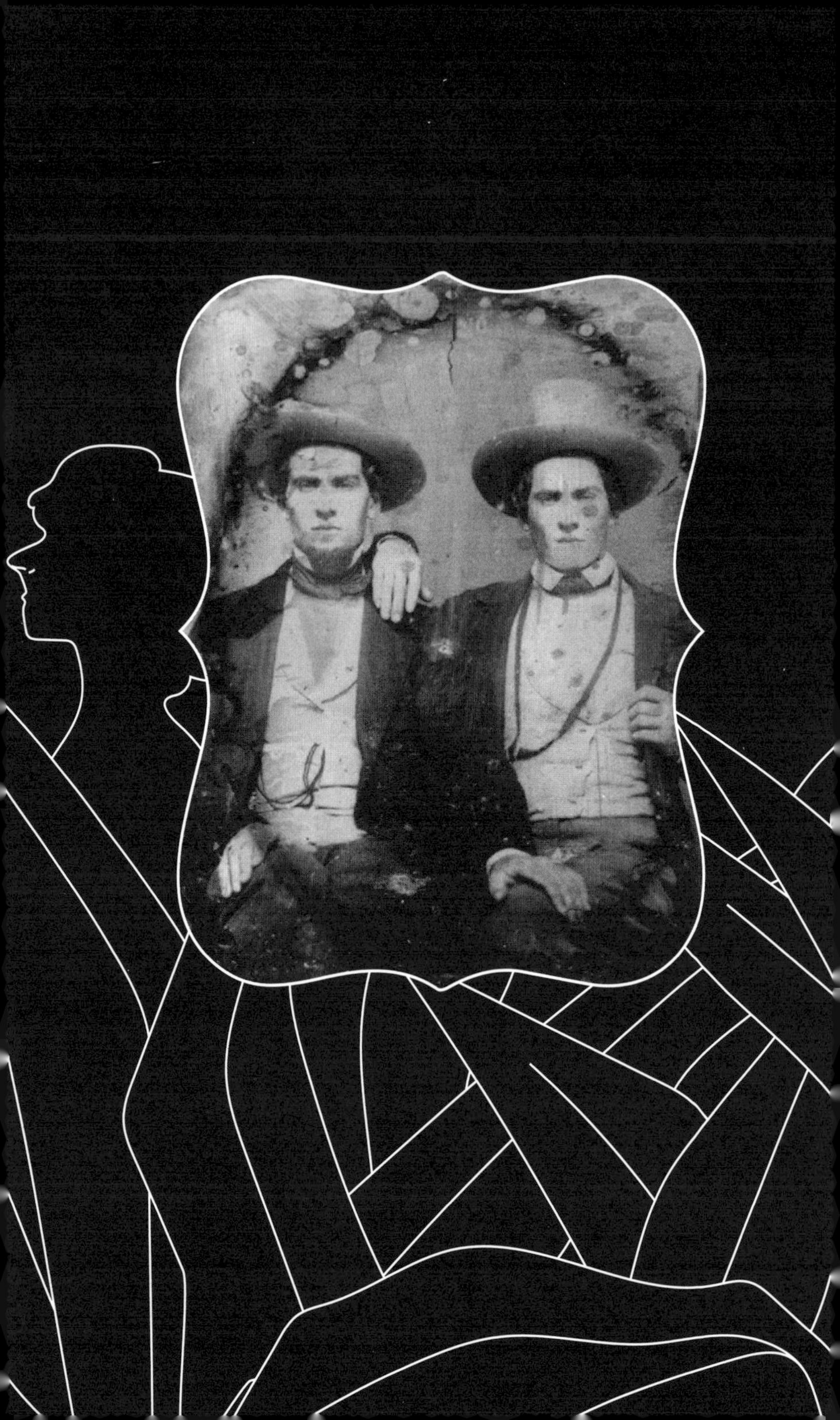

OITO

As pessoas só veem o que estão preparadas para ver.

— Ralph Waldo Emerson
Entrada do diário, 1863

1

As pessoas que acreditam nessas coisas acham, erroneamente, que os fantasmas são de alguma forma oniscientes ou onipresentes. Não são. Eles estão sujeitos às mesmas regras do universo que os seres vivos. Sabem o que está acontecendo na casa que ocupam, por exemplo, mas não o que está acontecendo na casa do fim da rua. A menos que estejam lá. Talvez consigam ver e ouvir um pouco melhor do que nós, mas não porque o mundo é diferente para eles. É só porque sua percepção é ligeiramente distinta. Assim como uma pessoa pode ver uma cor e considerá-la azul, enquanto outra pode ver a mesma cor e considerá-la verde. Claro, você poderia argumentar que azul é azul e verde é verde, mas você nunca notou como as cores se misturam, mudam na luz e refletem as coisas ao redor? Repare como os tons do pôr do sol se fundem no céu. Ou como um rio é cheio de múltiplas cores. Enfim, fantasmas vêm e vão, mas não estão em todos os lugares ao mesmo tempo. Não são deuses. Não são anjos. São só pessoas que morreram.

Digo isso porque, embora Mittenwool tenha percebido antes de mim que os irmãos Morton estavam atravessando o riacho, ele não sabia mais nada além disso. Não sabia por que estavam vindo, nem se tinham nos visto. Quando ele se abaixou ao meu lado nas sombras, notei que estava tão nervoso quanto eu pela minha segurança. Seu coração estava disparado.

— Não se mexa, Silas — sussurrou para mim, como se os outros pudessem ouvi-lo. — Pare de bancar o herói.

— ... não é minha culpa se a comida acabou — dizia um dos irmãos Morton, conforme se aproximavam. — São os Plugs que comem muito, não eu. Eles é que deviam ter saído para caçar, não a gente. Não aguento mais comer maçã.

Eu não conseguia diferenciar as caras redondas como a lua, então, na minha cabeça, o que tinha falado era Seb. O outro, ligeiramente mais alto e mais forte, era Eben.

Eles estavam quase do outro lado do riacho, com a água já na altura dos joelhos, atravessando a corrente só de ceroulas.

— Eu nem me incomodo de sair daquela caverna — respondeu Eben, que estava na frente. — Não dá para suportar aquele fedor por muito tempo.

Imediatamente pensei no cheiro de enxofre, e no fato de que as substâncias químicas do colódio do Pai fediam como ovos podres.

— Só estou dizendo que não sei por que o trabalho sujo sempre sobra para a gente — insistiu Seb.

— Quem mais vai fazer esse trabalho? A gente não é inteligente o bastante para fazer o resto — respondeu Eben. — Então pare de reclamar. Já encheu o saco.

— Estou com frio, só isso — choramingou o irmão.

— *Estou com frio, só isso.* Agora você está parecendo o Rufe.

Eles saíram da água, jogaram as roupas secas e os rifles no chão e começaram a torcer as ceroulas molhadas. Neste momento, o xerife Chalfont e o inspetor

Lindoso correram dos arbustos e atacaram com uma força que eu não tinha previsto. Tudo aconteceu tão rápido, e com tanta precisão, que mal houve luta. O xerife imobilizou seu alvo com o rosto para a lama, o rifle apontado para sua bochecha. O alvo do inspetor estava deitado de costas, o rifle mirando no meio da sua testa.

— Se abrir a boca, eu explodo a sua cabeça — avisou o inspetor Lindoso.

— Silas — disse o xerife Chalfont —, pegue uma corda. Vi algumas perto das selas.

Obedeci, e logo os dois irmãos estavam amarrados, as cordas tapando até suas bocas.

— Esses eram os homens que levaram o seu pai? — perguntou o xerife Chalfont.

— Sim, senhor. Dois dos três — confirmei. — Eles se chamam Seb e Eben Morton. Não sei qual é qual.

Vi pela reação deles, pelo jeito como me olhavam, que se lembravam bem de mim.

O xerife Chalfont cutucou com o rifle o homem que, na minha cabeça, eu chamava de Eben.

— Se responder às minhas perguntas honestamente — disse —, direi ao juiz para pegar leve com vocês. Talvez nem sejam presos. Caso contrário, vão passar um bom tempo na cadeia. Tenha certeza de uma coisa: se um de vocês gritar ou me irritar de *qualquer* forma, vou deixar meu parceiro matar o seu irmão. Ele é muito bom em matar. Servimos juntos no México, então sei do que estou falando.

O inspetor Lindoso ergueu as sobrancelhas e assentiu, quase comicamente. Dava para ver que ele e o xerife tinham uma longa história juntos, pois pareciam ler a mente um do outro. Me perguntei se era verdade o que o xerife tinha dito sobre o inspetor. Por algum motivo, eu acreditei.

— Então, o que vai acontecer é o seguinte: vou tirar a corda da sua boca — continuou o xerife Chalfont, falando com Eben. — Você vai responder às minhas perguntas. Se fizer qualquer coisa que me incomode, o seu irmão morre. Entendeu?

Os irmãos assentiram exatamente do mesmo jeito. O xerife Chalfont tirou a corda da boca de Eben, que tossiu e cuspiu no chão.

— Só vocês dois estão aqui fora? — perguntou o xerife.

— Sim, senhor — respondeu Eben, com os olhos arregalados e assustados.

— Roscoe Ollerenshaw está na caverna? — continuou o xerife.

— Sim, senhor.

— Quem está com ele?

— Não sabemos o nome de todo mundo. Mas tem o Rufe Jones. Tem um baixinho lá do norte. Não sei o nome do cara, mas os dedos dele são totalmente azuis. E tem dois homens do sr. Ollerenshaw. São guarda-costas pessoais. Também não sei o nome deles, mas o Rufe disse que são da gangue Plug Uglies de Baltimore, então chamamos eles de "os Plugs" pelas costas. Plug Um e Plug Dois.

— E o meu pai? — perguntei. — Ele está lá?

— É claro que está. Só não incluí ele nesse grupo.

— E o que estão fazendo na caverna? — perguntou o xerife Chalfont.

— Estão imprimindo dinheiro. Isso não é crime de verdade, é?

— Por que eles levaram o pai do menino? — questionou o inspetor Lindoso.

— Ele é o Mac Boat — respondeu Eben.

— Não é, não! — gritei, partindo para cima dele.

O inspetor Lindoso me agarrou pela gola da camisa e me ergueu com uma mão só, como se eu fosse um cachorrinho preso pela nuca.

— Eu só estou repetindo o que me disseram! — exclamou Eben, na defensiva. — Falaram que ele era químico ou alguma coisa assim, e o sr. Ollerenshaw precisava da ajuda dele para entender um método novo de imprimir dinheiro, porque o homenzinho de dedos azuis, que estava lá para isso, fez tudo errado. Sinceramente, eu não entendo metade do que eles dizem.

— O pai do menino está cooperando? — perguntou o inspetor Lindoso.

— Sim, senhor — respondeu Eben. — O sr. Ollerenshaw falou que deixaria ele voltar para casa se descobrisse como imprimir as notas. E ele descobriu! As notas estão perfeitas agora. Nem dá para ver que não são reais.

— Então vão deixar ele voltar para casa! — exclamei, ainda preso pelo inspetor.

Eben piscou algumas vezes.

— Bom, não foi exatamente isso que eu ouvi.

O inspetor Lindoso soltou a minha gola. Eu tropecei e quase caí no chão. Ele me segurou.

— O que *exatamente* você ouviu? — perguntou o xerife.

Eben inspirou fundo e evitou meu olhar.

— Só que o sr. Ollerenshaw quer que ele faça outra coisa também, mas a gente não sabia disso no início! Parece que tem um baú cheio de ouro enterrado em algum lugar, e o sr. Ollerenshaw acha que o Mac Boat, ou seja lá quem for, sabe onde ele está. É por isso que a gente precisava trazer o garoto, entende? O sr. Ollerenshaw ia usar o menino para que o pai contasse onde o ouro está escondido.

Eben olhou para o irmão, que assentiu para ele continuar falando.

— O sr. Ollerenshaw ficou fulo da vida quando a gente apareceu sem o garoto — prosseguiu Eben. — Para piorar, perdemos o cavalo dele na volta. Era um bichinho de cara branca, escapou de nós na Floresta. Nunca vi o sr. Ollerenshaw tão furioso! Enfim, o Rufe Jones se ofereceu para voltar e pegar o garoto, mas o sr. Ollerenshaw mandou o homem de dedos azuis. O menino já tinha sumido quando ele chegou lá, é claro. Mas o cachorro continuava na casa. Deu uma mordida feia na perna dele.

— Argos — sussurrei.

— Como você sabe de tudo isso? — perguntou o xerife Chalfont.

— Porque o homem de dedos azuis voltou para a caverna ontem — respondeu Eben. — Com a perna cheia de parasitas. Foi a coisa mais nojenta que a gente já viu. Quase vomitamos.

— O que o Ollerenshaw fez quando o Dedos Azuis apareceu sem o menino? — questionou o xerife Chalfont.

Eben ergueu um dos ombros, como se estivesse tentando coçar a orelha.

— Bem, senhor... — começou ele, relutante. — Ele mandou os Plugs darem uma surra no Mac Boat, foi isso que ele fez.

Meu coração ficou apertado com essas palavras. Elas me deixaram sem ar.

— Ele deu até amanhã para o homem dizer onde o ouro está, caso contrário... — acrescentou Eben.

— Mas o meu pai não sabe onde está esse ouro! — exclamei.

Eben olhou para mim, de boca aberta, piscando daquele jeito lerdo dele.

— Bom, o sr. Ollerenshaw acha que ele sabe.

Ergui as mãos e as retorci acima da cabeça, olhando para o xerife em desespero.

— Temos que buscar o meu pai agora!

O xerife não permitiu distrações.

— E o delegado? — continuou calmamente o interrogatório. — Vocês encontraram um velho na Floresta?

— Um velho? Não, senhor!

— Por favor, xerife, nós temos que buscar o meu pai! — implorei.

No entanto, Eben ainda tinha mais informações a dar.

— Olhe, seu xerife, senhor — começou, encarando o xerife com olhos de cachorrinho abandonado. — O senhor viu como estou cooperando, não viu? Já falei tudo que sei. O senhor pode nos deixar ir embora? Para falar a verdade, a gente nem conhecia o sr. Ollerenshaw até alguns meses atrás. Eu e o meu irmão só estávamos indo para a Califórnia em busca de ouro. Íamos encontrar uma mina de ouro, ficar ricos e abrir uma loja de doces em algum lugar. Esse era o plano. Mas nosso dinheiro acabou quando chegamos em Akron, e foi lá que conhecemos o Rufe Jones. Ele disse que a gente ganharia muito mais trabalhando para ele do que minerando ouro. Então foi isso que fizemos. E era um trabalho muito fácil! Ele nos dava dinheiro, e nosso trabalho era gastá-lo!

— Mas era dinheiro falsificado que vocês estavam gastando — comentou o xerife Chalfont. — Vocês sabiam disso, não sabiam? Estavam fazendo lavagem de dinheiro. Isso é ilegal.

— Bom, a gente sabia que era ilegal, mas não sabia que era um crime! — choramingou Eben, as bochechas brilhando com lágrimas. — Pareceu uma boa ideia, para ser sincero, imprimir mais dinheiro, assim todo mundo podia ter um pouco. Achamos que não ia fazer mal a ninguém.

O inspetor Lindoso bufou.

— Mas agora entendemos que foi um erro! — jurou Eben rapidamente, os olhos correndo de um oficial para o outro. — Estamos muito, muito arrependidos, senhores. E, agora mesmo, juro, a gente só estava caçando coelhos para aqueles homens maus. Só isso. Não queremos ter mais nada a ver com essa história. Por favor, nos deixe partir. Não vamos dizer para o sr. Ollerenshaw que vocês estão aqui. Só vamos embora para a Califórnia.

— Vocês já mataram alguém? — perguntou o xerife.

— Não! Nunca fizemos isso. Juro pelo Todo-Poderoso!

Só então percebi como os irmãos eram jovens. Pelo visto, nem chegavam aos dezoito anos, considerando os tufinhos de pelos nascendo no queixo. Eles eram grandalhões, mas tinham rostos suaves e lábios delicados. Não eram monstros, apenas idiotas.

O xerife Chalfont coçou a testa.

— O que você acha, Jack?

O inspetor franziu os lábios, depois cuspiu tabaco em frente a Eben.

— Só tem uma forma de entrar e sair da caverna? — perguntou, irritado.

— Sim, senhor. Só uma entrada — respondeu Eben, claramente com medo do inspetor. — Só dá para entrar subindo a escada do riacho ou descendo por uma corda do topo do precipício. Foi assim que recebemos todos os suprimentos no mês passado, quando chegamos à caverna. O homem de dedos azuis trouxe uma carroça até o topo do precipício e baixou os barris usando cordas e polias. Mas ele é o único que vai por lá. Eu e o meu irmão nunca subimos pelo precipício porque temos medo de cair.

— E não tem mais ninguém vindo para a caverna? Só os homens que você citou?

— Sim, senhor. Até onde eu sei.

O inspetor assentiu de leve, satisfeito com a resposta.

— Então — disse o xerife, começando a contar nos dedos. — São Ollerenshaw, os dois Plugs, Rufe Jones e Dedos Azuis. Cinco no total. Não é a pior situação que já enfrentamos, Jack.

O inspetor Lindoso deu de ombros.

— Também não é a melhor.

— Só não sei como a gente conseguiria ir até Rosasharon, juntar um grupo de ataque e voltar para cá antes de amanhecer. Você vê algum jeito de fazer isso?

O inspetor não respondeu, mas sei que me olhou de relance.

A essa altura, eu estava no chão, segurando o rosto, apavorado com tudo que tinha ouvido. Não conseguia olhar para nenhum dos dois, por medo de dizerem que não iam resgatar o Pai.

— Ah, inferno — bufou o inspetor, enfim. — Certo, vamos acabar logo com isso.

— Obrigado — suspirei.

— Não nos agradeça ainda! — retrucou asperamente. — Precisamos de um plano antes de fazer qualquer coisa.

— Estou trabalhando nisso — disse o xerife, virando as bolsas dos irmãos e derrubando o conteúdo no chão. Ele pegou uma camisa com o cano do rifle e a ergueu para o inspetor. — O que acha, Jack? Consegue se enfiar na camisa verde desse rapazinho?

— Não é verde, é azul — apontou Eben, inocentemente.

O inspetor Lindoso tapou de novo a boca dele com a corda.

— É verde, seu idiota — corrigiu, antes de acertar a coronha do rifle na cabeça de Eben. Ele desmaiou na hora. Em seguida, Lindoso fez o mesmo com o outro irmão.

2

Enquanto os irmãos estavam desacordados, o xerife Chalfont e o inspetor Lindoso amarraram um ao outro, pés às mãos, e os prenderam a uma árvore com as rédeas de couro. Então, começaram a vestir as roupas deles.

O xerife Chalfont fez isso com tranquilidade. Seu corpo era mais magro do que o dos gêmeos, mas semelhante em altura para que, a uns cinco metros de distância, pudesse se passar por um irmão Morton. O inspetor Lindoso, por outro lado, era "bem-jantado" demais, como ele mesmo disse, para caber direito nas roupas de Eben. Ele mal conseguiu fechar os dois botões no peito da camisa, que dirá na barriga. O sobretudo caiu bem, no entanto. E, com o chapéu, ele ficava parecido o bastante. Os chapéus faziam toda a diferença, pois os gêmeos usavam chapéus brancos idênticos com grandes faixas amarelas. Eu me lembrava bem disso na noite em que eles apareceram lá em casa. Eram bem característicos, e até a cabeça ampla do inspetor Lindoso coube com folga.

O plano era o seguinte: os dois oficiais se aproximariam da caverna ao pôr do sol, de cabeça baixa, usando os chapéus, com coelhos mortos pendurados nos ombros. A esperança era que nenhum dos homens na caverna percebesse o engodo, pelo menos até que os oficiais estivessem perto o suficiente para atacá-los. Parecia um plano exageradamente simples, mas o xerife Chalfont estava muito otimista. Ele também tinha inventado outro ardil, tão simples quanto, que envolvia encher seus uniformes de folhas e terra, e colocar os chapéus por cima. Esses bonecos seriam posicionados a certa distância da caverna, de modo que os bandidos lá dentro, na luz fraca do crepúsculo, achassem que havia mais homens cercando a caverna além deles dois.

A minha parte do plano permanecia igual. Eu voltaria pela trilha e ficaria com os cavalos até eles retornarem. Se não aparecessem em algumas horas, minha missão era correr até Rosasharon e contar a história para o juiz. Se desse tudo certo, eu reencontraria o Pai naquela noite. Esse era o plano.

Não havia muita chance de nada daquilo funcionar, é claro, mas era o bastante para me dar esperanças. Alguma esperança é melhor do que nenhuma, afinal. E agora, mais do que nunca, eu tinha percebido que a minha presença realmente tinha algo de providencial. Eu atravessei a Floresta porque sabia, no fundo do meu coração, que o Pai precisava de mim. E cá estava eu, em um riacho nas profundezas do mundo, vendo os acontecimentos se desenrolarem como novelos. Eu não podia fazer nada além de me segurar com toda força e rezar. *Fique firme!*

O xerife demorou mais ou menos uma hora para caçar os coelhos, enquanto o inspetor trabalhava nos bonecos. Quando os oficiais finalmente estavam prontos, eu implorei mais uma vez para me deixarem ir também. Não só eles discordaram, como me avisaram que só colocariam o plano em prática se me vissem subir pela trilha atrás da Cachoeira. Realmente não acreditavam que eu obedeceria às ordens.

Eu estava amargamente infeliz com isso. Antes de partir, descrevi com detalhes como era o Pai, e os fiz prometer que fariam de tudo para não atirar nele por acidente.

— Vamos fazer o que for possível — garantiu o xerife Chalfont com sinceridade, enquanto recarregava os rifles.

Ele e o inspetor tinham rifles de seis tiros, dois para cada. Eu nunca tinha visto esse tipo de arma longa.

— Vocês lutaram mesmo no México? — perguntei.

O xerife Chalfont concordou com a cabeça.

— Mas não do lado vencedor — completou o inspetor Lindoso, com um sorrisinho.

Eu o observei, confuso, pois não entendi o que ele quis dizer com isso.

— Pode ir, Silas — disse o xerife depois de recarregar as armas.

— Eu sei quem são os espartanos, aliás — falei de repente para o inspetor.

Ele também tinha terminado de recarregar as armas, e me olhou com a cabeça inclinada.

— O quê?

— Você disse antes que, mesmo se estivesse com os *trezentos de Esparta* — relembrei —, não desceria...

Eu nem terminei a frase, pois ele estava me encarando como se eu fosse a pessoa mais burra que já tinha visto.

— Você sabe o que aconteceu com os espartanos, não sabe?

— Pode ir, Silas! — repetiu o xerife, mais alto.

Seu rosto estava tenso. Sua mente já estava focada na próxima tarefa. Eu conhecia aquela expressão.

Com grande relutância, subi a margem em direção à trilha atrás da Cachoeira. Não olhei para trás nem me despedi deles. Fui abandonado, mais uma vez, pelos vivos, e fui deixado, mais uma vez, só com a companhia dos fantasmas. Não havia mais nada a dizer.

3

Quando alcancei o topo do penhasco, fiz um sinal para avisar que tinha chegado. Observei eles passarem pela Cachoeira e descerem a margem esquerda do riacho, se mantendo próximos à parede. Coelhos pendurados nos ombros. Bonecos sendo arrastados pelo chão. Depois de uns dez minutos, eles chegaram à primeira curva do rio, então desapareceram de vista.

— Se subirmos naquela pedra ali, vamos conseguir vê-los — comentou Mittenwool, apontando para o lado.
— Vai na frente. Quero checar como o Pônei está.
Ele olhou para o cavalo, que pastava tranquilamente ao lado da égua branca do xerife.
— O Pônei está ótimo, Silas. Você está bem?
— Só cansado. Pode ir. Me avisa se vir alguma coisa.
Ele hesitou.
— Eu vou. Mas não demoro. Não se preocupe.
E partiu.
Pônei bufou quando me aproximei. Baixou a cabeça e tocou levemente na minha, enquanto eu esfregava a bochecha no seu focinho. Fechei os olhos. Era disso que eu estava precisando, embora não pudesse falar para Mittenwool. Precisava abraçar algo quente, algo que eu pudesse apertar com toda intensidade. Pônei era tão forte e corajoso, e eu me sentia tão pequeno e perdido. Só queria respirar fundo e absorver a força dele. Não sei como, mas Pônei parecia saber disso. Era como se entendesse o meu coração, pelo jeito que me tocava. Só fazia quatro dias desde que começáramos a viajar juntos, mas parecia uma vida. Como se nos conhecêssemos desde sempre. Acho que tínhamos uma ligação especial, como homens na guerra, soldados na trincheira...

Porém, quando essa ideia me passou pela cabeça, por mais passageira que fosse, eu a rejeitei. Queria que nunca tivesse me ocorrido. Cheguei até a ficar com raiva de mim mesmo. *Ligação especial? Como homens na guerra?* Por que a minha mente tinha feito essas conexões absurdas? O que eu sabia sobre homens na guerra? Nada além de algumas histórias antigas em livros caindo aos pedaços! É claro que o inspetor me olhava como se eu fosse um idiota. Esse menino caipira insignificante, com seu pônei mágico, falando de espartanos. Eu não conhecia nada do mundo real!

Isso estava claro para mim depois dos últimos quatro dias na Floresta. Quatro dias em que eu tinha visto mais do mundo real do que nos meus doze anos de vida. O que aconteceu com aqueles fantasmas no Brejo. Crianças mais novas do que eu. *Aquilo* era o mundo real. Os homens indo pegar o Pai. O delegado falando de tiroteios. Os irmãos Morton no chão, presos por cordas. Tudo isso era o *mundo real*.

Eu tinha sido poupado até então. No meu casulo em Boneville, com o Pai e Mittenwool. Fui protegido a minha vida inteira. Mas ali estava eu, tendo um mínimo vislumbre do outro lado, achando que sabia de alguma coisa. *Uma ligação especial, como homens na guerra. Espartanos.* Eu me senti ridículo. E infantil. Por isso eles não queriam que eu fosse. *Fique em casa, Silas. Volte, Silas.* Tanto o Pai quanto Mittenwool sabiam que era um caminho sem volta. A gente não tem como esquecer o que já sabe. Não pode apagar o que já viu.

Eu finalmente estava entendendo isso. Me dando conta do que eles fizeram por mim. O Pai, com seus livros e histórias, trabalhando como um cão por vinte e cinco centavos a bota. E Mittenwool, me fazendo companhia nos meus dias solitários. Eu nunca tinha percebido como era sortudo.

E talvez, no fim, esse fosse o objetivo. Manter aquele outro mundo à distância. Preservar esse tempo, o tempo do antes, enquanto fosse possível.

Acho que, de certa forma, esse é o mundo real também. Os pais, as mães, os fantasmas, os vivos e os mortos, tecendo borboletas do nada. Segurando-as com delicadeza, pelo máximo de tempo possível. Não para sempre, mas indeterminadamente. Abrindo a porta para o fantástico. Mas nunca para eles mesmos. Só para nós. Nem que fosse por pouco tempo. O que importa não é a fantasia em si, mas a tentativa de alcançá-la. Esse é o mundo real também.

Enquanto estava pensando nisso, a moça que vi na cadeia saiu de trás de algumas árvores e se aproximou de mim.

— Para onde o Desimonde foi? — perguntou ela. Suas mãos apertavam delicadamente o coração, o sangue da ferida escorrendo pelos dedos pálidos e cobrindo as mangas amplas do vestido amarelo.

— Ele desceu o riacho atrás de uns bandidos — respondi, tentando não ver o ferimento. Os olhos da moça eram cor de canela.

— Ah — disse ela, assentindo com um leve sorriso. — Desimonde é muito bom em lutar contra bandidos. São senhores de escravos?

— Não sei.

— A minha família veio ao Oeste para lutar pelo Estado livre.

Eu assenti, embora não soubesse o significado disso.

— Você pode me indicar o caminho, por favor? — pediu ela. — Por onde ele foi?

— Por essa trilha.

Indiquei com um gesto para onde ela deveria seguir.

— Você pode me levar até ele? — perguntou educadamente.

Inclinei a cabeça para o lado.

— Infelizmente, não posso — respondi. — O Desimonde me falou para ficar aqui com os cavalos. Qual é o seu nome, se não se importa de eu perguntar?

— Matilda Chalfont.

— A senhora é esposa do Desimonde?

Ela riu.

— Não, bobo. Sou irmã dele. Bom, é melhor eu ir procurá-lo. Obrigada.

— Boa sorte.

Ela passou por mim e começou a descer a trilha do penhasco. Então se virou novamente.

— Se eu não encontrá-lo — pediu —, você pode dar um recado para ele?

— Claro, se for possível.

— Diga que deixei o pudim de ameixa da Mãe para ele, mas comi a maior parte e sinto muito por isso. Você pode dizer a ele?

— Sim.

— Obrigada — respondeu com um sorriso.

Suas bochechas tinham covinhas exatamente iguais às do xerife Chalfont, e o cabelo cacheado também era parecido.

Mittenwool já estava de volta, e nós dois observamos enquanto ela desaparecia trilha abaixo. Eu queria dizer para ele: *que criaturas estranhas vocês são.*

— O que você acha que foi isso? — perguntei.

— Acho que ela se sentiu culpada por causa do pudim — disse casualmente, sem pensar muito. — Eu vi o xerife montar os bonecos. Estão muito bons!

— Isso é suficiente, então?

— Hum? Suficiente para quê?

Mittenwool me encarou com os olhos arregalados, e vi que realmente não tinha entendido a pergunta.

— Só isso é suficiente para uma pessoa... ficar aqui? — continuei, perplexo. — Se sentir culpada por causa de um *pudim*? Parece uma coisa tão pequena para se apegar. Eu achava que seria necessário algo maior. *Um pudim!* Não faz sentido nenhum na minha cabeça. Por que alguns ficam e outros se vão?

Ele franziu a testa e olhou para as palmas das mãos, como se pudessem lhe dar a resposta.

— Não tenho ideia, Silas.

— Mittenwool, você é meu tio?

Ele se voltou para mim, surpreso.

— Seu tio?

— Minha mãe tinha um irmão.

— Não, Silas. Acho que não sou seu tio.

— Então qual é a nossa relação? — perguntei, impaciente. — Qual é a nossa ligação? Por que você veio até mim? Como você pode não saber?

Ele esfregou a testa e pareceu ter dificuldade para pensar.

— Eu realmente não... — começou.

— Para de me dizer que você não sabe! — berrei, pois de repente fui tomado por tanta emoção que mal conseguia suportar. — Estou cansado de ouvir isso, Mittenwool! *Eu não sei, Silas! Eu não sei!* Como você pode não saber?

Ele não respondeu de imediato. Quando voltou a falar, sua voz era séria.

— Mas eu realmente não sei, Silas — sussurrou, e eu percebi que estava dizendo a verdade. — Você acha que eu não te contaria se soubesse? Acha que eu esconderia isso de você? Droga! Você diz que está cansado de não saber. Bom, eu também estou! Ou talvez o que você esteja dizendo de verdade é que está cansado de *mim*! É isso, Silas? Você quer que eu vá embora?

Isso me pegou totalmente de surpresa.

— Não! É claro que não. Não é isso que eu quero dizer, de jeito nenhum.

— Então pare de me perguntar esse tipo de coisa! — exclamou, e eu nunca tinha visto Mittenwool olhar para mim daquele jeito. Como se eu o tivesse magoado profundamente. — Pare de me perguntar coisas que eu não sei! Que você *sabe* que eu não sei! Quando já te falei mil vezes que eu não sei!

— Tudo bem! — falei, com as bochechas ardendo. — Me desculpa! É só que...

— É só que o quê?

— Se um *pudim* já é suficiente — comecei —, então por que nem todo mundo volta? Por que ela não... — Minha voz falhou. — Por que *ela* nunca voltou por mim?

Eu mal consegui terminar a frase. De repente, me engasguei com as lágrimas. Tinha passado muito tempo segurando esse pensamento.

Mittenwool suspirou. Enfim, acho que entendeu. Esperou um segundo para responder.

— Talvez ela tenha voltado, Silas — respondeu baixinho. — De formas que você não consegue ver. De formas que eu desconheço. Quer dizer, veja só o Pônei, como ele te trouxe até aqui.

— Não é disso que eu estou falando — sussurrei, limpando o rosto com a palma das mãos.

— Eu sei. — Ele olhou para as próprias mãos de novo, como se elas contivessem palavras melhores. — Eu sei que não é. Olha, eu sinto muito...

— Não, eu é que sinto. Obviamente não quero que você me deixe. Eu nunca ia querer isso. Nem em um milhão de anos. Eu estaria perdido sem você.

Ele abriu um sorriso triste, e se recostou em uma árvore como se estivesse cansado.

— Bom, ainda bem — comentou, aliviado —, porque eu também não quero deixar você.

— Mesmo que eu seja um idiota às vezes?

Ele empurrou meu ombro de leve.

— Eu é que sou o idiota.

Decidi, naquele exato momento, que nunca mais faria esse tipo de pergunta a Mittenwool. Era doloroso demais. Para ele. Para mim. Qualquer que fosse a conexão misteriosa entre nós, qualquer que fosse o motivo para ele estar comigo, não importava de verdade. O que importava era que ele estava ao meu lado, sempre, até o fim.

Então uma ideia me ocorreu.

— Eu devia ir com ela — falei. — Ela me pediu para levá-la até o xerife, e eu devia fazer isso.

— Você sempre deve fazer o que seu coração manda, Silas.

— Eu devo fazer o que meu coração manda.

4

Matilda Chalfont não tinha ido longe, e logo a alcançamos. Eu havia levado o Pônei comigo, pois sabia que, em algum momento, precisaria de sua ajuda. Como eu imaginava, ele desceu o caminho estreito a passos firmes.

Matilda pareceu feliz em me ver.

— Você quer subir? — perguntei galantemente, esticando a mão.

— Ah, eu aceito, muito obrigada! — respondeu.

Com as mãos ensanguentadas em volta das minhas, ela colocou o pé no estribo e subiu atrás de mim na garupa. Pônei nem sequer piscou.

Continuamos descendo a lateral do penhasco atrás de Mittenwool. Estranhamente, eu não sabia dizer se Matilda conseguia vê-lo ou não, tão surpresa ela estava com tudo. Ela caiu na risada quando a névoa da Cachoeira nos atingiu. Era como se tivesse acabado de nascer.

Quando chegamos aos irmãos Morton, que a essa altura já tinham acordado, presos e amordaçados, eles me encararam com olhos cheios de lágrimas. Talvez eu tenha sentido um pouco de pena dos dois, deitados de ceroulas no chão frio, mas logo me lembrei de como pareceram cruéis na noite em que levaram o Pai. Estávamos todos em perigo por causa de suas ações desumanas, então me forcei a ignorá-los. Desci do Pônei e fui procurar os rifles dos homens, que o inspetor havia escondido perto do paredão.

— Esses eram os bandidos que o Desimonde estava procurando? — perguntou Matilda, observando-os da sela com um olhar de pena.

— Eles ainda estão se tornando bandidos — falei, pegando um dos rifles da grama. — Talvez isso os faça seguir um caminho melhor.

Eu não ligava nem um pouco se os irmãos me ouvissem falando com "ninguém".

— Eles parecem estar com frio nesse chão — disse ela.

Eu queria ignorá-la, mas não consegui, então fui até a pilha de selas e tirei dois cobertores. Depois os estiquei em cima dos irmãos, evitando seus olhos agradecidos.

Matilda sorriu para mim quando subi de novo no Pônei.

— Agora estão quentinhos — comentou com doçura.

Logo chegamos à curva na qual o xerife Chalfont e o inspetor Lindoso tinham sumido mais cedo. Havia uns seis metros de margem entre o paredão do penhasco e o riacho. Pedras largas e redondas, cobertas de musgo úmido, cobriam cada centímetro. Aqui embaixo, o riacho parecia bem maior do que lá de cima. Mais largo, como um rio revolto. Não era fundo, mas corria veloz, e as ondas se chocavam com força, como se um milhão de pessoas batessem palmas.

— Mittenwool — chamei.

Ele parou, não mais do que três metros à nossa frente, e se virou.

— Você pode atravessar o riacho e me avisar quando eu estiver perto da caverna? — pedi.

Mittenwool olhou para o riacho, que, como os irmãos haviam nos mostrado, não passava da altura da cintura, e balançou a cabeça.

— Prefiro ficar com você, se não tiver problema.

Seus olhos estavam apreensivos. De repente, me ocorreu que ele tinha medo de água. Parecia impossível que eu ainda não soubesse disso.

— Claro — falei, tentando não demonstrar o quanto eu estava confuso.

Será que era razoável um fantasma ter medo de água? Afinal, não era como se ele pudesse se afogar. Mas aí pensei: *talvez ele possa*. Não conhecemos as regras. Seja como for, já basta morrer uma vez. Isso era evidente pela expressão do Mittenwool, pelo tremor de seu queixo.

— Sinto muito, Silas — disse ele, com medo de me decepcionar.

— Não se preocupa, bobinho — respondi com gentileza e, pela primeira vez na nossa vida juntos, me senti o mais velho dos dois.

— Eu posso atravessar! — anunciou Matilda, animada. — Gosto da água.

Subitamente, ela pulou do Pônei, correu para o riacho e mergulhou sob a corrente. Na mesma hora, eu a perdi de vista.

Caminhamos por mais uns quatrocentos metros. Eu fazia ideia de onde a gente estava, pois, mais cedo, tinha visto esse ponto de cima. Era difícil acreditar que, naquela mesma manhã, eu tinha ido com o delegado Farmer até a beira do penhasco, de onde observei o abismo com os joelhos trêmulos. Para quem olhava de baixo, não havia sinal das árvores e dos arbustos lá de cima. Eu só conseguia ver as paredes íngremes se erguendo para o céu. Antes elas pareciam amareladas, como argila. No entanto, agora eram de um roxo vívido, da cor da alvorada. E tudo acima de mim, o céu inteiro, era lavanda.

Em algum lugar distante, o sol estava se pondo. Sua luz se refletia nas saliências no topo dos penhascos, brilhando como joias cor de laranja. Mas o pôr do sol em si parecia pertencer a outro mundo, bem longe do meu alcance. Aqui, não havia oeste ou leste ou norte ou sul. Não havia nem lado de cima ou de baixo. Só havia as curvas do rio. O movimento para a frente e para trás. E as paredes imensas que mantinham esse outro mundo a distância, aquele que tinha pontos cardeais e cidades e oceanos. Pensei em Cila e Caríbdis, e em como Odisseu...

— É melhor deixar o Pônei aqui — sussurrou Mittenwool. — Não seria bom se ele relinchasse ou fizesse algum barulho...

Pisquei com força, sendo tirado dos meus devaneios.

— E você precisa se concentrar, Silas! — advertiu ele. — Não há tempo para sonhar acordado. Você deve estar desperto e alerta.

Assenti. Ele tinha razão, é claro. Era como se tivesse jogado água fria em mim.

Silas, acorde agora!

Desci e prendi Pônei a uma pedra grande no leito do rio. Temi que tentasse ir atrás de mim, mas ele pareceu entender que era para ficar ali. Sinceramente, se eu conseguisse encontrar as palavras para explicar como eu tinha certeza de que aquela criatura podia ler meus pensamentos, eu o faria! Mas não consigo.

Tampouco sei explicar por que eu o trouxe até o rio. Não era necessário. Só consigo pensar que, em algum lugar dentro de mim, um lugar tão antigo quanto aquelas rochas, eu sabia que Pônei teria um papel decisivo nos eventos que estavam prestes a acontecer.

5

O crepúsculo tomava conta do céu. O ar estava denso, as sombras já tinham assumido o tom azul-escuro da noite, e os contornos de todas as coisas pareciam se misturar. Algo nesse momento do dia, nesses minutos entre a luz e a noite, sempre me pareceu onírico. *É a hora dos duendes e dos trolls*, o Pai dizia, *dos elfos demoníacos e dos reis goblins*. E agora eu tinha mesmo essa sensação, como se estivesse lá de cima me vendo andar, um cavaleiro errante em uma missão. Eu não era eu, mas ele.

Fiz a mesma coisa de novo! Deixei minha mente vagar. Não sei por que meus pensamentos voavam tanto! Mittenwool tinha razão. Eu precisava me concentrar. Afastar os pensamentos confusos.

Mittenwool me cutucou.

— Estou acordado! — respondi.

— Shh!

Ele indicou o local em que, perto da curva fechada do rio, estava o primeiro boneco feito pelo xerife Chalfont e pelo inspetor Lindoso. Ele estava apoiado nos cotovelos em cima de uma pedra grande, segurando um galho comprido que parecia um rifle apontado para a caverna. Mais adiante encontrei o segundo boneco, arrumado de forma similar. Eles eram bem convincentes, devo admitir. De início, eu achei que fosse um plano bobo, mas eles realmente pareciam atiradores de onde eu estava, e a caverna ficava uns vinte metros mais longe.

Dava para ver, pela direção para a qual os bonecos apontavam os "rifles", que a boca da caverna não estava muito distante. Eu me lembrei de como as paredes pareciam cortinas, e a caverna ficava escondida bem no fundo, onde duas dobras grandes convergiam.

Diminuí a velocidade e me apertei contra a parede para fazer a primeira curva. Depois que passei, vi os dois oficiais claramente, caminhando uns trinta metros à frente. Estavam andando lado a lado, batendo os pés na água, sem o mínimo esforço para se esconder enquanto se aproximavam da caverna. Estavam de cabeça baixa, fingindo levar uma conversa tranquila, rindo amigavelmente, tentando parecer os irmãos Morton. Nos ombros, levavam os coelhos mortos. Nas mãos, seguravam casualmente os rifles. À luz índigo do crepúsculo, estavam iguaizinhos aos gêmeos voltando da caçada. O plano estava funcionando!

A entrada da caverna ficava a uns dez metros de distância. Tinha me parecido um pouco menor do outro lado do penhasco. Dois homens fortes estavam sentados ali, fumando, com as pernas balançando na beirada. Eram os Plugs, imaginei. Nem ligaram para a chegada dos oficiais, mesmo quando o inspetor Lindoso (que era um homem ousado, sem dúvida!) teve a audácia de acenar para eles. Nenhum dos Plugs suspeitou de nada.

Os oficiais já estavam a poucos metros da caverna, e ouvi um dos Plugs gritar:

— Até que enfim!

Então o xerife Chalfont, sem levantar os olhos, disse:

— Vamos jogar os coelhos para a subida ficar mais fácil.

Ele até deixou a voz mais aguda, tentando imitar os irmãos.

Os Plugs baixaram os rifles para pegar os coelhos, mas, nesse instante, um homem saiu da caverna com um cobertor sobre os ombros. Ele berrou lá para baixo:

— Subam pela escada, seus paspalhos covardes!

Reconheci a voz imediatamente. Era Rufe Jones. E acho que o reconheci no exato momento em que ele percebeu a emboscada. Mais rápido do que minha mente era capaz de processar, os oficiais sacaram os rifles e atiraram nos Plugs. O estouro dos tiros ecoou no penhasco, e um dos Plugs desabou pela lateral da montanha direto no rio. O outro caiu para trás, machucado, mas com vida. Rufe Jones se jogou no chão e rastejou de volta para a caverna.

Ouvi uma grande comoção dentro da caverna, e vi os dois oficiais correrem em busca de abrigo junto à parede. O inspetor atravessou rapidamente a praia estreita até a curva no outro lado da caverna.

O vento ficou mais forte, e o ar de repente esfriou.

— Olha só! — gritou o xerife Chalfont para os homens na caverna. — Roscoe Ollerenshaw! Vocês estão cercados! Saiam com as mãos para cima!

O xerife ainda estava falando quando vários tiros de rifle ricochetearam ao seu redor, e ele se protegeu na parede de novo. O inspetor Lindoso devolveu os tiros da curva onde tinha se escondido.

— Não adianta, vocês estão cercados! — gritou o xerife Chalfont.

Enquanto berrava, deu alguns tiros na parede do outro lado do riacho, na direção dos bonecos. O som ecoou pela ravina, e os homens começaram a atirar nos bonecos na mesma hora. Isso deu aos policiais a chance de atirar livremente na caverna, o que era ótimo, claro, mas vi que eles estavam numa posição próxima demais, baixa demais, para conseguir um tiro certeiro.

Dali, só podiam acertar o teto perto da entrada. O Plug provavelmente percebeu a mesma coisa, pois se jogou de barriga no chão e começou a se arrastar até a beirada da caverna. Nenhum dos oficiais conseguia vê-lo, mas eu sim, já que estava mais longe.

— Rufe Jones! Sabemos quem você é! — anunciou o xerife Chalfont, recarregando o rifle. — Estamos atrás de Ollerenshaw, não de você! Então largue a arma e saia daí, e você vai receber...

O Plug chegou à beirada e atirou do chão da caverna. O xerife Chalfont mais uma vez se escorou na parede, mas não foi rápido o bastante. Pelo gemido que soltou, soube que ele tinha sido atingido. O inspetor Lindoso pulou na frente da caverna e derrubou o Plug com um tiro certeiro.

— Desi? — gritou, se escondendo de novo atrás da parede.

— Estou bem, só pegou de raspão! — respondeu o xerife.

A essa altura, mal havia luz no céu, e dava para ouvir o som de trovões ao longe. O vento soprava contra nós, uivando. Uma tempestade começava a se formar.

— Ollerenshaw! — berrou o xerife Chalfont, se afastando da parede com o rifle apoiado no ombro, o antebraço sangrando. — Você perdeu mais um homem! Só falta um. Acabou para você! Saia agora e vamos encerrar essa história!

— Não acabou, nada! — respondeu uma voz grave de dentro da caverna, que devia ser de Ollerenshaw. — Nem de longe!

Nesse momento, vi Matilda do outro lado do riacho, acenando desesperadamente para mim. Segui sua linha de visão até a parte de cima da caverna, onde um homem com dedos azuis apontava o rifle para o xerife.

— Xerife, olha para cima! — gritei.

Ele olhou bem no momento em que um raio iluminou o céu, e tudo na terra se desfez em pedaços.

NOVE

> **Aquilo era o rio, isto é o mar!**
>
> — The Waterboys
> "This Is the Sea"

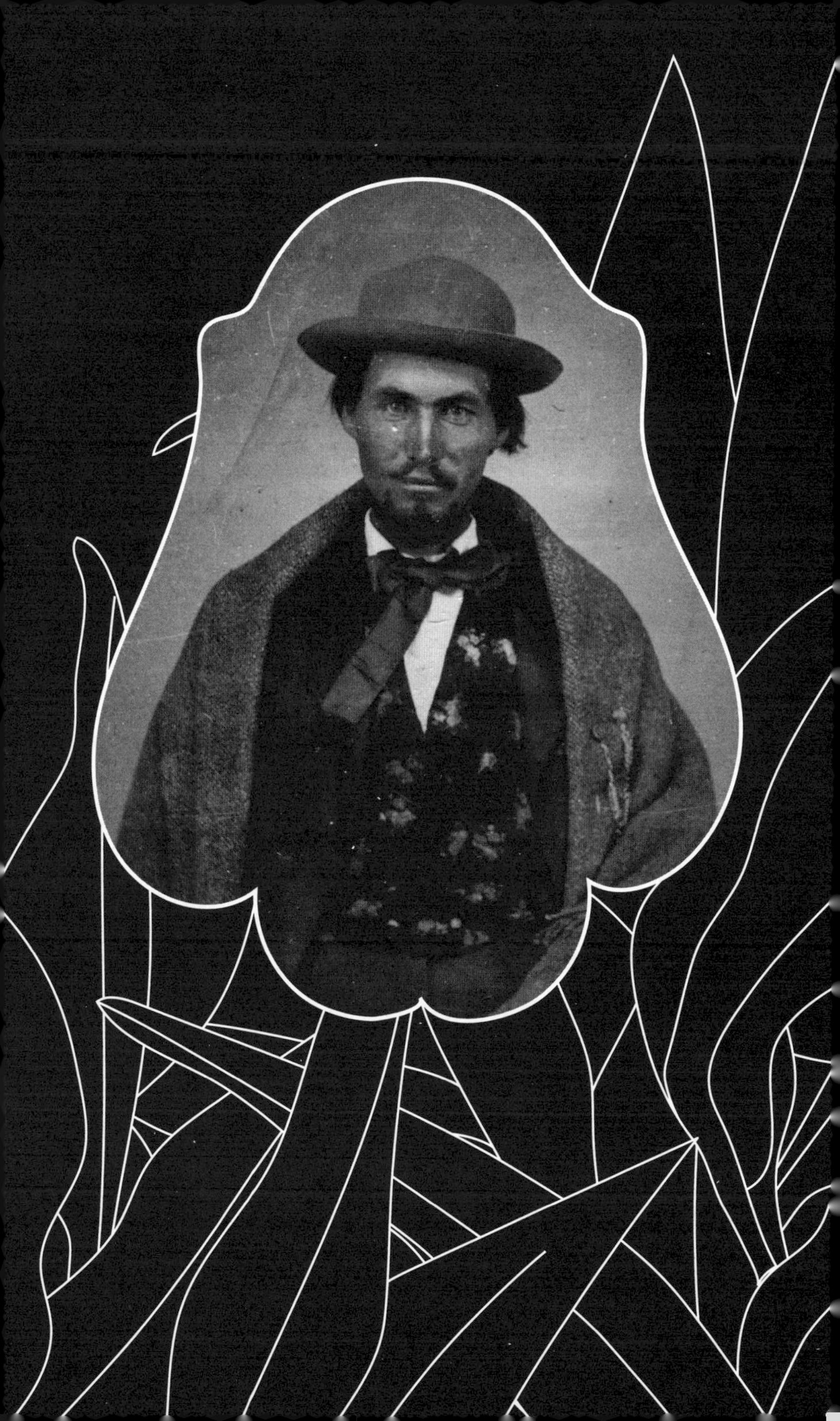

1

Não me lembro de atirar, mas sei que o tiro veio do rifle que eu estava segurando. O homem que estava prestes a matar o xerife Chalfont balançou e desabou no chão. Na mesma hora, estourou o trovão que seguiu o relâmpago, e o coice do rifle me fez cair para trás no riacho. Fui jogado para mais longe do que imaginava, pois o vento tinha transformado as águas em uma corredeira, e lutei em vão para me segurar em algo que me impedisse de ser levado. O que mais me lembro desse momento, em que fiquei girando e me debatendo sob a água, é da sensação de estar sendo puxado por um imenso monstro marinho, e de me perguntar se eu havia matado o homem de dedos azuis. Rezei para a Mãe: *Que eu não tenha matado esse homem!*, pois não queria que essa fosse a minha última ação neste mundo. Também rezei para que ela me encontrasse do outro lado, se a minha hora tivesse chegado, pois eu sentia muito a sua falta. Estava pensando em tudo isso ao mesmo tempo quando mãos fortes agarraram o topo da minha cabeça, me puxando da água como um peixe num anzol. Tiros ecoavam pelo ar enquanto eu recuperava o fôlego, embora parecesse que meus pulmões tinham sido esmagados. Quem me salvou foi o inspetor Lindoso, segurando minha cabeça com a mão esquerda enquanto a direita continuava atirando. Ele me jogou em um lugar seguro junto ao penhasco, bem no momento em que a parte de cima de sua orelha esquerda foi arrancada por uma bala.

Ele tropeçou para trás, cobrindo a orelha ensanguentada com a mão esquerda. A direita seguiu atirando. A chuva só deixava a situação ainda mais caótica, pois era um verdadeiro dilúvio, e a noite tinha caído em um piscar de olhos. Não dava para ver nada no breu, exceto quando os raios iluminavam o ar com explosões amarelas.

Houve um pequeno intervalo nos tiros quando o inspetor Lindoso se escondeu na parede outra vez para recarregar a arma. Com mais uma explosão de luz, vi que o xerife Chalfont estava olhando para a gente do outro lado da caverna. O inspetor fez um sinal positivo depois que terminou de recarregar o rifle. Então outro raio revelou que o xerife se aproximava lentamente de um ponto abaixo da entrada da caverna. Essa parte da margem havia quase desaparecido; o riacho estava enchendo tão rapidamente, que a água já batia direto contra o paredão.

Tínhamos chegado a um impasse. Estávamos perto demais da caverna, sem ângulo para acertar a parte de dentro do esconderijo. Da mesma forma, eles não conseguiam nos atingir. Era geometria simples.

O inspetor Lindoso se agachou para recarregar os dois rifles.

— Obrigado por me salvar — falei, depois de tossir toda a água que havia engolido.

— Agora não, Mirrado.

Eu assenti e me apoiei na parede ao lado dele. Sua orelha estava sangrando muito, sujando o pescoço e os ombros.

— Quer que eu tente fazer um curativo...

— Cala a boca. — O inspetor deve ter se sentido mal logo em seguida, porque, sem olhar para mim, acrescentou: — Aquele foi um bom tiro. Você salvou a vida do Desi.

— Espero não ter matado o homem.

— Espero que tenha! — cuspiu ele. — Mas não acho que matou, se te serve de consolo. Ele está atirando na gente agora.

— Acho que é o Rufe Jones.

— São os dois — corrigiu, me entregando um dos seus rifles. — E é por isso que, se alguém descer até aqui, você precisa atirar, ouviu? Nada de *ai meu Deus, espero não ter matado ninguém*. Isso não é uma brincadeira, Mirrado. Não vai vir nenhum pônei mágico te salvar, entendeu?

— Sim.

— Roscoe Ollerenshaw! — gritou o xerife Chalfont, a voz reverberando acima da chuva como um trovão. — Saia daí agora. Se renda. Você não tem para onde fugir, como já deve ter percebido. A gente só precisa esperar. Logo você ficará sem água e sem comida. Melhor desistir agora e poupar todos nós do trabalho.

— *Todos* nós? — veio a resposta de imediato. — Pelas minhas contas, vocês só têm três homens. Aquilo do outro lado do rio são bonecos. Por acaso vocês acham que eu sou idiota?

— Achamos! — provocou o inspetor Lindoso, alegremente.

— Pois saibam que eu tenho mais homens a caminho! — vociferou Ollerenshaw. — Eles vão fazer picadinho de vocês!

— Está falando dos dois moleques que prendemos lá no riacho? — respondeu o xerife. — Ou do homem de dedos azuis no topo do penhasco, que provavelmente está sangrando até a morte?

— Eu tenho uma proposta para vocês! — berrou Ollerenshaw.

— Se vai tentar nos subornar, esquece! — retrucou o xerife.

— Me escutem! Tem muito dinheiro em jogo, o suficiente para você e os seus amigos ficarem ricos — falou Ollerenshaw.

— Se eu ligasse tanto assim para dinheiro — disse o xerife —, pode ter certeza de que estaria procurando ouro na Califórnia.

O inspetor me cutucou.

— Na verdade, a gente chegou a ir procurar ouro uma vez.

— Mas estou falando *justamente* de ouro! — respondeu Ollerenshaw. — Nada de notas falsificadas! Ouro de verdade. Mais de vinte mil dólares! Escondidos em algum lugar. O homem que eu tenho aqui é o próprio Mac Boat, e ele disse que vai me contar onde está o dinheiro!

Meu coração congelou.

2

Um longo silêncio se seguiu. O xerife deu uma olhada para mim, talvez formulando uma resposta. A chuva que atordoava nossos sentidos de repente se aquietou, só por um segundo, e o silêncio nos deu a chance de organizar os pensamentos. O céu havia clareado. Tudo reluzia sob o luar.

— Não sei como te dar essa notícia — respondeu o xerife, com naturalidade —, mas quem está aí não é o Mac Boat! Preste atenção. Se deixar esse homem ir embora, vou notificar o juiz. Você pode até diminuir uns bons anos da sua sentença se cooperar com a gente. Rufe Jones, está ouvindo? Isso vale para você também!

Enquanto falava, fez um sinal para que o inspetor Lindoso se movesse.

— Você fica aqui, Mirrado — sussurrou o inspetor para mim, pressionando um dedo contra a minha testa para me manter grudado à parede. — Não se mexa.

Em seguida, se agarrando com toda a força à rocha, com a bochecha esmagada na parede, ele começou a escalar o penhasco. Pensei no medo que ele tinha sentido mais cedo, e em como estava sendo corajoso subindo dessa maneira.

— Então você está dizendo que não tem interesse em ganhar vinte mil dólares em ouro? — gritou Ollerenshaw de dentro da caverna.

— É claro que tenho interesse! — respondeu o xerife, de um jeito quase amigável. Eu sabia que ele estava ganhando tempo enquanto o inspetor escalava o penhasco. — Quem não quer vinte mil dólares? Só não acho que você sabe onde está o ouro, só isso!

— Mas o Mac Boat *sabe*, e ele está bem aqui comigo! — bradou Ollerenshaw. — Eu aposto que ele ficaria feliz em fazer um acordo com você, aqui e agora, para fugir da cadeia! E eu também estou disposto a fazer isso! Vinte mil dá para muita coisa! Então vamos acabar com essa briga! Vocês baixam as suas armas. Eu baixo a minha. Vamos chegar a um acordo que seja bom para todas as partes!

O xerife Chalfont soltou uma risada irônica.

— Se ele não te disse onde estava o ouro quando foi espancado pelos seus homens, por que falaria agora? Aceite, Ollerenshaw, você pegou o homem errado. Ele não é o Mac Boat!

— É o Mac Boat, *sim*! E está prestes a me dizer onde encontrar o ouro.

Foi nesse momento que vi, de todas as coisas no mundo que eu poderia ver, o delegado Farmer atravessando o riacho! Foi um choque enorme encontrá-lo ali, atravessando a água revolta, com os olhos cintilando. Menos de duas horas atrás eu o tinha dado como morto, mas cá estava ele, brilhando à luz do luar, disparando pela corredeira como um touro louco.

— Anda logo, Ollerenshaw, isso está ficando cansativo! — exclamou o xerife. Ele ainda não tinha visto o delegado, embora o velho já estivesse na margem, abrindo caminho na lama em direção à escada. — Vamos acabar com isso agora!

— Você primeiro! Largue as suas armas!

— Mas por que a gente largaria as nossas armas? — berrou o xerife, rindo. — Nós já assumimos o controle, seu idiota! Você não tem mais nenhuma carta na manga! Não tem mais reforços! Não tem ouro! Não tem nada!

— Isso aqui é nada para você?

Foi aí que ele empurrou o Pai, com uma mordaça na boca, pés e mãos algemados, até a entrada da caverna, onde todos podíamos vê-lo. Ollerenshaw estava logo atrás, com um revólver pressionado às costas do Pai.

Eu perdi o fôlego quando o vi daquele jeito, com o corpo torto, o rosto surrado.

— ESTE É O MAC BOAT! — gritou Ollerenshaw histericamente, o rosto pálido brilhando ao luar. Seu rosto parecia mármore branco. Uma lápide em um cemitério. — Ele admitiu! Disse que ME LEVARIA ATÉ ONDE O OURO ESTÁ ENTERRADO!

— Você está blefando! — retrucou o xerife.

— Se estou blefando, então não tenho motivo para mantê-lo vivo! Largue a arma... ou VOU MATÁ-LO AGORA MESMO!

O delegado Farmer, coberto de lama dos pés à cabeça, tinha chegado à escada e agora subia degrau por degrau.

— Solte o homem, Ollerenshaw — disse o xerife calmamente. Então se afastou da parede do penhasco, para que Ollerenshaw o visse segurando o rifle acima da cabeça. — Vou deixar você ir embora se soltar...

— EU MANDEI LARGAR A ARMA! — vociferou Ollerenshaw, como um louco, empurrando a testa do Pai com a pistola. — LARGUE AGORA, OU ESTOURO OS MIOLOS DELE!

— ESTOU LARGANDO, OLHA! — berrou o xerife, jogando o rifle no chão e levantando as mãos.

— O GORDO TAMBÉM! Você acha que eu não sei que ele está subindo?

— Jack! — chamou o xerife, e o inspetor obedientemente pulou da parede e ergueu as mãos, mostrando que tinha largado o rifle. — Pronto! Viu? Nós baixamos as nossas armas. Agora deixe o homem ir embora!

— Vocês eram três!

— Não, somos só nós dois! — respondeu o xerife, enquanto o inspetor me olhava de cara feia para eu permanecer escondido. — Temos rifles de repetição!

— Eram três armas. Tenho certeza! — esbravejou Ollerenshaw.

A essa altura, o delegado Farmer já estava no topo da escada e se escondia sob a protuberância na entrada da caverna. Coberto de lama, ele parecia se fundir à parede do penhasco. Era um milagre que ninguém o tivesse visto.

— Olha, Ollerenshaw — continuou o xerife, com as mãos erguidas e os dedos bem abertos. — Vamos fazer o seguinte! Vamos atravessar o riacho para te dar tempo de sair! Então você pode seguir para a Cachoeira, pegar os seus cavalos e ir embora. Basta soltar o homem, e você fica livre.

Nesse momento, ouvimos o mais improvável dos sons, pois Ollerenshaw começou a gargalhar.

— Você achou mesmo que eu ia abrir mão de vinte mil dólares em moedas de ouro? RUFE, ATIRE AGORA!

Foi então que algumas coisas aconteceram ao mesmo tempo.

3

A primeira coisa foi Rufe Jones, em seu casacão amarelo, subindo na borda da caverna para atirar nos policiais, que estavam totalmente visíveis e indefesos. A segunda, da qual me lembrarei até o dia da minha morte, foi um guincho penetrante ecoando pela ravina, como um brado de outro mundo. Era o Pônei, grunhindo e trotando pela margem do riacho em direção à caverna! Na escuridão, só dava para ver a sua cara branca, as narinas abertas, os dentes à mostra, como o crânio de uma caveira flutuando pelo ar. Ninguém além de mim viu Mittenwool em cima dele, é claro, fazendo-o galopar a toda velocidade. Era uma visão e tanto!

Rufe Jones ergueu imediatamente o rifle para atirar no crânio, imaginando que seria um terceiro oficial. Isso deu ao xerife e ao inspetor tempo suficiente para recuperar as armas e se esconder no paredão.

— ATIRE NOS OFICIAIS, NÃO NO CAVALO, SEU IMBECIL! — gritou Ollerenshaw.

Mas no momento em que os policiais começaram a atirar nele, Rufe Jones abandonou a causa e se escondeu de volta na caverna.

— SEU IDIOTA! — berrou Ollerenshaw, começando a atirar nos policiais por conta própria.

Essa era a distração de que o Pai precisava. Girando o corpo, ele enfiou o cotovelo com toda a força nas costelas de Ollerenshaw. Depois, quando o homem se curvou de dor, atingiu-o de novo, lançando os punhos presos sobre sua cabeça como se fossem um porrete. Ollerenshaw caiu no chão, mas, antes que o Pai pudesse atacá-lo uma terceira vez, ele rolou para a beirada da caverna, virou de costas e apontou a arma para o Pai. No momento em que apertou o gatilho, o delegado Farmer pulou do esconderijo e agarrou o cano da pistola. Houve um estrondo quando a arma explodiu à queima-roupa nas mãos imensas do delegado Farmer, como algo úmido atingindo uma pedra. Por um breve segundo, o velho oscilou na beirada da caverna, olhando para os cotocos sangrentos na extremidade dos braços, então caiu para trás, reto como uma árvore, pela lateral do penhasco. Nem ouvi o barulho de seu corpo atingindo a água.

Mas não tive tempo de pensar sobre isso, pois Ollerenshaw estava batendo a pistola na parede, como se faz quando a arma engasga, enquanto o Pai tentava atacá-lo com um barril gigante que erguera nos ombros.

Ollerenshaw conseguiu atirar antes de o Pai arremessar o barril, que o teria matado se acertasse em cheio. No entanto, Ollerenshaw deu um pulo, e o tonel só o atingiu de raspão antes de se despedaçar nas pedras. Em um instante, pó branco começou a jorrar do barril quebrado, cobrindo a caverna com uma fumaça prateada. Depois disso, não consegui ver mais nada lá dentro.

O inspetor Lindoso e o xerife Chalfont subiram rapidamente a escada e correram para a caverna. Ouvi o som de luta e os gritos inconfundíveis de Ollerenshaw, então um silêncio repentino. Não se ouvia mais nada. Eu estava prestes a subir a escada quando percebi, pelo canto do olho, um casacão amarelo descendo com uma corda pelo outro lado da caverna.

— Ah, mas não vai mesmo, Rufe Jones! — esbravejei, apontando o rifle para ele.

— Diabos! — rosnou.

Então ele olhou para a caverna, como se fosse subir de novo. Mas, de repente, pulou em cima de mim! Me jogou violentamente no chão. Estrelas explodiram na minha cabeça, e perdi a noção de onde estava por um segundo, até perceber que eu me encontrava de costas e ele tentava sair de cima de mim. O rifle tinha sido derrubado da minha mão, mas eu não estava indefeso. Só conseguia pensar na noite em que ele apareceu e levou meu pai, e essa fúria me encheu de uma força que eu nem sabia que tinha.

Agarrei sua perna quando ele se levantou, segurando-o com firmeza. Ele tentou se livrar de mim de todas as formas, até puxou meu cabelo e me fez sentir que todos os fios seriam arrancados do meu crânio, mas mesmo assim não o soltei. Em seguida, começou a empurrar os meus dedos, um por um, então mordi sua coxa o mais forte que consegui. Ele soltou um berro capaz de acordar os mortos, depois me deu uma joelhada no rosto com a outra perna. Por fim tive que soltá-lo, pois senti o osso do meu nariz quebrar e a minha boca se encher de sangue.

Quando caí de costas, ele se virou para fugir. Subitamente, Pônei surgiu na frente dele, empinando-se a três metros de altura, guinchando como um louco. As pessoas não pensam em cavalos como animais que rugem, a exemplo de leões ou elefantes, mas esse realmente foi o som que Pônei fez quando esmurrou Rufe Jones com seus cascos. Ele estava rugindo. A boca espumando. Os olhos arregalados. Rufe Jones levantou os braços para proteger o rosto enquanto era encurralado na parede, mas isso não fez muita diferença. Os cascos do Pônei o surravam como martelos de cem quilos. Não tenho dúvida de que ele seria pisoteado até a morte se não fosse pelo inspetor Lindoso, que desceu a escada coberto de poeira e lhe deu um soco na cabeça. Rufe Jones desmaiou e caiu como um saco de batatas, o que salvou a sua vida, pois só então Pônei parou de atacá-lo.

Eu ia dizer algo para o inspetor, não lembro o que, quando ele me levantou e praticamente me lançou escada acima.

— Rápido — disse para mim, com uma urgência que eu não esperava.

Subi a escada e pulei para a caverna. Tudo estava coberto por aquele pó branco, mas a primeira coisa que vi foi Roscoe Ollerenshaw caído no chão, imóvel, ao lado do barril quebrado. Depois, perto da parede, vi o xerife Chalfont cuidando do Pai. Ele tinha um ferimento na barriga, e o xerife tentava freneticamente improvisar uma atadura.

— Pai! — gritei, caindo de joelhos ao seu lado.

Ele me olhou com absoluta descrença. Seu rosto estava coberto de pó branco. À exceção dos olhos. Seus olhos azuis brilhavam.

— Silas? — perguntou, sem conseguir entender como eu estava ali.

— Silas, se afaste, deixe ele respirar — orientou o xerife Chalfont, usando a jaqueta para estancar o sangramento.

— Ele levou um tiro? — perguntei, sem entender o que estava acontecendo.

— Como você chegou aqui, Silas? — sussurrou o Pai.

— Eu vim te buscar, Pai — falei, segurando a mão dele. — Trouxe o xerife. Eu sabia que você precisava da gente.

— Precisava mesmo — respondeu ele. — Achei que, se eu ajudasse esses homens, me deixariam ir embora, mas...

— Poupe a sua energia — pediu o xerife, suas mãos encharcadas de sangue.

Apertei a mão do Pai.

— Eu não devia ter te deixado, Silas — disse ele. — Mas eu não sabia o que fazer. Só queria te manter em segurança.

— Eu sei, Pai.

— Prometi a ela que te manteria em segurança.

— Eu sei.

O sangue continuava a jorrar. Parecia violentamente vermelho em contraste com o pó branco que cobria tudo.

— O Mittenwool está com você? — sussurrou ele.

Mittenwool assentiu.

— Está aqui. Bem do seu lado, Pai.

O Pai sorriu e fechou os olhos.

— Uma vez, a sua mãe tentou salvar um menino que estava se afogando. Já te contei essa história?

Mittenwool piscou, confuso, e olhou para mim.

— Não, Pai — respondi.

O inspetor Lindoso parou atrás de mim e colocou a mão gentilmente no meu ombro. Nesse momento, soube que o Pai ia morrer.

— Eu trouxe o violino dela — falei. — Não sei por quê...

— Você trouxe o violino? — O Pai arregalou os olhos, como se eu tivesse respondido uma pergunta que sempre fora um mistério para ele. Em seguida, estendeu a outra mão e a colocou por cima da minha. Apertou com força. — Você é um bom menino, Silas. Vai ter uma vida feliz. Vai fazer coisas boas no mundo. Ser seu pai foi a melhor coisa que já me aconteceu.

— Pai, por favor, fica aqui comigo. Eu não quero ficar sozinho.

Mas ele já tinha partido.

4

É muito estranho ver uma alma saindo de sua morada. Não sei por que tenho a habilidade de ver essas coisas, ou por que a linha entre os vivos e os mortos sempre foi tão tênue para mim. Não sei por que algumas almas permanecem aqui e outras não. A da Mãe não permaneceu. Nem a do Pai. Ela se ergueu de seu corpo e flutuou por um breve instante, livre de qualquer peso. Você já viu como o calor se ergue de um campo ensolarado, se fundindo às margens do mundo além? Essa é a imagem de uma alma partindo da terra. Pelo menos para mim. Pode ser diferente para outras pessoas, mas só posso catalogar as minhas percepções.

Mittenwool fechou os olhos do Pai carinhosamente. Eu nem conseguia chorar, porque ainda estava sob o efeito do encantamento. Até hoje, e já faz anos, não consigo ficar muito triste pela passagem das almas entre os mundos, pois eu sei como é, como elas vão e vêm até nós através das eras, durante o tempo em que estamos aqui. Não é muito diferente dos ferrótipos do Pai, percebi. Não vemos as imagens até que a luz do sol, ou alguma outra ação misteriosa, dê forma ao invisível. Mas elas estão lá.

O xerife Chalfont olhou para mim, perto do corpo do Pai, e vi como ele estava desolado.

— Sinto muito, Silas — disse.

Eu não conseguia dizer nada. Ele baixou a cabeça e soltou um suspiro profundo. O inspetor Lindoso, que ainda estava atrás de mim com a mão no meu ombro, me envolveu com o braço e me apertou contra o seu peito. Apoiou o queixo no meu outro ombro e me abraçou.

Era estranho sentir essa ternura vinda dele, mas agarrei seu braço e o segurei com mais força do que já havia segurado qualquer coisa na vida, pois ele estava vivo e respirando. E eu precisava disso.

5

Passamos o resto da noite na caverna. Os detalhes são meio confusos para mim. Sei que, depois de a poeira literalmente baixar, vimos como a caverna se abria em uma gruta imensa, com talvez uns dez metros de altura por trinta de largura na área mais ampla. Estava bem-organizada, como um armazém. Em cada canto, havia barris cheios de substâncias químicas, e pilhas de dinheiro falso tão altas quanto um homem adulto. Tudo estava coberto por uma poeira fina que eu mesmo identifiquei como nitrato de prata. Reconheci o cheiro imediatamente.

O inspetor Lindoso trouxe Rufe Jones para a caverna e o amarrou de costas para Ollerenshaw, que ainda estava inconsciente. Por alguma razão — talvez Rufe Jones soubesse que um juiz poderia ser leniente caso ele cooperasse, ou talvez quisesse limpar a consciência —, o bandido ficou muito falante naquela noite. Apesar de ter perdido vários dentes e de um olho estar tão inchado que mal se abria, ele contou todos os detalhes do esquema de falsificação, como se o xerife e o inspetor estivessem fazendo perguntas. Não estavam. Eles sabiam que um homem tinha morrido. Silêncio era o comportamento adequado. Mas isso não impediu Rufe Jones de falar.

— Aquele equipamento ali — disse, com a mesma voz cantarolante de que me lembrava da noite em que levou o Pai — é o torno geométrico. Não usamos muito dessa vez. Estávamos tentando algo diferente. Aquele lugar à esquerda? — Ele apontou com o queixo para o lado esquerdo da caverna. — Era ali que a gente usava solventes para apagar a tinta das notas verdadeiras. Aposto que você quer saber onde conseguimos as notas verdadeiras, não é?

— Cala a boca — mandou o inspetor.

Rufe Jones, cuspindo outro dente solto, deu de ombros.

— Achei que vocês gostariam de saber todos os detalhes da operação, só isso.

— Eu devia te matar agora mesmo por ter arrancado a minha orelha — respondeu o inspetor.

— Não fui eu! Eu atiro muito mal.

— Só cala essa boca.

— Vou testemunhar contra o Ollerenshaw, aliás. Eu conheço todos os detalhes do esquema dele. Vou cooperar totalmente em troca de alguma leniência. Digam isso para o juiz.

— Pare de falar — repetiu o xerife.

Tudo isso estava acontecendo atrás de mim, enquanto eu permanecia ao lado do corpo do Pai, que estava enrolado em um cobertor. Mittenwool continuava comigo, seu braço em volta do meu ombro. Durante todo o tempo, fiquei no mesmo lugar.

— Nunca achei que as coisas fossem chegar a esse ponto, quero que vocês saibam disso! — insistiu Rufe Jones. — Eu não sou um homem violento. Sou um falsificador, não um assassino. Pode perguntar para qualquer pessoa.

— Você realmente precisa fechar essa matraca — avisou o inspetor Lindoso.

— Foi tudo culpa do Doc Parker, na minha opinião — continuou Rufe Jones. — Era para ele ser o cérebro da operação, mas não conseguiu entender como os produtos químicos funcionavam de jeito nenhum! Não conseguiu nem evitar que as mãos ficassem azuis. Foi *ele* que contou para Ollerenshaw sobre o fotógrafo em Boneville, aliás! Foi culpa *dele*! Contou para Ollerenshaw que um fotógrafo tinha tirado uma foto da esposa dele e sabia fazer as impressões em papel. Então, Ollerenshaw foi até Boneville para procurar informações sobre esse homem, e quando descobriu que ele era escocês? Ora, teve certeza de que era o Mac Boat, o lendário falsificador, vivendo com outra identidade. E nos convenceu disso também!

Acho que Rufe Jones estava me encarando enquanto falava, mas não ergui os olhos para ele nenhuma vez.

— Enfim, quando Ollerenshaw voltou para cá — prosseguiu —, ele me mandou levar os gêmeos e mais alguns cavalos para trazer o tal fotógrafo. E foi o que eu fiz. Não era nada pessoal. E não se esqueçam, se eu tivesse trazido o menino como ele tinha mandado, ele estaria mortinho agora, que nem seu velho pai. Então, de certa forma, eu salvei a vida dele, e espero que vocês digam isso para o juiz, se ele…

Rufe Jones não terminou a frase, pois o inspetor Lindoso apareceu atrás dele e lhe deu um soco na cabeça pela segunda vez, apagando-o de novo.

— Finalmente — disse o xerife Chalfont, parecendo exausto.

— As pessoas precisam aprender a calar a boca — respondeu o inspetor, voltando a atar sua orelha, que continuava sangrando profusamente.

A caverna mergulhou em um silêncio sombrio sem o falatório de Rufe Jones. Eu estava me sentindo um pouco estranho. Como se estivesse flutuando, sem corpo, olhando para mim mesmo de algum lugar lá no alto. Vi como eu parecia devastado. Pequeno. Sozinho. Metade do meu rosto estava sujo de sangue, assim como estava antes de eu entrar na Floresta. Não era só o meu sangue dessa vez, mas também o do Pai, pois eu repousei o rosto no peito dele antes que o envolvessem com o cobertor. *Esta deve ser a marca do meu destino*, me lembro de pensar. *Meu rosto, metade vermelho, porque eu vivo meio neste mundo e meio no outro.*

— Silas — chamou o xerife, com a voz gentil. — Por que não vem sentar um pouco comigo?

Ele estava ao lado de uma cesta de maçãs. Era a única comida que os falsificadores tinham na caverna.

— Estou bem — respondi.

Meu nariz já tinha parado de sangrar, embora ainda doesse e estivesse inchado. Mas o resto do meu corpo estava entorpecido.

— Está com fome? — perguntou, estendendo uma maçã.

Seu braço, atingido de raspão por uma bala, não sangrava mais, porém sua manga estava encharcada de sangue. Talvez fosse do Pai também. Não sei.

Balancei a cabeça em sinal negativo.

— Ei, Jack — disse o xerife. — Quando acabar de cuidar da sua orelha, não quer procurar aqueles coelhos que a gente caçou mais cedo? Vamos fazer um bom ensopado para o Silas. Não tem nada para comer aqui além de maçãs.

— Vou lá agora — afirmou o inspetor.

Ele tirou as notas falsas ensanguentadas que serviam de bandagem na orelha, e as substituiu por um maço seco. Prendeu-as no lugar com o chapéu e começou a descer a escada.

— Ah, Jack — chamou o xerife. — Você pode dar uma olhada no pônei quando estiver lá embaixo? Veja se ele está amarrado a alguma coisa para não fugir.

— O Pônei não vai fugir — falei baixinho.

— Me jogue umas maçãs, Desi — pediu o inspetor. — Aquele pônei mágico merece uma recompensa por derrubar esse imbecil. Você devia ter visto como ele atacou o homem com os cascos. Nunca vi nada igual.

O xerife jogou algumas maçãs, e o inspetor desceu a escada até o riacho.

Horas depois, a caverna cheirava a ensopado de coelho. O xerife me ofereceu um pouco, levando a colher à minha boca como se eu fosse um bebê, tentando fazer com que eu comesse, mas eu não conseguia engolir nada. Ele e o inspetor Lindoso passaram a noite toda checando como eu estava. Eram homens gentis.

DEZ

Já não temo mares nem ventos.

— François Fénelon
As aventuras de Telêmaco, 1699

1

Ao amanhecer, o xerife Chalfont escalou a parede do precipício para ver se havia algum sinal de Doc Parker, mas o homem de dedos azuis já tinha fugido, por mais que estivesse ferido pela minha arma e pelos dentes do Argos. Eu não disse nada, mas fiquei aliviado, pois significava que eu não havia matado alguém. Embora ele fosse responsável por envolver o Pai nesse pesadelo, eu não desejava sua morte. Já tinha visto mortes demais.

— Ele logo vai ser preso — disse o xerife quando retornou à caverna. — Não tem muita gente com dedos azuis no mundo.

E ele estava certo. Doc Parker foi encontrado poucos dias depois, tentando se esconder num navio a vapor que ia para Nova Orleans.

— Quer saber como os dedos dele ficaram azuis? — perguntou Rufe Jones, que nem uma criança tentando impressionar um professor. Mesmo com mãos e pés atados, e o rosto com marcas de cascos de cavalo, ele estava tão falante quanto na noite anterior. — Por causa do ni-tra-to de pra-ta.

— É por causa do tartarato de ferro, seu idiota — murmurei.

Rufe Jones sorriu. Notei que ele tinha perdido a maior parte dos dentes no confronto, e que sua boca ainda sangrava.

— Olha isso, Roscoe! — exclamou, cutucando Ollerenshaw, que finalmente havia acordado depois de passar a noite toda inconsciente. — O garoto sabe mesmo das coisas! A gente devia ter pegado *ele* em vez do pai.

— É só falar, meu jovem — garantiu Ollerenshaw. Sua voz profunda parecia o mugido de uma vaca. — Pode vir trabalhar para mim assim que o meu negócio estiver funcionando de novo.

— Se um de vocês disser mais uma palavra... — avisou o inspetor Lindoso, levantando o punho.

Rufe Jones se calou na mesma hora, mas Ollerenshaw riu com ar totalmente despreocupado. Tinha a atitude de um homem que estava acostumado a ser o chefe, e, por sua casaca de seda e seu plastrão fino, claramente se considerava mais refinado que os outros que estavam na caverna.

— Vai fazer o quê, inspetor? — provocou, com um sorriso arrogante. — Tem ideia do que vai acontecer com você quando eu sair da cadeia?

— Você não vai sair da cadeia — afirmou o inspetor, rindo. — Foi pego em flagrante. Além disso, seu parceiro aqui está louco para te entregar.

— Mentira! — bradou Rufe Jones, aterrorizado.

— Isso não importa — respondeu Ollerenshaw, escorregadio como gelo. — Rufus Jones sabe que quem me trai não dura muito nesse mundo. Quanto a mim, não há um juiz daqui até Nova York que eu não possa subornar.

O inspetor Lindoso deu outro passo ameaçador na direção dele, mas Ollerenshaw permaneceu tranquilo. O oficial se agachou na frente do criminoso.

— Ainda dá tempo, inspetor — disse Ollerenshaw. — Tem muito dinheiro aqui, como você pode ver. Mais do que o suficiente para todos. Ninguém vai saber se...

Ele nem terminou a frase, porque o inspetor deu uma cusparada cheia de tabaco em sua cara sardônica. Isso calou a boca de Ollerenshaw, pelo menos por um tempo.

Quando chegou a hora de partirmos, o xerife seguiu na frente e ficou esperando no riacho, enquanto o inspetor forçava Ollerenshaw e Rufe Jones a descerem a escada, apontando a arma para os dois. Em seguida, usaram correntes do torno mecânico para prender seus pulsos e tornozelos. Os bandidos não tinham como fugir, mesmo que tivessem um lugar para se esconder. Porém, à luz clara da manhã, os paredões da ravina continuavam tão altos quanto na noite anterior. *Como as muralhas de Troia*, pensei, olhando para elas.

— Me lembram as muralhas de Troia — disse Mittenwool, como se tivesse lido a minha mente.

Ele estava bem do meu lado, e pegou a minha mão quando os oficiais começaram a descer o corpo do Pai com cordas. Eles o embrulharam com um cobertor novo, que o cobria da cabeça aos pés como uma mortalha, então fui poupado de ver seus membros batendo na parede do penhasco. Acho que isso teria sido mais difícil, vê-lo sacolejando sem vida.

Assim que o Pai chegou à margem do riacho, nós três, os oficiais e eu, levantamos o corpo e o colocamos gentilmente na garupa do Pônei. Prendemos o cobertor com as cordas, passando-as debaixo da virola e depois sobre o pomo, para que o Pai não escorregasse da sela. O cobertor era verde, com pequenas flores amarelas. Parecia bem bonito na luz do dia.

Andamos pela margem do riacho até o mirante atrás da Cachoeira. Rufe Jones e Ollerenshaw caminhavam com dificuldade, lado a lado, entre os dois oficiais, enquanto eu seguia com Mittenwool ao lado do Pônei e do Pai. Tive a impressão, e não acho que era coisa da minha cabeça, de que Pônei avançava com extrema delicadeza pelas rochas. Seu trote era sempre muito firme e suave, como já mencionei, mas havia uma cautela especial. Seus cascos ecoavam baixinho no ar silencioso e matinal da ravina.

Uma pessoa qualquer provavelmente acharia que Pônei estava carregando apenas um tapete enrolado em sua sela. Não saberia que, no cobertor verde, estava o discreto sapateiro de Boneville e o homem mais inteligente do mundo, que conseguia memorizar livros após apenas uma leitura e inventou uma fórmula para imprimir fotografias em papel tratado com sais de ferro. Não saberia que, no cobertor verde, estava o melhor pai que um menino poderia desejar. Nem que o menino estava chorando rios por dentro.

Quando chegamos ao mirante, encontramos os irmãos Morton no mesmo lugar. Usavam apenas ceroulas e tremiam debaixo dos cobertores de sela que, graças à gentileza de Matilda Chalfont, eu havia oferecido aos dois. Ao verem Rufe Jones e Roscoe Ollerenshaw presos e amordaçados, começaram a chorar feito bebês.

Naquele momento, o xerife Chalfont tomou a decisão de libertar os irmãos. Disse que acreditava em seu arrependimento e que eles não cometeriam mais crimes depois de tudo o que viram. O inspetor Lindoso não tinha tanta certeza disso, mas eu não me incomodei com a decisão. O xerife devolveu seus cavalos junto com os chapéus brancos, sendo que um estava tingido de vermelho-escuro com o sangue do inspetor.

— Agora as pessoas vão conseguir diferenciar vocês — disse o inspetor Lindoso, enfiando o chapéu ensanguentado na cabeça de Seb. Ou de Eben, não sei.

Eles não receberam as armas de volta. Nem as roupas, que os oficiais ainda estavam usando.

— Nunca mais quero ver vocês por aqui — avisou o xerife Chalfont em tom severo.

— Sim, senhor! — responderam em uníssono, sem acreditar que estavam livres.

Então, ainda de ceroulas, com os cobertores sobre os ombros, viraram os cavalos e dispararam o mais rápido possível pela mata. Espero que tenham chegado à Califórnia e encontrado uma mina de ouro. Eu não desejava mal a eles. Estava exausto.

Enterramos o Pai debaixo do mirante, onde a grama curta crescia entre as duas margens do riacho.

— Gostaria de dizer algumas palavras? — me perguntou o xerife, depois de colocar o corpo do Pai na terra.

Fiz um sinal negativo. Eu tinha muitas palavras para dizer, mas nenhuma em voz alta.

— O seu pai era religioso? — indagou gentilmente. — Quer que eu faça uma oração?

— Não — respondi. — Ele era um homem da ciência. Era um gênio. Mas não era religioso, não.

Mittenwool me observou perto do túmulo do Pai.

— *Ó glória! Ó maravilha...* — disse ele para mim.

Era o poema que a minha mãe adorava.

— *Ó glória! Ó maravilha e graça! Ó sagrado mistério!* — falei. — *Minh'alma um Espírito infinito...*

Não conseguia me lembrar do resto. E, mesmo que conseguisse, minha voz tinha começado a falhar.

O xerife Chalfont deu um tapinha nas minhas costas, e então ele e o inspetor Lindoso jogaram a terra das laterais da cova sobre o corpo do Pai. Os dois encontraram uma pedra lisa para usar como lápide. Escreveram as palavras:

AQUI JAZ MARTIN BIRD

2

Já era fim de tarde quando subimos pelo caminho atrás da Cachoeira. Os cavalos dos oficiais estavam exatamente onde os tínhamos deixado. Trouxemos os outros cavalos conosco, mas, embora houvesse montaria suficiente para todo mundo, o inspetor Lindoso fez Rufe Jones e Ollerenshaw dividirem uma só. Colocou os dois em cima do animal desgrenhado e forte que tínhamos trazido para o delegado Farmer.

— Isso é ridículo — reclamou Ollerenshaw, fervilhando de raiva. — Exijo que me deem o meu cavalo!

Ele estava olhando para o Pônei enquanto falava.

— Não, esse cavalo é do demônio — murmurou Rufe Jones, tremendo.

— Esse cavalo vale mais dinheiro do que você vai ver na vida — rebateu Ollerenshaw. — Escutem, seus caipiras! — gritou para os oficiais. — Se acham que vou deixar dois broncos que nem vocês ficarem com o meu cavalo, são mais idiotas do que pensei. Importei esse animal do Cairo há dois meses! Diretamente da corte de Abbas Pasha!

— Pelo visto, você gosta de cavalos chiques — respondeu o inspetor Lindoso, trotando ao lado dele.

Ollerenshaw logo virou o rosto, achando que ia levar outra cusparada de tabaco. Em vez disso, o inspetor o levantou da sela e girou seu corpo, de forma que o chefe da gangue passou a cavalgar de costas, encarando a retaguarda do cavalo.

— Olha, Desi! — zombou o inspetor, gargalhando. — Um animal montado no outro!

Ollerenshaw ficou furioso.

— Você vai se arrepender disso — rosnou entre os dentes. — Assim que eu sair da cadeia, inspetor, vou recuperar o meu cavalo. Então vou atrás de você, e vai desejar nunca ter...

Ele não conseguiu terminar a ameaça, pois o inspetor pegou as bandagens ensanguentadas que cobriam sua orelha e as colocou na boca de Ollerenshaw. Enfiou o maço bem fundo, depois o prendeu com a corda. A essa altura, Ollerenshaw estava possesso, os olhos praticamente saltando das órbitas, as veias parecendo minhocas azuis em sua testa. Esse ataque de nervos só fez o inspetor rir alegremente, é claro. Lindoso olhou para mim, para ver se eu aprovava o seu feito.

Então voltou com Petúnia para a frente do grupo.

Infelizmente, por mais engraçado que fosse para o inspetor, ele não percebeu que aquela posição deixava Ollerenshaw olhando para mim durante todo o caminho até Rosasharon, já que eu ainda estava no fim da nossa pequena procissão.

Enquanto avançávamos pela mata, Ollerenshaw me observou com uma expressão perversa. Mesmo amordaçado, ele conseguia me assustar. Havia algo em seu rosto liso, semelhante a uma efígie de cera, e na maneira como seus olhos perseguiam os meus para me provocar. Não sei se era porque eu estava no seu cavalo ou porque meu pai tinha causado a sua ruína, mas eu sinceramente nunca tinha visto esse nível de crueldade. Meu pai havia me protegido tão bem, durante toda a minha vida, que eu nunca tinha chegado perto desse tipo de maldade em um ser humano. Claro, a Viúva Barnes não foi bondosa comigo, e as crianças que riram de mim poderiam ter sido mais gentis. No entanto, grosseria não é o mesmo que crueldade. Talvez seja a sua precursora, o primeiro passo em um caminho que, inevitavelmente, levaria a esse fim. Mas não é a mesma coisa. E, conforme eu testemunhava essa crueldade dirigida a mim, fiquei perturbado não só pela atitude em si, mas pela pura malignidade da ação, pelo fato de que um homem adulto escolheria passar seu tempo aterrorizando um menino cujo pai ele tinha acabado de matar. Nenhum dos muitos fantasmas que eu vi parecia ser tão desprovido de humanidade quanto Roscoe Ollerenshaw.

Eu não tinha derramado uma única lágrima até aquele momento, porque ainda estava absorvendo a morte do Pai, e sentia a necessidade de conter minhas emoções até estar sozinho em algum lugar seguro. Só que a expressão inabalável de Ollerenshaw me desestabilizou. Meu corpo começou a tremer, meus olhos ficaram marejados. Meu coração pulsava nos meus ouvidos.

— Chega — disse Mittenwool.

Ele estava caminhando à minha direita, ao lado do Pônei, com as mãos nos bolsos. A princípio, achei que tivesse falado comigo, mas percebi que era com Ollerenshaw.

No entanto, o que me surpreendeu profundamente foi que Ollerenshaw virou a cabeça para a esquerda, como se tivesse escutado a voz de Mittenwool. Isso era novidade.

Mittenwool caminhou até o cavalo de tração, subiu na garupa e ficou perto do rosto de Ollerenshaw.

— Assassino — disse baixinho.

A expressão de Ollerenshaw mudou. Ele olhou novamente ao redor para ver quem havia dito aquilo. Sua capacidade de ouvir Mittenwool, mesmo que não pudesse enxergá-lo, era uma revelação para mim. Nunca, em toda a minha vida, eu tinha visto Mittenwool usar esse tipo de tática corpórea, em que ele literalmente assombrava, provocava alguém.

— Assassino — repetiu Mittenwool.

Os olhos de Ollerenshaw se arregalaram. Se ele não tivesse uma mordaça na boca, talvez tivesse até gritado.

— Assassino!

Ollerenshaw olhou para mim, para ver se eu estava escutando a mesma coisa. Vi em seus olhos o mais absoluto terror. Não esbocei reação.

— Assassino! — berrou Mittenwool. A palavra foi carregada pelo vento. Ecoou no ar. De novo e de novo, ele vociferou: — Assassino! Assassino! Assassino!

Àquela altura, Ollerenshaw estava alucinado e combalido, olhando freneticamente ao redor. Se pudesse, teria coberto as orelhas com as mãos, mas elas estavam presas às suas costas. Não havia maneira de se proteger da voz de Mittenwool. Ele começou a mexer a cabeça de um lado para o outro, sacudindo os ombros como se tentasse se livrar dos sons em sua mente. Pela forma como seu corpo se agitava, ele parecia estar sendo picado por vespas invisíveis.

— Qual é o seu problema, Roscoe? — murmurou Rufe Jones, tentando olhar para trás.

Mas Ollerenshaw não respondeu, provavelmente porque não conseguia ouvir nada além de seus próprios gritos. Mesmo depois de Rufe Jones lhe dar uma cotovelada para fazê-lo parar, Ollerenshaw continuou gemendo. Seus olhos estavam fechados, seus dentes batiam, como uma pessoa acometida por febre alta. Seu rosto estava branco feito leite.

Foi só então que Mittenwool parou de berrar. Em vez disso, se aproximou o máximo possível da orelha de Ollerenshaw. O homem parecia até ter sentido a respiração de Mittenwool, pois seus olhos se arregalaram.

— Se você chegar perto desse garoto — sussurrou Mittenwool, lentamente — ou sequer olhar para ele, *nunca mais* vai ter um minuto de sossego. Cada pessoa que você assassinou vai ressurgir dos mortos para te atormentar, assim como eu, todo dia e toda noite, pelo resto da sua vida. Entendeu, Roscoe Ollerenshaw?

Os olhos de Ollerenshaw se encheram de lágrimas enquanto observavam o vazio. Ele assentiu desesperadamente e chorou.

— E aquele pônei? — continuou Mittenwool. — Não é mais *seu* pônei. É *dele*. Se contar para qualquer um que é seu ou se tentar tirar o animal do garoto, eu vou…

— Não, não, p-por favor — respondeu Ollerenshaw, aos soluços. De alguma forma, ele tinha roído a mordaça, deixando os dentes cobertos de sangue. O homem se encolheu e fechou os olhos de novo. — Por favor, por favor, por favor…

Mittenwool recuou. Nunca tinha visto seu rosto daquele jeito. Pálido, implacável, assustador. Ele estava completamente sem fôlego, já que qualquer movimento no mundo material exigia muito dele, e ele nunca tinha feito tanto esforço. Mittenwool diminuiu o passo para que eu pudesse alcançá-lo. Então, chegou mais perto e pegou a minha mão.

— Ele não vai mais incomodar você — garantiu.

— Obrigado — sussurrei.
Ele levantou o meu mindinho e perguntou:
— Está vendo esse dedo?
Prendi a respiração. Ele não precisava dizer o resto, mas quando disse...
— Há mais grandeza no seu dedo mindinho — sussurrou, com os olhos brilhando — do que em todos os Roscoe Ollerenshaws do mundo. Ele não vale as suas lágrimas, Silas.
Levamos umas três horas para voltar a Rosasharon. Poderíamos ter chegado antes, mas atravessamos a mata sem pressa.

3

Conforme nos aproximávamos da cidade, as árvores foram ficando mais finas e os campos selvagens deram lugar a plantações, circundadas por cercas altas. Os cavalos, sentindo que estávamos perto de estábulos, começaram a apertar o passo. Meu coração também batia mais rápido. Parte de mim só queria voltar à Floresta para me esconder no azul profundo da noite, sem nunca mais ver ou falar com outra pessoa.

Nesse momento, o xerife Chalfont diminuiu a velocidade e se aproximou de mim. Mittenwool, que estava ao meu lado, abriu passagem para ele. Com esse simples gesto, vi que meu amigo gostava do xerife.

— Como você está, Silas? — perguntou o homem, baixinho.

— Bem — respondi.

— E o seu nariz? Vamos pedir para o médico dar uma olhada quando chegarmos à cidade.

Balancei a cabeça.

— Ah, está bem, obrigado. Como está o seu braço?

Ele sorriu.

— Está bem. Obrigado.

Cavalgamos em silêncio por um tempo, e então ele se virou para mim.

— Eu estava pensando, Silas, você quer que a gente entre em contato com alguém em Boneville? Algum parente?

— Não. Não tenho ninguém.

— Amigos? Vizinhos?

— Tem um velho eremita chamado Havelock que mora a uns dois quilômetros da gente — respondi —, mas ele não é bem um amigo.

O xerife assentiu. Sua égua branca, que parecia encantada com o Pônei, bateu no pescoço dele com o focinho. Observamos em silêncio os dois animais trocarem uma série de mordiscadas e empurrões gentis.

— Bom — disse o xerife —, se você quiser, pode ficar comigo e com a minha mulher, Jenny, em Rosasharon. Pelo menos até estar pronto para voltar para casa.

— Obrigado, senhor.

— Pode me chamar de Desi.

Dei um pigarro.

— Desi.

Tínhamos ficado para trás do grupo, mas não fizemos nenhum esforço para alcançá-lo.

— Obrigado por tudo que você fez, aliás — falei. — Por ter ido comigo até a caverna, e todo o resto. Se não fosse por isso, eu não teria tido a chance de ver meu pai de novo.

O xerife me encarou com tristeza. Sua voz começou a falhar.

— Fico feliz por você ter tido essa chance, Silas. Eu só gostaria que a gente tivesse chegado antes...

As palavras ficaram no ar.

— Não podia ser de outra forma. Desde o momento em que esse pônei voltou para me buscar, era isso que aconteceria.

O xerife me olhou como se fosse dizer alguma coisa, mas ou não conseguiu pensar nas palavras certas, ou decidiu não falar nada. Só assentiu melancolicamente e virou para o lado. Porém eu sabia que ele estava pensando em algo. Sabia que tinha escutado a pergunta do Pai. Levou alguns minutos para ele criar coragem.

— Silas, você se importa se eu te perguntar uma coisa? — disse por fim, quase sussurrando.

— De forma alguma.

— Quem é Mittenwool?

Minha resposta estava preparada.

— Ah, não é ninguém — respondi, dando de ombros. — É só um amigo imaginário. Acho que você o chamaria assim. Era como o meu pai chamava.

O xerife Chalfont sorriu, como se estivesse esperando aquela resposta.

— Ahh — fez ele, olhando para a frente. — Minha irmã tinha alguns também. Amigos imaginários. Quando era pequena, duas senhoras vinham tomar chá com ela todo dia. Ela dizia que eram suas *companheiras*. Era bem bonito. Tenho que admitir que fui um péssimo irmão mais velho. Debochava dela por causa disso. E ela sempre chorava porque eu não conseguia ver as duas senhoras... — Sua voz foi diminuindo no fim da frase.

— O que aconteceu com elas? — perguntei. — Com as companheiras da sua irmã?

— As companheiras? Bem... — suspirou ele. — Minha irmã cresceu, e começou a se concentrar em outras coisas. Ou pelo menos parou de falar sobre as duas, quando tinha mais ou menos dezesseis anos, alguns anos antes de a gente vir para o Oeste. — Ele pausou para ver se eu ainda estava interessado na história e, quando viu que sim, continuou: — Minha família é do Norte. Nosso pai era pastor, um homem extremamente comprometido com a abolição da escravatura, e foi até o Kansas com a família para participar do movimento. Só que mais ou menos um ano depois de chegarmos lá, a pobre Matilda, minha irmã, foi pega no fogo cruzado entre escravocratas e abolicionistas. Como você deve imaginar, fiquei arrasado.

Olhei para o xerife.

— Eles ficam com a gente, sabe.

O homem coçou o nariz.

— Ah, com certeza.

— Não. Estou falando sério. Eles ficam. — Naquele momento, não quis encará-lo. Seus olhos pareciam ávidos demais. — A conexão entre as pessoas não se quebra. Eles se agarram a nós da mesma forma que nos agarramos a eles. A sua irmã gostava de pudim de ameixa? Aposto que sim.

Como disse, não estava olhando diretamente para ele, mas, pelo canto do olho, vi que sua boca abriu um pouquinho e que seu cenho franziu.

— Sim, gostava — respondeu devagar.

— Aposto que às vezes se arrependia de comer mais do que a parte dela.

O xerife engoliu em seco e tentou afastar o tremor no queixo com uma risada. Parecia estar sem palavras.

— Quem não gosta de pudim, né? — falei, para tranquilizá-lo.

Nesse momento, vi Matilda Chalfont, que estava caminhando ali perto, sorrir para mim antes de desaparecer entre as árvores.

O xerife Chalfont tinha tirado o chapéu e estava coçando a cabeça. Por fim, voltou a colocá-lo, apertou o nariz, fugou profundamente e tossiu contra o punho.

— Minha esposa vai gostar de você, Silas — afirmou, com a voz falhando.

— Por que diz isso?

— Porque sei que vai.

— Ela faz pudim?

Isso o fez rir um pouco.

— Por acaso, ela faz um pudim delicioso.

— Eu mesmo nunca comi — respondi.

Então, de repente, comecei a chorar. Não lágrimas lentas que rolam pelas bochechas, mas um choro que me fez soluçar e tremer, me deixando com dor de cabeça e sem enxergar nada.

O xerife se aproximou e colocou o braço em volta de mim.

— Você vai ficar bem — garantiu gentilmente. — Vai ficar tudo bem. Eu prometo. Minha Jenny vai cuidar muito bem de você.

Sequei o rosto com as mãos, grato pelas palavras doces, e cavalgamos em silêncio pelo resto do caminho, lado a lado. Quando chegamos à cidade e alcançamos os outros, o xerife finalmente notou a expressão petrificada de Roscoe Ollerenshaw, sentado no cavalo de tração à nossa frente. Ele estava com o rosto virado para o chão, pálido, com os olhos bem fechados. Tremendo.

O xerife me cutucou.

— Parece que ele viu um fantasma — disse, baixinho.

Não pude deixar de sorrir.

4

A captura de Roscoe Ollerenshaw foi uma grande notícia tanto no Centro-Oeste quanto no Nordeste, sua região de origem. Poucos dias depois de voltarmos, um jornalista foi de Nova York até a casa do xerife Chalfont só para me perguntar sobre o meu papel na captura desse notório criminoso. As notícias falavam de um "Cavalo Demoníaco" que disparou pelo riacho, oferecendo a distração perfeita para que os oficiais levassem a melhor no tiroteio. Foi Rufe Jones, falante como sempre, que espalhou essa história criativa na cadeia do condado. Muitos anos depois, ainda preso, ele escreveria um livro de memórias chamado *Fora da lei por cinco anos: um relato da minha antiga vida entre falsificadores, contrabandistas e estelionatários*.

O repórter, que tinha trazido uma câmera de colódio, tirou uma foto de Pônei para imprimir no periódico. Ele me perguntou qual era o nome do cavalo, e pensei nas várias alcunhas que tinha descartado. Respondi simplesmente Pônei, mas pude ver, pela expressão do jornalista, que não era uma resposta satisfatória. Acho que, por isso, ele manteve o mais dramático "Cavalo Demoníaco" na manchete.

Depois que ele tirou a foto, conversamos sobre a câmera por um tempinho. O homem ficou impressionado com o meu conhecimento sobre engrenagens pinhão e misturas em papel albuminado. Quando contei que o meu pai usava uma combinação de sais de ferro, nitrato de prata e ácido tartárico, ele exclamou:

— Que inovação brilhante do método de Herschel!

Fiquei orgulhoso de pensar no quanto o Pai estava à frente de seu tempo.

Através dos jornais, soube mais detalhes sobre os muitos anos de atividade criminosa de Roscoe Ollerenshaw. Sua gangue de falsificação se estendia da caverna no Oco até o Pântano Negro e a leste de Baltimore. Ao todo, foram confiscados quinhentos mil dólares em notas falsas, o design copiado das notas impressas pela American Bank Note Company, cujas matizes complexas eram consideradas inimitáveis. Isso as teria tornado especialmente valiosas, caso tivessem sido distribuídas. Segundo o *Detector de Falsificações em Ohio de 1861*, "das centenas de notas falsificadas que examinamos, podemos dizer sem sombra de dúvida que essas são as melhores que já vimos. O trabalho de um gênio".

Um gênio.

O nome de Martin Bird não apareceu no texto, e fiquei aliviado por isso. Nem Mac Boat foi citado em lugar nenhum. Aliás, ninguém nunca mais mencionou esse nome para mim.

No entanto, um nome de fato surgiu, pois era um mistério não resolvido para o xerife Chalfont: o do delegado Farmer.

O xerife passou um bom tempo tentando rastrear o velho oficial da lei, que eu tinha descrito com tanta precisão e que havia desaparecido de forma tão inexplicável. No fim, quando não foram encontrados traços do homem, o xerife Chalfont concluiu que ele tinha morrido em algum lugar da Floresta por causa dos ferimentos.

Naturalmente, não contei ao xerife o que vi na caverna. Não havia razão. Nem ele, nem o inspetor viram o que eu vi, é claro. Nem Rufe Jones, que estava escondido debaixo de um cobertor, esperando para fugir. E o que quer que Ollerenshaw tenha visto ou deixado de ver, ele nunca comentou com ninguém.

    Depois de Rufe Jones e Doc Parker testemunharem contra ele no tribunal, Ollerenshaw foi condenado à prisão perpétua. Ele tinha certeza de que conseguiria subornar o juiz, mas pelo visto isso não aconteceu. Poucos meses depois da condenação, disseram que Ollerenshaw começou a ouvir vozes na cela. Foi transferido para uma instituição para criminosos com transtornos mentais, e depois nunca mais ouvi falar dele.

    Mais ou menos na época do julgamento, me deparei com um artigo que listava, em letras minúsculas, os nomes de todas as vítimas de Roscoe Ollerenshaw. No final da longa lista estava o nome de Enoch Farmer, delegado dos Estados Unidos, morto enquanto perseguia a gangue de Ollerenshaw na mata próxima à Floresta do Oco, em abril de 1854. Seis anos antes de eu o conhecer.

    Não sei que capricho do destino fez com que meu caminho cruzasse com o do delegado Farmer, mas serei eternamente grato. Não teria encontrado o Pai se não fosse por ele.

    Espero que, agora que Roscoe Ollerenshaw foi devidamente punido, o velho delegado tenha encontrado alguma paz. Espero que suas costas não doam mais. E que seu cantil continue cheio do que quer que o faça feliz.

5

Certo dia, mais ou menos uma semana depois de chegar à casa dos Chalfont, eu estava sentado à mesa durante o café da manhã quando Jenny Chalfont disse, olhando pela janela vermelha da sua bela casa de madeira branca:

— Bom Deus. O que é aquilo?

Eu ainda ficava tímido perto dela, então sorri com educação e voltei a olhar para o meu prato de pudim. Não estava acostumado com a companhia de mulheres, para falar a verdade. Aliás, não estava acostumado com companhia em geral, nem com uma casa que cheirava a pão fresco e perfume doce. E não estava acostumado com a carinhosa simplicidade com que as pessoas conversavam. Como eu disse, o Pai era um homem quieto por natureza. Ele falava, mas não conversava. Meus diálogos mais longos sempre foram com Mittenwool.

A casa do xerife Chalfont e da esposa ficava no final de uma rua com outras duas casas, na colina perto do centro de Rosasharon. Os estábulos ficavam nos fundos da propriedade, e era lá que mantínhamos o Pônei. Na frente da casa, havia um jardim com um pé de carvalho, cercado por flores amarelas. A janela da cozinha dava para lá.

— O que foi, querida? — perguntou o xerife, olhando para Jenny.

Eles não eram casados há muito tempo, e se tratavam com a alegria gentil que eu esperava compartilhar com alguém um dia.

— É um cachorro — respondeu ela, sorrindo. Seus olhos, escuros e profundos, sempre pareciam prestes a rir. — Pelo menos, *acho* que é um cachorro. Ele está sentado no jardim. Parece que sofreu bastante, o pobrezinho.

Isso atiçou a minha curiosidade, é claro, e fui até a janela.

Do lado de fora, sentado na grama entre as flores, olhando para a casa, estava o Argos.

— Impossível! — gritei.

Provavelmente os Chalfont nunca tinham me visto tão animado. Levei as mãos ao rosto e cheguei até a rir.

— É o Argos! É o meu cachorro, o Argos!

— O quê?

Disparei pela porta, e Argos correu na minha direção daquele jeito meio manco dele, balançando o rabo e latindo com alegria. Eu me joguei de joelhos e o abracei, deixando-o lamber as lágrimas do meu rosto. Nunca senti tanta euforia quanto naquele momento.

Como ele tinha chegado ali? Os Chalfont supuseram que, depois de morder a perna do homem de dedos azuis, ele o seguiu pela Floresta até a caverna, onde rastreou o meu cheiro até Rosasharon. Era um cão farejador, afinal. Fazia sentido.

Eu, é claro, sabia que Mittenwool o tinha guiado até ali. Ele estava logo atrás de Argos, com os braços cruzados em triunfo, um sorriso satisfeito no rosto. Tinha sumido nos últimos dias, e pensei que também fosse por timidez, por não estar habituado à companhia de outras pessoas. Mas agora eu sabia o que ele estava aprontando.

ONZE

> Meu filho! Procura um reino digno de ti.
>
> — Plutarco

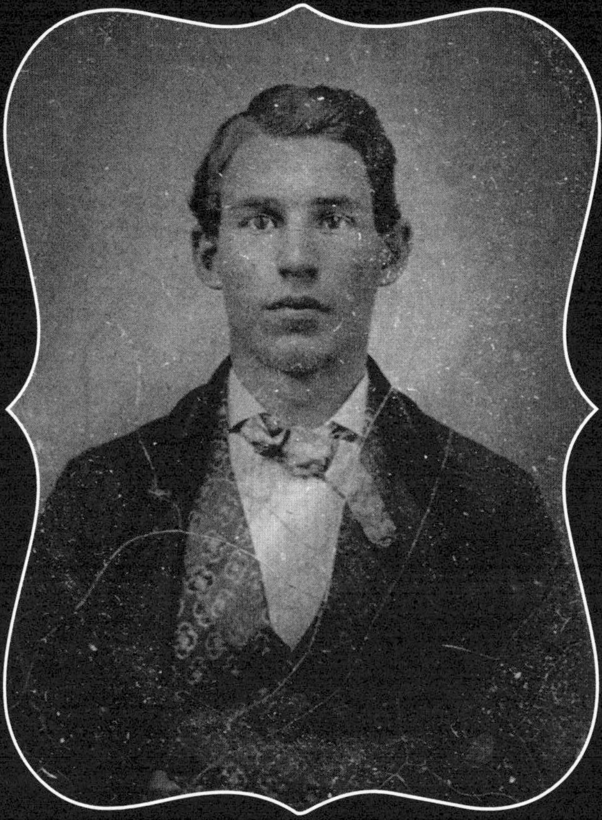

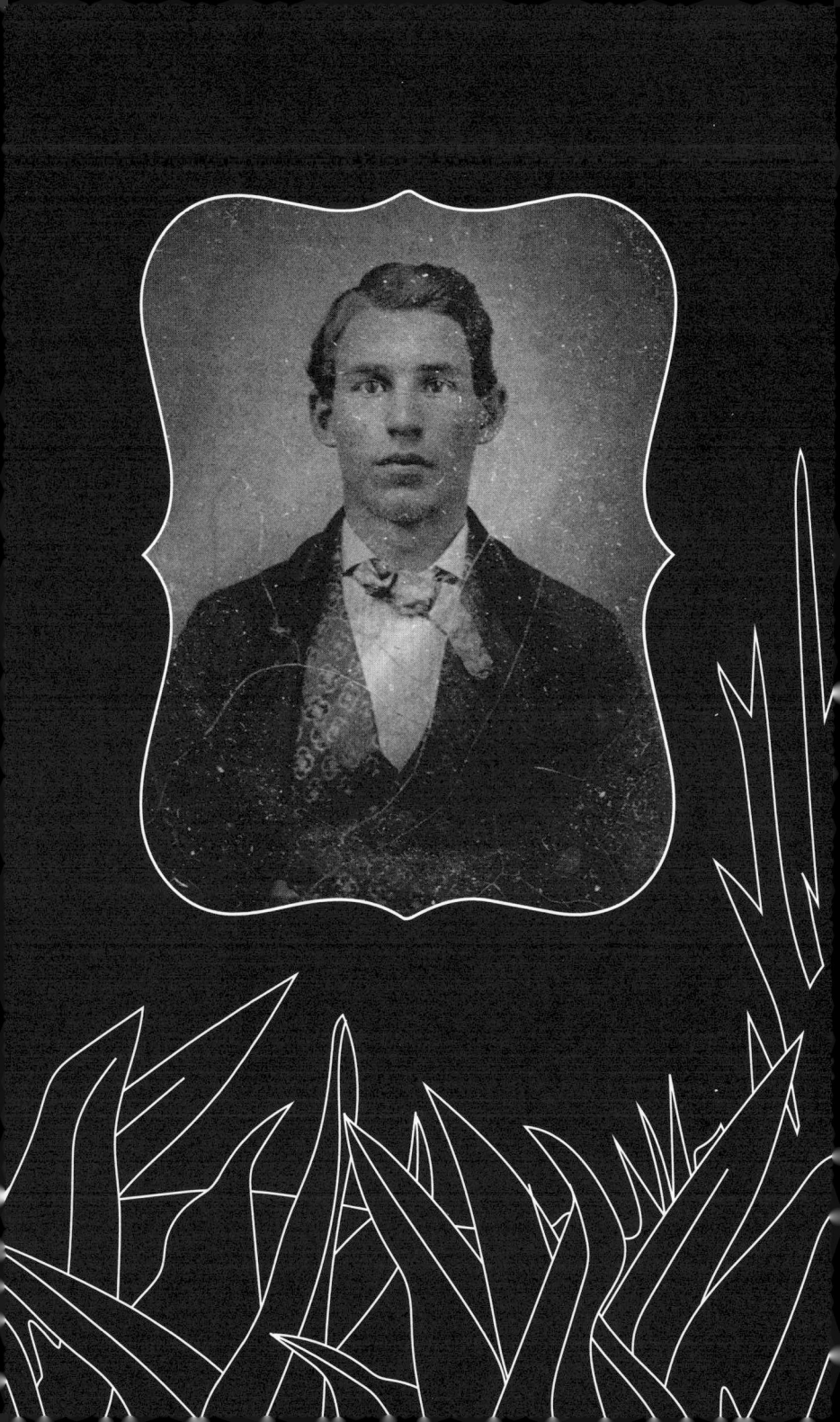

1

As conexões que nos unem são impressionantes, como já mencionei. Fios invisíveis passam por nós e nos entrelaçam em lugares e momentos que a gente talvez nem repare, ou que talvez só façam sentido com o tempo. Foi isso que aprendi.

Descobri que Jenny Chalfont conhecera a minha mãe quando era criança. Certo fim de tarde, Jenny estava lendo para nós na sala, como fazia todo dia antes do jantar. Era um hábito agradável. Desimonde fumava seu cachimbo enquanto ouvia, uma nuvenzinha de fumaça subindo do canto da boca, e eu ficava arrebatado, encantado, com a cabeça de Argos descansando no meu colo.

Enfim, Jenny estava lendo para nós na sala, e terminou um conto escrito por Edgar Allan Poe.

— "*É a palpitação de seu coração odioso!*" — recitou ela, então fechou o livro dramaticamente. — Fim!

Desimonde e eu arfamos, logo em seguida aplaudimos a performance.

— Foi maravilhoso! — exaltou o xerife.

— Acho que nunca mais vou dormir — brincou Jenny, se abanando. E acrescentou, em tom bem-humorado: — Querem que eu leia outro?

— Chega de histórias de mistério, por favor! — respondeu Desimonde, agarrando o peito de forma teatral. — Meu coração não vai aguentar.

— Disse o corajoso xerife de Rosasharon! — retrucou Jenny rapidamente, colocando o livro de volta à prateleira.

Como comentei, esse tipo de conversa ainda era novidade para mim. Notei que eu sorria muito e me divertia, mas não sabia como agir naturalmente perto deles, por mais gentis que fossem.

— Que tal tocar uma música para a gente em vez de ler outro conto? — sugeriu Desimonde, dando uma longa baforada no cachimbo. — Jenny toca o cravo, Silas. É uma mulher de muitos talentos.

— Bem, não sei se de *muitos* talentos — objetou ela, com seu jeito autodepreciativo. — Digamos que sei tocar cinco músicas razoavelmente bem, e dez muito mal.

Eu ri.

— Aliás, o sr. Poe poderia escrever uma história aterrorizante sobre a minha forma de tocar! — continuou, sentando-se ao cravo. — "A orelha delatora". A história de uma jovem mulher que confessa ter assassinado uma música. — Ela começou a virar as páginas do livro de partituras, então me encarou com olhos alegres. — Silas, vi que você trouxe um violino. Por que não vai pegá-lo para me acompanhar? Aposto que toca muito bem.

Minhas bochechas ficaram vermelhas.

— Não sei tocar — respondi depressa. — O violino era da minha mãe.

— Ahh — fez ela, sorrindo com tristeza.

Até aquele momento, eu não tinha falado muito sobre minha história com os Chalfont. Sempre que me faziam perguntas simples sobre a minha vida, eu respondia de forma vaga, ainda mais quando o assunto era o Pai. E depois de mencionar que a minha mãe tinha morrido no dia do meu nascimento, não havia muito mais o que perguntar sobre ela.

— Bem, se um dia quiser aprender, com certeza a Jenny pode te ensinar — ofereceu Desimonde.

— Eu? — disse Jenny.

— Você não tocava violino?

— Quando eu era criança! — riu ela, voltando a folhear as páginas do livro de partituras. — E eu era a *pior* aluna que a minha professora já teve! Com certeza ela só continuou a me ensinar porque não tinha escolha: era minha vizinha. Deve ter pulado de alegria quando nos mudamos da Filadélfia.

— Minha mãe era da Filadélfia — comentei casualmente.

— É mesmo? Qual era o nome dela?

— Elsa.

Jenny parou de folhear o livro e olhou para mim.

— Elsa Morrow? — perguntou.

— Não sei o sobrenome dela.

— Sabe onde ela morava na Filadélfia?

— Não.

Jenny assentiu, obviamente fascinada pela ideia de uma possível conexão.

— Bem, Elsa Morrow, *minha* professora, era mais ou menos dez anos mais velha do que eu. Lembro que era uma moça adorável. Muito bonita. Com uma gargalhada contagiante. Eu a visitava duas vezes por semana para as minhas aulas. Moramos ao lado da casa dela até os meus nove anos, então nos mudamos para Columbus. Não sei exatamente o que aconteceu com Elsa Morrow. Ouvi dizer que ela saiu da Filadélfia, mas que os pais continuaram lá.

— Minha mãe deixou a família quando se casou com o meu pai. Os pais dela não gostavam dele. Achavam que era pobre demais para a minha mãe.

— Seria uma coincidência inacreditável, não é? — disse Jenny. — Elsa não é um nome tão comum.

— Também não é tão incomum — apontou Desimonde, como a voz da razão.

— Mas uma Elsa que tocava violino na Filadélfia? — insistiu ela.

— Que jovem moça daqueles círculos *não* aprendia a tocar violino? — argumentou Desimonde, em tom brincalhão. — Violino ou cravo, *c'est de rigueur* em Society Hill, *n'est-ce pas*?

— Você é terrível, *monsieur* Chalfont — provocou ela, voltando a folhear o livro.

— Uma vez, o pai dela soltou os cães de caça em cima do meu pai — falei, pois aquilo tinha me ocorrido de repente.

Jenny congelou.

— Meu Deus — sussurrou ela, cobrindo os lábios com os dedos.

— Não me diga que a família da Elsa Morrow tinha cães de caça! — exclamou Desimonde, um pouco surpreso também.

Os olhos de Jenny estavam arregalados.

— Tinha — respondeu ela devagar, me observando como se estivesse hipnotizada. — Ah, Desimonde, não pode ser...

Ele já estava anotando alguma coisa no caderninho.

— Amanhã vou telegrafar a um advogado que conheço na Filadélfia — afirmou. — Ele provavelmente pode checar os registros do tribunal do condado. Não se preocupe, querida, vamos investigar essa história.

— E você dizendo que não queria outro mistério — disse Jenny, ainda me olhando com fascinação.

Quatro dias depois, Desimonde voltou para casa no meio do dia, abrindo um largo sorriso ao pular da carroça. Acenou com um telegrama na mão, e se segurou para não o ler para mim enquanto esperávamos Jenny descer a escada.

— Isso acabou de chegar do meu amigo advogado — anunciou, quase sem fôlego, quando ela chegou correndo. Então ele leu o telegrama em voz alta:

Caro Desimonde VG encontrei certidão casamento de Elsa Jane Morrow e Martin Bird PT Assinada por juiz de paz no escritório do condado em 11 maio 1847 PT

Jenny cobriu a boca com as mãos.

— Inacreditável! — gritou ela, com lágrimas surgindo dos olhos.

Eu mesmo não consegui absorver a informação até ela envolver meu rosto perplexo com as mãos.

— Silas, você *é* filho da Elsa! — disse ela alegremente. — Meu doce e querido menino! Você é filho da Elsa Morrow! E está aqui, *conosco*, de todos os lugares do mundo em que poderia estar! Não percebe? Com certeza foi a Elsa que te guiou até aqui! Para que eu pudesse cuidar de você! Vai me deixar fazer isso, não é? Vai ficar aqui e morar com a gente? Por favor, diga que sim!

Eu estava aturdido demais para entender tudo que ela dizia, mas sua felicidade me encheu de algo que eu não sentia há muito tempo, desde que aqueles homens apareceram no meio da noite e arruinaram o mundo que eu conhecia. Era uma sensação de que, de alguma maneira, eu estava em casa. Podia não ser o lugar que eu tinha deixado, mas era o lugar em que eu deveria estar.

Sorri para Jenny, um tanto tímido, pois a emoção tomava conta de mim, e então ela me deu um abraço apertado. Por um instante, quando fechei os olhos, era como se os braços da Mãe estivessem me tocando sabe-se lá de onde.

Pois eu estava em casa.

2

Havia um último mistério, mas nunca o compartilhei com qualquer pessoa viva, embora o registre aqui agora.

Passei os seis anos seguintes com Desimonde e Jenny Chalfont, que me mostraram todo tipo de afeto familiar imaginável. Nunca me faltou nada enquanto estive sob os cuidados deles. Comi como nunca tinha comido antes. Nunca me considerei pobre, mas percebia agora que éramos pobres, o Pai e eu. Não miseráveis, pois tínhamos algo para comer todo dia, mas éramos pobres pelos padrões de muita gente. A não ser que pudéssemos comer livros. Nesse quesito, éramos ricos. Quando o Velho Havelock reuniu os pertences da nossa casinha em Boneville, só havia livros no carrinho. E também a câmera e o telescópio do Pai. O Burro e a Mu ficaram com Havelock. Não sei o que aconteceu com as galinhas.

Os Chalfont me mandaram para a escola em Rosasharon, onde ninguém sabia das minhas excentricidades ou achava que eu era "parvo". Lá, prosperei. Tinha uma professora maravilhosa, que não me menosprezava pelas coisas que eu não sabia, e me elogiava pelas coisas que eu sabia. Eu ia para a escola com uma avidez que não pensava ser possível após meu tempo na turma da Viúva Barnes. Além disso, àquela altura, tinha aprendido a não revelar para as pessoas o que elas poderiam não entender. Nunca contei para ninguém sobre Mittenwool. Ele aprovou, é claro. Mantivemos nosso mundo compartilhado em segredo.

Quando Desimonde e Jenny tiveram suas duas menininhas, virei um irmão mais velho para elas. Eu havia me tornado parte da família. A primogênita se chamava Marianne. A mais nova era Elsa, que chamávamos de Elsie. Por um tempo, quando era bem pequena, parecia que Elsie também conseguia ver Mittenwool. Ele falava com ela no berço, e Elsie sorria e ria quando ele fazia caretas. Eu gostava de ver as mesmas brincadeiras que ele tinha feito comigo na minha infância. Porém, conforme ela foi aprendendo a andar e a falar, Mittenwool começou a desaparecer de sua visão e, depois, de sua memória.

Para falar a verdade, conforme eu mesmo ficava mais velho, e o meu mundo se tornava mais ocupado pelos vivos, incluindo novos amigos, professores e conhecidos, percebi que estava passando cada vez menos tempo com Mittenwool. Pelo menos, não era como antes. Minhas primeiras memórias sempre envolviam sua presença, brincando de pique-esconde ou de pique-pega atrás do estábulo. A gente jogava bolinha de gude, e pulava carniça, e rodava até ficarmos tontos na frente de casa.

Mas, agora, ele me visitava menos. De vez em quando, eu voltava de um longo dia na escola e o encontrava lendo no meu quarto, e contávamos piadas um para o outro e ríamos em silêncio. Às vezes, eu o via caminhando perto de mim na rua, e ele percebia o meu olhar e lançava seu sorriso alegre para mim. No entanto, muitos dias podiam se passar sem que eu o visse ou sequer pensasse nele. De repente fiquei tão alto quanto ele, o que era estranho. Mais estranho ainda foi quando fiquei mais velho do que ele. Pois Mittenwool permaneceria com dezesseis anos para sempre, e eu me tornaria um adulto.

Ele me acompanhou quando fui para o Norte fazer faculdade. Assim como Pônei. Não virei um homem alto, como era o Pai, permanecendo com altura e compleição medianas. Às vezes me pergunto se o meu corpo continuou assim só para que eu pudesse sempre andar no Pônei. Marianne e Elsie me imploraram para deixar o Pônei com elas, pois não havia nada no mundo que amassem mais do que cavalgá-lo pelos belos campos atrás da casa na colina. Mas eu não podia deixá-lo para trás.

Em vez disso, dei a elas o meu cavalo preto, o mesmo que tinha levado o Pai naquela noite tantos anos atrás. Tecnicamente, após a prisão de Roscoe Ollerenshaw, o animal tinha se tornado propriedade da American Bank Note Company, mas eles o deram para mim como recompensa por ter ajudado na captura do notório falsificador. Eu o batizei de Telêmaco, e o animal provou ser um gigante gentil. As meninas o adoravam.

3

O dia em que parti para a próxima grande aventura da minha vida foi mais difícil do que eu imaginava. Ao contrário da última vez que saí de casa, tive meses para me preparar e me organizar para a jornada. Estava mais velho e supostamente mais sábio, com as roupas apropriadas, uma boa educação e a sensação real de finalmente ter um lugar no mundo. Mesmo com tudo isso, quando chegou o dia de eu ir embora para a faculdade, me senti inesperadamente frágil. Como se fosse uma criança. O que não era ruim, pois, apesar de todas as privações e a solidão, minha infância teve os seus encantos. Mas a sensação de estar sujeito aos caprichos do mundo me levou de volta aos meus doze anos, prestes a entrar na Floresta pela primeira vez.

Nós nos despedimos na estação de trem. Coloquei Pônei no vagão de animais e depois fui para a plataforma, onde as pessoas que se tornaram a minha família me esperavam para se despedir de mim com lágrimas nos olhos. As meninas choraram e me deram abraços apertados, implorando para que eu ficasse. Prometi que voltaria no Natal.

O xerife Chalfont, que agora tinha um grande bigode e suíças que escondiam suas covinhas juvenis, me abraçou e deu tapinhas nas minhas costas. Me disse para escrever sempre, falar se precisasse de qualquer coisa, e que ele sentiria saudade de mim e das nossas excelentes conversas.

Jenny beijou as minhas bochechas com ternura e me deu a bênção. Ela sussurrou no meu ouvido:

— Sua mãe ficaria tão orgulhosa de você, Silas. Tão orgulhosa do homem que você se tornou. Sei que eu estou.

— Obrigado, Jenny. Por todos os seus muitos, muitos gestos de generosidade.

Ela virou para o outro lado antes que eu pudesse ver suas lágrimas. Não queria me fazer chorar.

Quem de fato me fez chorar, por incrível que pareça, foi o inspetor Lindoso. Com os anos, nos tornamos bons amigos. Ele ainda me chamava de Mirrado e de vez em quando me mostrava a língua, mas aprendi, como o xerife Chalfont dissera tantos anos atrás, que ele era mais legal e esperto do que parecia. Tinha deixado o cabelo crescer para esconder a orelha esquerda mutilada, que ele mantinha debaixo de um quepe sempre que possível.

O inspetor removeu esse quepe da cabeça, revelando uma enorme cicatriz na testa, de um ferimento que tinha sofrido havia alguns anos no campo de batalha. No início da Guerra, tanto ele quanto Desimonde se alistaram no 43º Regimento de Infantaria de Ohio, e os dois foram feridos na Batalha de Corinth em 1862. As lesões na perna de Desimonde se curaram logo. As na cabeça de Jack, não. Ele ficou quase um ano se recuperando no hospital, mas depois sofreu de uma melancolia debilitante. Os médicos achavam que era por causa dos traumas da guerra, mas eu sabia que havia mais coisa por trás.

Conheci Peter, o amado de Jack, quando fui visitá-lo certa noite no hospital, bem no início de sua recuperação. Peter estava sentado em vigília ao lado da cama, segurando a mão de Jack com enorme ternura. Ele me contou que era oficial da cavalaria, embora não conseguisse se lembrar dos detalhes de sua morte, nem de onde vinha, nem mesmo como havia conhecido Jack. Mas o que ele sabia com absoluta clareza era que Jack tinha sido o amor de sua vida, e queria que ele soubesse disso. Depois que Jack se recuperou, demorei alguns meses para lhe contar essa história, pois não sabia bem qual seria a sua reação. No fim das contas, fiquei surpreso com sua falta de surpresa ao ouvir o relato.

— Sempre soube que tinha algo estranho em você, Mirrado.

Foi tudo o que ele disse, mas vi que ele estava feliz com a informação. Nunca mais tocamos no assunto.

Agora, na plataforma do trem, ele me entregou o quepe que havia tirado da cabeça.

— Quero que fique com isso — grunhiu do seu jeito áspero.

— Não precisa, Jack. Já tenho um chapéu — respondi, apontando para o elegante chapéu-coco que tinha comprado recentemente para as minhas viagens.

— Era do Peter — sussurrou no meu ouvido. — A irmã dele me mandou depois que ele morreu. Quero que fique com você. Como uma lembrança.

Peguei o quepe e o virei nas mãos.

— Obrigado, Jack.

Ele me deu um grande abraço, então me empurrou de forma um tanto brusca. Senti um nó na garganta e tentei sorrir através das lágrimas que escorriam, mas, àquela altura, ele estava com Elsie nos ombros e a girava no ar. Não olhou mais para mim.

Embarquei no vagão. Fui até a janela para me despedir de novo enquanto o trem partia. Eu iria primeiro para a Filadélfia. De lá, pegaria o trem para Boston, e depois seguiria de carruagem para Portland.

O país tinha acabado de sair da carnificina que foi a Guerra Civil, e as cicatrizes ainda podiam ser vistas por todos os lados. Conforme o trem avançava pelo interior da Pensilvânia, vi campos arrasados por balas de canhão, e casas marcadas por buracos de bala, instáveis e esqueléticas no topo das colinas. Uma cidade foi completamente queimada, deixando apenas restos de prédios carbonizados aqui e ali, além de árvores que se erguiam da terra árida como longos espinhos pretos.

Eu era jovem demais para lutar na guerra, mas, para onde quer que eu olhasse, via homens que eram tão jovens quanto eu nas estações de trem e nas ruas. Pareciam perdidos e exaustos, e murmuravam consigo mesmos de uma maneira que passei a conhecer muito bem. Fantasmas de soldados voltando para casa.

Eu já havia aceitado que era minha sina ver essas pessoas que ficaram presas entre este mundo e o outro, ou que ainda não estão prontas para seguir adiante. Embora com frequência exibam feridas mortais, e isso possa ser uma coisa assustadora, já me acostumei com elas. Essas almas não querem nada de mim além de reconhecimento, talvez a lembrança de que já estiveram aqui, respirando o mesmo ar, sem serem esquecidas. É um pequeno preço a pagar para que eu possa honrá-las assim e, de vez em quando, falar com elas ou passar mensagens reconfortantes para os entes queridos que ficaram para trás. Queria ter sabido disso no Brejo. Quando voltei para lá anos depois, procurando a mulher para talvez lhe proporcionar algum alívio, não a encontrei. *Eles vão seguir em frente quando estiverem prontos*, Mittenwool me falou. Ele tinha razão.

Diversos soldados mortos se sentaram comigo no vagão quando eu estava sozinho, e me falaram de seus ferimentos, seus arrependimentos, suas mágoas e suas alegrias. Alguns me pediram para dar notícias às mães e aos pais. Aos amigos. Aos amores. Mesmo quando não se lembravam dos próprios nomes, sempre se lembravam daqueles que amavam. Aprendi que é a isso que nos agarramos para sempre. Ao amor. Ele transcende. Ele guia. Ele segue. O amor é uma jornada sem fim. Um homem, que foi morto por uma baioneta enfiada entre os olhos, limpava o sangue que corria pelas bochechas como se fossem lágrimas, enquanto cantava a canção de ninar que eu deveria repetir para a sua filhinha, caso tivesse a oportunidade de encontrá-la.

4

Quando cheguei à Filadélfia, fiquei na casa do amigo advogado de Desimonde, o mesmo que tinha encontrado a certidão de casamento dos meus pais. Ele morava a apenas três quarteirões da casa de infância da minha mãe. Esperei alguns dias antes de ir até lá.

Cavalguei com Pônei até a casa em Spruce Street, onde fui recebido por um garoto que levou Pônei até o estábulo. Subi a escada que levava a uma grande porta de madeira, ladeada por altas colunas de mármore. Um mordomo me deixou entrar no hall quando lhe informei que tinha negócios a tratar com a dona da casa.

— Diga a ela que me chamo Silas Bird — falei calmamente, tirando o chapéu.

Ele me pediu para esperar na sala de estar, um cômodo enorme com pinturas de corpo inteiro em molduras sofisticadas de ouro. Me sentei no sofá de veludo vermelho, e, na minha frente, havia uma poltrona de seda verde com orquídeas amarelas. Eu tinha levado comigo o violino bávaro da Mãe.

Uma senhora entrou na sala acompanhada de uma enfermeira. Ela precisava de ajuda para andar, e seus olhos eram esbranquiçados, mas parecia estar bem para sua idade. Devia ter mais ou menos setenta anos. Levantei-me do sofá e a cumprimentei educadamente.

Ela me encarou com intensidade, então apontou a bengala para mim.

— Você veio atrás de dinheiro? — perguntou, com a voz rouca.

— Não, senhora — respondi. Não sentia absolutamente nada por ela, então não fiquei ofendido ou surpreso. Não esperava nada dela. — Só achei que gostaria de saber que eu existo. Sou seu neto, Silas Bird.

Ela assentiu e, por um segundo, fitou meus olhos.

— Onde ela está? Onde está a minha Elsa?

— Morreu no dia em que eu nasci.

A velha mulher olhou para baixo e pareceu se encolher. O braço da enfermeira a impediu de cair.

— Acho que eu já sabia disso — falou, com os olhos cheios de lágrimas. — Mas pensei que, talvez... algum dia eu a veria novamente.

A senhora vai vê-la novamente, pensei, mas não disse nada.

— E você está bem? — indagou ela, se recuperando. — Sua aparência é boa. Parece que cuidaram bem de você.

Concordei.

— Sim. Vou fazer faculdade no Maine. Meu pai me criou até sua morte, quando eu tinha doze anos. Depois disso, fui morar com uma família em Rosasharon. A esposa era amiga da minha mãe quando ela era pequena.

— É mesmo? Quem?

— Jenny Chalfont. Seu nome de solteira era Jenny Cornwall.

— Ah, sim, os Cornwall. Moraram aqui há muito tempo. Eu me lembro deles.

— Eles foram muito bons para mim.

— Ótimo. Ótimo. Então, o que você quer?

— Nada.

— Esse é o violino da Elsa? — perguntou ela, trêmula.

— Sim.

— Você o trouxe para mim?

— Não. É tudo que eu tenho dela.

— Então por que o trouxe?

— É tudo que eu tenho dela — respondi.

Seus lábios tremeram, e talvez algo na minha resposta a tenha amolecido, pois ela ofereceu em voz baixa:

— Quero te dar um daguerreótipo da Elsa. Molly, pode pegar para mim? Aquele em cima da cômoda, no segundo andar?

A enfermeira, uma jovem de cabelo ruivo brilhante, a ajudou a se sentar na poltrona verde e então saiu da sala. Voltei a me acomodar no sofá de veludo vermelho.

Esperamos em silêncio. Tempos atrás, achei que teria um milhão de perguntas para fazer se estivesse nessa posição, mas nenhuma me ocorreu.

— É um violino Mittenwald, sabia? — disse ela por fim, olhando para o estojo do instrumento no meu colo.

Assenti educadamente. Então me virei rapidamente para ela.

— Perdão. O que a senhora disse?

— Você toca? — perguntou, sem ouvir a minha indagação.

— Não, não toco. A senhora falou *Mittenwald*?

— Sim. Compramos para Elsa na Bavária. Eles fazem os melhores violinos do mundo. Ela tinha tanto talento para a música.

Sorri e me inclinei no sofá.

— Ela também sabia cantar — continuou a senhora. — Tinha uma música que cantava com frequência. Queria conseguir lembrar o nome...

Soube na mesma hora qual era a música. Podia praticamente ouvir Mittenwool cantando-a para mim. De repente, tudo ficou claro em minha mente. Mas não falei nada. Deixei as palavras dela se esvaírem como uma canção de ninar.

Molly retornou para a sala. Abriu o daguerreótipo para mostrar à velha mulher, que comprimiu os lábios e a dispensou com um aceno. Molly o entregou para mim. Vi, pela primeira vez fora dos meus sonhos, como era a minha mãe. Seu rosto me observava daquela imagem espelhada brilhante. Olhos luminosos, ousados e curiosos. Ela devia ter mais ou menos a idade que eu tinha agora. Era tão linda, tão cheia de vida, que me levou às lágrimas.

— Obrigado — agradeci, sentindo dificuldade para falar. Limpei a garganta. — Meu pai não tinha nenhuma foto dela. Às vezes, acho que foi por isso mesmo que ele se tornou fotógrafo. Para compensar pelo retrato que nunca tirou.

A senhora tossiu. Talvez tenha feito isso porque não queria conversar sobre o Pai. Então me levantei depressa.

— Bem, acho que eu vou indo — falei.

Ela não esperava por isso.

— Ah, bem, não tem mais nada que você queira de mim? — perguntou rapidamente. — Estou sozinha agora. Meu menino morreu há muito tempo. E então a Elsa nos deixou. E meu marido se foi alguns anos atrás. Você se parece com ele.

— Não, acho que não. Eu me pareço com o meu pai — respondi na mesma hora, limpando os olhos com os dedos.

Coloquei o chapéu-coco de volta na cabeça e fiz um gesto de cumprimento.

— A senhora me perguntou se eu queria alguma coisa. Não há nada que eu queira, mas apreciaria muito se me permitisse o prazer de caminhar um pouco pela sua propriedade. Jenny me contou sobre um lago nos fundos em que a minha mãe costumava nadar. Eu adoraria vê-lo, assim como os jardins em que a minha mãe passou a juventude.

Minha avó, pois suponho que ela o era, fez um sinal para que Molly a ajudasse a se levantar, e a enfermeira obedeceu.

— Claro — disse com fraqueza, gesticulando com as costas da sua pequena mão. — Vá aonde quiser.

Achei que estava sendo dispensado, então comecei a sair. No entanto, quando passei pela senhora, ela segurou o meu cotovelo. Parei, e ela, ainda olhando para baixo, agarrou o meu braço. Em seguida, sem falar uma palavra, me puxou para perto e passou as mãos murchas pelos meus braços, como se estivesse subindo uma escada. Ela era mais forte do que eu imaginava, pois logo envolveu meu pescoço e pressionou a bochecha na minha.

Senti como se ela estivesse me absorvendo, e abracei seu corpo frágil como se estivesse segurando uma concha delicada.

5

Cavalguei com Pônei durante horas pela propriedade. Era um lugar lindo. A casa principal era uma mansão georgiana de tijolos vermelhos e, nos fundos, havia uma estufa grande e um pomar de cerejas. O lago, um viveiro de peixes, ficava no fim do pomar, descendo uma trilha entre um amontoado de salgueiros-chorões.

Eu estava longe da casa. Era fim de tarde. O céu começava a arroxear. O sol parecia tocar fogo na grama. Me lembrei daquela primeira noite de viagem, quando me aproximei da Floresta. A paisagem também parecia incandescente. Atrás de mim, onde o sol estava se pondo, o mundo que eu conhecia estava em chamas. Eu havia largado a minha antiga vida, para nunca mais retornar. E lá estava eu, de certo modo, continuando a mesma jornada, como um peregrino que reencontra o caminho depois de achar que o havia perdido. Eu não o tinha perdido. Eu não tinha perdido nada.

Desmontei do Pônei, me sentei às margens do lago e olhei ao redor. Não havia ninguém. Apenas Mittenwool, acomodado numa pedra grande, olhando para mim. Não nos falávamos há dias. Ele era o meu companheiro, como sempre, e eu o amava, como sempre. Não precisávamos falar nada.

Abri o estojo do violino. Era a primeira vez que eu o abria em anos. O instrumento continuava tão lindo quanto eu lembrava. A madeira escura de bordo brilhava na luz do crepúsculo, e as cravelhas de marfim cintilavam. Imaginei as mãos da minha mãe tocando o instrumento, e fiquei triste por não poder ouvi-la, nem mesmo na memória, cantar a melodia que estava na minha mente.

Então tirei o violino do estojo e observei o belo trabalho artesanal dos efes. Uma etiqueta na parte de dentro revelava o nome do artesão: *Sebastian Kloz, anno 1743, Mittenwald*. Nunca a tinha notado. Nunca pensei em procurá-la. Mas lá estava. Esse tempo todo. Inspirei fundo, e expirei lentamente. Em seguida, coloquei o instrumento na grama macia.

Na parte de trás do estojo, sob o forro de veludo avermelhado, havia um pequeno bolso secreto que eu tinha descoberto recentemente. Imagino que fosse feito para acomodar cordas extras, mas não era isso que continha. De dentro do bolso, retirei um papel dobrado. Era um mapa cuidadosamente desenhado e, em seu verso, na letra elegante do Pai, estava escrito:

Minha querida Elsa,
Agora que já te contei tudo, é como se a minha alma estivesse livre de um enorme peso. O fato de você continuar me amando prova que o coração humano tem mesmo uma natureza divina. Tudo que posso te oferecer é um mundo de novos começos e trabalho honesto, mas vou me esforçar todos os dias para ser digno do seu amor. E se, por acaso, você se decidir por um caminho diferente, não se preocupe, minha

querida. Pois, se eu não puder ficar com você neste mundo, eu te encontrarei no próximo. Disso, você me convenceu. O amor encontra um caminho através do tempo.

Sempre seu,
Martin

Virei a página e observei o desenho do mapa, feito com os detalhes minuciosos que só o meu pai poderia notar. Ele, com a sua memória prodigiosa, se lembraria onde cada salgueiro foi plantado, qual era o formato do lago, onde o pomar de cerejas acabava e a leve inclinação dos morros começava. Estava tudo lá, desenhado com precisão em nanquim. Meu pai era um artista sob todos os aspectos. Um dia, foi um gravador talentoso. Um artífice. Um gênio.

No mapa sofisticado, havia uma linha pontilhada em tinta vermelha, e comecei a segui-la. Ela acabava entre dois salgueiros no final do lago. Ali, num ponto equidistante entre as árvores, havia um grande X envolto por um círculo. Contei os passos entre os salgueiros, dividi por dois e marquei o local com a minha bota. Peguei uma pequena picareta que tinha trazido, mas nem precisei dela. O solo estava macio quando comecei a cavar. Não demorei muito tempo para encontrá-lo. Um baú reforçado de cobre, que puxei de dentro da terra. Era pesado, mas consegui erguê-lo sozinho, como o meu pai deve ter feito um dia. E eu também tinha a chave para abri-lo. Meu pai a colocou na minha mão em seu leito de morte. Ele provavelmente a carregou no compartimento secreto de sua bota por todos aqueles anos. De início, eu não sabia o que fazer com a chave, mas a mantive escondida e não contei a ninguém sobre ela. Até agora.

Inseri a chave na fechadura do baú e a girei. Escutei um estalo, e a tampa se abriu. Lá dentro, as moedas de ouro brilhavam. Me inclinei para trás e fechei os olhos por um bom tempo. Parte de mim não queria encontrar nada disso, mas, se havia algo para ser encontrado, eu queria saber. E agora sabia. Será que os meus pais tinham planos de buscar o baú algum dia? Ou não? Isso eu nunca vou saber.

Abri os olhos, e estalei a língua para chamar o Pônei. Ele veio. Nos quatro sacos de couro presos nos cantos da sela, que eu havia trazido exatamente para esse propósito, distribuí igualmente as moedas de ouro. Elas não eram pesadas demais para o Pônei. Então coloquei o baú de volta na terra, e o cobri para que ninguém jamais o encontrasse novamente.

— O que você vai fazer com isso? — perguntou Mittenwool, que me alcançou conforme eu me afastava do lago com Pônei.

— Ainda não sei — respondi. — Mas vai ser uma coisa boa. Isso eu te prometo.

— Ah, eu sei, Silas. Eu sei.

Guardei uma única moeda para mim, e passei-a nos dedos antes de colocá-la no bolso.

— Ele foi um bom pai — comentei.

— Foi mesmo — disse Mittenwool docemente.

— Independentemente do que tenha feito, ele foi um bom pai.

— "*Quando o vir em Ítaca, não espere achá-lo perfeito.*"

— Sim. Sim. É muito verdadeiro — respondi, dando um pigarro. — Você entende tão bem.

Ele deu tapinhas no meu braço. Tinha um sorriso no rosto, mas percebi que estava perdido nos próprios pensamentos.

De repente, duas libélulas apareceram do nada e, depois de fazerem sua dança aeronáutica à nossa volta, desapareceram sobre o lago. A superfície da água estava vermelha sob o pôr do sol, como se tivesse sido pintada pela luz.

— Você se lembra desse lago, não é? — perguntei gentilmente.

Ele assentiu sem olhar para mim.

— A memória está voltando — falou Mittenwool. Ele inspirou profundamente e fechou os olhos. — Eu me lembro dela me tirando da água, bem ali. — Mittenwool apontou para a direção de onde tínhamos vindo. — Acho que eu estava visitando o irmão dela. Era meu amigo de escola, talvez? — Ele balançou a cabeça e olhou para mim. — Não me lembro muito desse tipo de detalhe. Faz tanto tempo.

Ele mordeu o lábio inferior, como sempre fazia quando estava concentrado.

— Me esqueci de tirar os sapatos — continuou, baixinho. — Afundei como uma pedra assim que mergulhei. Ela tentou me salvar. Se esforçou tanto. E, quando não conseguiu, chorou muito sobre o meu corpo. Ela tinha me conhecido naquela manhã, mas chorou copiosamente. Ah, Silas, aquilo me comoveu. — Ele colocou a mão no peito. — Mais tarde, quando os meus pais vieram me buscar, ela foi tão gentil com eles. Tão afetuosa. Segurou a mão da minha mãe enquanto enrolavam o meu... — Sua voz foi sumindo.

Mittenwool olhou de novo para o lago e observou os arredores.

— Ela tocou violino no meu funeral — acrescentou. — Foi tão lindo. Isso permaneceu comigo.

— E você permaneceu com ele — falei lentamente.

Sua boca se abriu um pouco.

— Acho que sim — murmurou, assentindo. — Alguém perguntou a ela sobre o violino. *É um Mittenwald*, respondeu.

Ele me olhou e, pela primeira vez na vida, percebi como era jovem. Apenas uma criança.

— Um Mittenwald — sussurrou, com os olhos arregalados de espanto. Então, riu um pouco e cobriu o rosto com as mãos, quase como se estivesse envergonhado. — É tão estranho, as coisas às quais nos apegamos, Silas! — exclamou, com a voz trêmula. — Foi a primeira palavra que eu te disse quando você nasceu. Foi a única palavra que eu consegui lembrar por um bom tempo.

— Você se lembra do seu nome agora?

Ele respirou fundo.

— Era John, talvez? Acho que era John. — Seus olhos se encheram de lágrimas. — Isso mesmo. John Hills.

Paramos de andar.

— John Hills — murmurei.

— Não. — Sua voz falhou. — Para você, é Mittenwool.

— Você sempre foi um amigo tão bom para mim, Mittenwool — falei, e ele olhou para baixo. — Mas, se precisar ir agora, não tem problema. Pode ir. Eu vou ficar bem.

Ele levantou o rosto e sorriu de leve, de um jeito quase tímido.

— Acho que vou fazer isso, então, Silas.

Sorri também e assenti. Ele me abraçou.

— Eu te amo — disse ele.

— Eu também te amo.

— Um dia a gente vai se ver de novo.

— Conto com isso.

Ele inspirou profundamente, começou a caminhar na direção do lago e se virou para acenar uma última vez. Então sumiu.

Um silêncio tomou conta do campo. Fiquei lá, olhando ao redor, conforme a noite caía. Pela primeira vez na vida, me vi completamente sozinho. Mas estava bem. O mundo continuava girando. Deslumbrante. Me chamando. E eu iria até ele.

Subi na garupa do Pônei, e o cutuquei gentilmente para descer a trilha.

— Vamos em frente, Pônei — falei.

E nós fomos.

BONEVILLE COURIER
27 de abril de 1872

Um cavalheiro do campo de vinte e quatro anos, que recentemente recebeu como herança a propriedade de sua avó na Filadélfia, anunciou planos para converter o enorme terreno em uma escola para órfãos. Saído da faculdade há apenas dois anos, onde se formou com as mais altas honrarias acadêmicas em física e astronomia, ele cita como inspiração as experiências de seu pai imigrante, que foram interrompidas por uma tragédia, e suas próprias lembranças de virar órfão aos doze anos de idade. Leitores de longa data deste periódico talvez se lembrem da história de um menino de Boneville que, muitos anos atrás, foi atingido por um raio. Trata-se do mesmo jovem. O nome escolhido para a instituição é Escola John Hills para Crianças Órfãs, em homenagem a um garoto que morreu no mesmo terreno há muitos anos. Como emblema, o jovem cavalheiro escolheu a imagem de um raio, gravado na testa de um pônei de cabeça branca.

OBSERVATÓRIO, Cranford, Middlesex.

Latitude Norte............... 51° 28' 57,8"
Longitude Oeste............... Min. Seg.
                               1   37,5

CÓPIA FOTOGRÁFICA AMPLIADA

DE UMA FOTOGRAFIA DA

LUA

7 DE SETEMBRO DE 1857, 14—15 HORAS

O positivo de colódio original foi obtido em cinco segundos, através de um telescópio equatorial newtoniano com uma abertura de 336mm e uma distância focal de 3048mm.

Sir John W. Herschel, baronete
Com os cumprimentos de
Warren de la Rue

22 de set, 57

> Não sei o que vai acontecer, mas ficarei ao seu lado, ficarei ao seu lado através do tempo.
>
> — Cloud Cult
> "Through the Ages"

NOTA DA AUTORA

Passei muitos anos fazendo pesquisas para este livro, e espero que nada disso tenha ficado aparente.

A minha família vai te dizer que o lugar em que mais gosto de ficar no mundo, depois da minha casa, é um antiquário. Acho que esses artefatos do passado, com todos os arranhões e articulações quebradas, são incrivelmente comoventes. Não os vejo como restos da história, mas como vias de acesso a ela, pois quase consigo ouvir tudo que eles têm para contar.

Este livro é resultado desses artefatos e de um sonho do meu filho mais velho, que ele relatou com a vivacidade que só um menino de doze anos consegue empregar para contar uma aventura. Esse sonho de um garoto com um rosto meio vermelho inspirou a história que, por um caminho bastante sinuoso, resultou neste livro.

Os próprios artefatos encontraram uma maneira de entrar nestas páginas. Tenho interesse em fotografia desde que coloquei as mãos na minha primeira Pentax K1000, quando estava no sétimo ano, e desde a adolescência coleciono daguerreótipos, ambrótipos, ferrótipos e álbuns da era vitoriana cheios de fotografias antigas. Neste livro, usei daguerreótipos e ambrótipos nas aberturas de cada capítulo, pois eles literalmente inspiraram a criação de alguns personagens da história, me ajudando a determinar seu perfil físico e, de certa forma, até emocional. Como um daguerreótipo não tem negativo, ele é uma lembrança única, e, se for separado de seu dono, torna-se uma relíquia anônima de outra era. Não há como saber quem eram aquelas pessoas, e talvez por isso eu as considere tão fascinantes e tente sempre imaginar uma história para elas. O daguerreótipo no início deste livro, por exemplo, praticamente resume a narrativa inteira. Um jovem pai. Seu filho pequeno. Não há mãe na imagem. Algumas fotos valem mais que mil palavras. Outras, mais de sessenta mil.

Meu amor pela fotografia, contudo, não é limitado às imagens. Sou fascinada por todo o aparato, tanto pelo maquinário físico das próprias câmeras quanto pela ciência luminosa que as faz operar. Como pesquisa para este livro, fiz um curso sobre o processo de colódio úmido na Penumbra Foundation, em Nova York, cujo valor foi inestimável para me ajudar a entender antigos processos fotográficos e câmeras.

A história da fotografia parece um dos maiores *thrillers* já contados. Não é uma narrativa linear. Como acontece com a maioria das ciências, é uma crônica complexa e multifacetada de descobertas revolucionárias que estavam ocorrendo ao mesmo tempo em todo o mundo. Foram especialmente úteis para mim os livros *The Evolution of Photography*, de John Werge (1890); *The Silver Sunbeam: A Practical and Theoretical Textbook on Sun Drawing and Photographic Printing*, de John Towler (1864); e *Cassell's Cyclopædia of Photogra-*

phy, editado por Bernard Edward Jones (1912). Basta olhar para as descobertas científicas de um único ano, digamos, 1859, que estão disponíveis no *Annual of Scientific Discovery* de 1859, assim como em outras fontes, para ver quantas mentes geniais se debruçaram sobre os mesmos desafios ao longo da história, chegando a soluções semelhantes, com graus variados de êxito. O progresso é medido por esses êxitos e tende a ignorar os fracassos, mesmo que um não possa existir sem o outro. Os próprios cientistas muitas vezes refletem esses padrões, já que alguns conquistam fama e fortuna em vida, e outros não. Louis Daguerre e William Henry Fox Talbot, por exemplo, inventores do daguerreótipo e do calótipo respectivamente, foram famosos em sua época, reverenciados e bem remunerados por suas notáveis contribuições. Frederick Scott Archer, por outro lado, que inventou o processo de colódio úmido em 1851 — o ponto de partida para toda a fotografia moderna —, morreu pobre, tendo gastado seus parcos fundos na própria pesquisa. Em *Uma jornada sem fim*, o ferrótipo de Martin Bird é baseado nas descobertas de Archer, assim como no cianótipo de Sir John Herschel, inventado em 1842. O sensibilizador criado por Martin inclui ácido tartárico, um componente que, na vida real, se tornaria parte de uma fórmula conhecida como processo Van Dyke, patenteada trinta anos depois. Não há razão para acreditar que um homem como Martin, um gênio sem o auxílio de boas oportunidades, que precisou confiar na própria inventividade por toda a vida, não poderia ter pensado nessa fórmula. Martin é uma representação das inúmeras pessoas cujo sucesso se perdeu na história. Há muitos gênios desconhecidos como ele, incluindo meu pai.

Curiosamente, o advento e a evolução da ciência fotográfica coincidiram com o surgimento e a expansão do movimento espiritualista americano, do meio para o final do século XIX. Esse movimento não partiu de nenhuma tradição religiosa específica, mas foi o resultado de relatos, muitos deles documentados em livros e jornais, que "viralizaram" numa época em que se levava anos, e não segundos no TikTok, para algo ganhar fama. A ascensão do espiritualismo foi auxiliada pela prática de se usar o vocabulário e os fenômenos científicos para explicar coisas que, em geral, eram aceitas como incognoscíveis. O espiritualismo utilizou uma terminologia semelhante à encontrada na fotografia, muitas vezes se referindo a "agentes misteriosos", fossem químicos ou espirituais, através dos quais algo antes invisível se tornava visível. Na fotografia, esse agente misterioso é a luz do sol, que Nicéphore Niépce usou em 1827, junto com betume da Judeia, para "fixar" permanentemente uma imagem latente numa placa de peltre. No espiritualismo, não havia um fixador equivalente para capturar o mundo invisível, embora termos similares fossem muitas vezes empregados para estabelecê-lo como uma pseudociência para os seus seguidores. Para uma visão fascinante desse mundo, procure um exemplar de *The Night-Side of Nature*, um best-seller de Catherine Crowe (1848); *Footfalls on the Boundary of Another World*, de Robert Dale Owen (1860); ou *Light from the Spirit World*, de Charles Hammond (1852). Achei que os temas da fotografia e do espiritualismo se enlaçavam bem, por isso ambos aparecem de forma tão proeminente neste livro. No fundo, é claro, tudo se resume a "fé no inefável" ["*faith in the great unknown*"], para citar uma letra do álbum *The Seeker*, da banda Cloud Cult. Cada um tem seu próprio inefável.

Além de velhas câmeras, fotografias e impressos efêmeros, adoro livros antigos. Eles também têm lugar nessas páginas, incluindo minha edição de 1768 de *As aventuras de Telêmaco*, o *Annual of Scientific Discovery* de 1859, o já citado *The Night-Side of Nature*, uma edição de 1854 de *Roget's Thesaurus of English Words and Phrases* e todos os quatro volumes da edição de 1867 de *A History of the Earth, and Animated Nature*. Os leitores podem questionar a erudição do jovem protagonista, Silas Bird, mas o fato é que, naquela época, as pessoas liam bastante. Embora já existissem edições baratas e populares naquele tempo, é improvável que Silas tenha tido acesso a qualquer coisa que não fossem os textos clássicos de Martin Bird. A verborragia e a linguagem expressiva de Silas são um reflexo do tom floreado de muitas dessas obras, que formaram sua personalidade e seu espírito tanto quanto amigos e professores poderiam fazê-lo, caso ele tivesse tido algum. Quanto à sua "experiência com um raio": por incrível que pareça, esse incidente foi inspirado por um curto capítulo chamado "The Photographic Effects of Lightning", no já mencionado *Annual of Scientific Discovery* de 1859, que detalhava impressões "semelhantes a arvoredos" deixadas nas costas das pessoas. Como muitos escritores dirão, há coisas que simplesmente não se pode inventar.

Por último, considerando as inspirações "antiquárias" para este livro, preciso citar meu amor por velhos instrumentos musicais. Tenho um estojo de violino dos anos 1850 "em formato de caixão", que deu início ao que seria uma parte menor do enredo e acabou se tornando crucial. A epígrafe deste livro é a variação de uma música popular do século XVIII chamada "Fare Thee Well", também conhecida como "The True Lover's Farewell", "Ten Thousand Miles" e "The Turtle Dove". Ao longo dos anos, essa canção apareceu sob formas diferentes, com letras flutuantes, intercambiáveis, mas combinei meus três versos favoritos para o livro. É bem possível que Elsa Morrow tenha tocado essa música no seu "violino bávaro", pois ela aparecia em coletâneas musicais da época. Em relação ao instrumento, enquanto pesquisava que tipo de violino Elsa Morrow poderia ter tido, fui atraída pela palavra *Mittenwald*, ou *mitten im Wald*, que, em alemão, significa "no meio da floresta". Depois de ler esse livro, as razões devem ser óbvias. A ideia da Floresta como uma espécie de lugar antigo e impenetrável, remontando à aurora do tempo conhecido, atravessa todas as páginas desta obra.

Fiz um bocado de pesquisa sobre falsificação, e espero que o FBI não bata na minha porta por causa do meu histórico de pesquisas no Google. Foram particularmente úteis para mim *A Nation of Counterfeiters*, de Stephen Mihm (2007); *Three Years with Counterfeiters, Smugglers, and Boodle Carriers*, de George Pickering Burnham (1875); e *Counterfeiting and Technology*, de Bob McCabe (2016). Os Estados Unidos viveram um surto de falsificação por todo o século XIX, que coincidiu com a evolução da fotografia e o aumento do espiritualismo, e isso me pareceu uma coincidência grande demais para não ser incorporada nesta história.

No livro, Elsa Morrow tem um exemplar em capa de couro do poema "My Spirit", do Anônimo de Ledbury. Na verdade, o poema é de Thomas Traherne, escritor e teólogo inglês do século XVII. Me chamou a atenção o fascínio de Traherne pelo que, para ele, era a nova ciência do "espaço infinito", assim como sua reverência pelo mundo natural, que ele acreditava ser o caminho para o "júbilo" humano. Embora sua obra tenha permanecido em esquecimento por vários séculos, perdida nos cofres da mansão da família Herefordshire, foi descoberta na segunda metade dos anos 1800, e então publicada e atribuída a Traherne no início do século XX. É plausível, se não factual, que partes desconhecidas e não assinadas de sua obra tenham sido encontradas e publicadas por meios privados. Estantes de antiquários estão cheias desses livros "anônimos", impressos com tipos rústicos e adornados à mão, de forma que, mesmo não tendo provas de que tal livro foi impresso, tampouco tenho provas de que não foi. É o suficiente para uma obra de ficção.

Quanto ao tipo de ficção, sei que este livro pode ser classificado como ficção histórica, já que se passa nos anos 1800, mas ofereço aqui minha discordância: meu objetivo não foi retratar acontecimentos históricos reais, mas contar uma pequena história que simplesmente se passa em uma determinada época. Ficções históricas podem ser vistas como mapas de estradas que atravessam a história, mas este livro é mais como um rio que corre por ela. Silas embarca numa jornada por uma Floresta sem nome que fica perto de uma cidade fictícia. Como quase toda floresta do Meio-Oeste foi cenário de incontáveis atrocidades que, ao longo dos séculos, foram cometidas contra os povos indígenas por invasores europeus e americanos, é natural pensar que Silas, um menino que vê fantasmas, os encontraria pelo território sagrado. Encorajo os leitores a lerem o extraordinário *An Indigenous Peoples' History of the United States for Young People*, de Debbie Reese e Jean Mendoza, uma adaptação do livro para adultos escrito por Roxanne Dunbar-Ortiz. Na obra, é possível encontrar um relato abrangente dos inúmeros e diversos povos que viviam nessas terras muito antes de os europeus chegarem, assim como as inúmeras batalhas, acordos rompidos, "remoções" e massacres que eles enfrentaram nos séculos seguintes. Todos os romances de Tim Tingle — em particular, *How I Became a Ghost* — são lindamente escritos e acontecem durante ou perto de acontecimentos históricos reais. Os livros da série *The Birchbark House*, de Louise Erdrich, também estão no topo da minha lista de recomendações.

Este romance começa em 1860, um ano antes do início da Guerra Civil Americana. Um dos personagens, Desimonde Chalfont, menciona que sua família se mudou para o Kansas para participar do movimento abolicionista, de forma a conseguir votar contra a expansão da escravatura nos Estados Unidos. Sua irmã mais nova, Matilda, foi morta no fogo cruzado entre os "jayhawkers", que eram abolicionistas, e os "border ruffians", militantes a favor da escravidão. Embora a história da família de Desimonde não seja central para a narrativa, ela revela o tipo de homem que ele é. Para saber mais sobre o movimento abolicionista, não há livros melhores do que os escritos por Frederick Douglass, incluindo *Narrativa da vida de Frederick Douglass*; *My Bondage and My Freedom*; e *The Life and Times of Frederick Douglass*. Quanto ao inspetor Jack Lindoso, ele diz ter feito parte do lado perdedor da Guerra Mexicana-Americana, pois tanto ele quanto Desimonde lutaram no Batalhão de São Patrício contra os Estados Unidos: Desi porque era contra a expansão governamental da escravatura, e Jack porque tinha ouvido falar que Santa Anna, o vultoso general das forças mexicanas, certa vez se proclamara o

"Napoleão do Oeste". Jack tinha esperanças de que o México, se ganhasse sob o comando de Santa Anna, adotaria o Código Civil Napoleônico de 1810, inspirado na Declaração dos Direitos do Homem e do Cidadão, feita pela França em 1789, que descriminalizava a homossexualidade. Desi e Jack se tornaram muito amigos enquanto estavam presos em Rio Grande por sua traição. Após o pai endinheirado de Desi comprar o perdão "oficial" dos dois, eles se mudaram para a Califórnia, onde procuraram uma mina de ouro por um ano antes de seguirem para Rosasharon. Essa, é claro, é só a história que criei para seu passado e nada tem a ver com os eventos do livro. Mas tenho tanto carinho por eles que pensei em compartilhar um pouco de sua vida aqui.

Mesmo que quase todos os personagens deste livro sejam homens de certo tempo e lugar da história americana, na minha cabeça, esta é uma obra completamente movida por uma mulher. Uma mãe. Ela é a personagem central, por trás das páginas, que conecta, impulsiona e protege de longe, dentro dos limites das suas possibilidades, que são desconhecidos. No fundo, este é um livro sobre o amor, que nunca morre, e as conexões invisíveis que existem entre as pessoas, tanto vivas quanto mortas.

Meu mundo, meu ser, minha vida, minha paixão por livros, meu tudo, foi guiado, estimulado, inspirado e motivado por uma pessoa. Minha mãe. Este livro é para ela.

AGRADECI-MENTOS

Obrigada, Erin Clarke, minha incrível editora, por toda a orientação e toda a paciência enquanto eu tentava decifrar este livrinho estranho. Lembro-me da calma com que você recebeu a notícia, há uns cinco anos, de que eu tinha jogado no lixo o manuscrito de quatrocentas páginas em que estava trabalhando e que o recomeçaria do zero — *algum dia*, num futuro não especificado. Esse tipo de suporte incondicional de um editor significa muito para um escritor, e fico extremamente aliviada por você achar que a espera valeu a pena.

Agradeço a Barbara Perris, Amy Schroeder, Nancee Adams, Alison Kolani e o olho de águia Artie Bennett por suas edições perspicazes e cuidadosas, e por tornar meu trabalho melhor e mais forte de todas as maneiras. Obrigada, Jake Eldred, por reunir essa equipe incrível e por garantir que os pistões estavam preparados para a curva em alta velocidade. Obrigada, April Ward, Tim Terhune e o restante do pessoal de design e produção por fazer de *Uma jornada sem fim* um livro incrivelmente lindo por dentro e por fora. Para Judith Haut, John Adamo, Dominique Cimina: estamos nessa aventura desde 2012, e agradeço aos céus por ter encontrado minha Equipe *Extraordinária* desde o início. Barbara Marcus e Felicia Frazier, que sorte ter vocês, duas mulheres maravilhosas, abrindo caminhos e liderando o time imensamente talentoso da Random House Children's Books. Mal posso esperar para viajarmos juntas com Pônei por onde quer que ele vá. Será uma jornada maravilhosa. Para Jillian Vandall Miao, uma das minhas pessoas favoritas no mundo, agradeço por ser a melhor companheira de viagem que uma autora e uma amiga poderia desejar, mas sobretudo pela ligação que você me fez após terminar o manuscrito. Foi mais importante para mim do que você imagina.

Agradeço ao professor John N. Low, JD, ph.D., da Ohio State University, diretor do Newark Earthworks Center e cidadão da Pokagon Band of Potawatomi, por oferecer seu conhecimento em histórias de indígenas americanos e identidades nativas através de sua leitura tão atenciosa.

Agradeço a Alyssa Eisner Henkin, minha agente, por sempre me apoiar e sempre defender com unhas e dentes todos os meus livros — especialmente este. Não há ninguém nessa indústria em cujos instintos eu confie mais, tanto do ponto de vista literário quanto de negócios, e sou grata por ser uma das beneficiárias de todo o seu talento e dedicação. Sinto como se já tivéssemos caminhado dez mil milhas juntas, e espero poder caminhar outras dez mil.

Obrigada, Molly Fletcher, por suas contribuições inestimáveis para o book trailer. Sua linda composição e performance para o solo de violino em "Fare Thee Well", assim como sua ajuda na produção, elevaram este projeto a alturas que eu nem poderia imaginar. Agradeço a Lane da Moon Recording, em Greenpoint, por facilitar a gravação feita em isolamento social, e a Aiden, por sua ajuda na filmagem.

Obrigada, Rebecca Vitkus, pelas contribuições maravilhosas para o trailer e por toda a sabedoria e paciência com a minha gramática e minhas dúvidas de revisão. Acima de tudo, no entanto, agradeço por trazer tanta alegria para a nossa casa no estranho ano que foi 2020.

Agradeço aos médicos e enfermeiros, entregadores, paramédicos, professores, carteiros e trabalhadores essenciais que mantiveram o mundo funcionando durante os meses de isolamento provocados pela COVID-19, período em que escrevi estas páginas.

Agradeço às minhas mamães de Amalfi por me manterem sã e rindo.

Obrigado, Papai, por Ítaca.

Agradeço, principalmente, à minha maravilhosa família, Russell, Caleb e Joseph. Obrigada por oferecerem seus talentos prodigiosos para o book trailer — tanto na frente quanto por trás das câmeras. Russell, o que eu posso dizer? Nós fizemos isso juntos — tudo isso. *Obrigada e de nada.* E Caleb e Joseph, tenho uma profunda admiração por vocês dois, meus extraordinários, e amo vocês mais do que palavras podem expressar. Vocês fazem deste mundo um lugar tão bonito.

CRÉDITOS DAS CITAÇÕES

"Saímos por ali, a rever estrelas." (página 176)

"Vencendo-me co' o lume de um sorriso ela me disse: 'Volta-te ora e escuta, que não só no olhar meu é o Paraíso.'" (página 182)

A Divina Comédia: Inferno, de Dante Alighieri. São Paulo: Editora 34, 1998. Tradução de Italo Eugenio Mauro.

"Tudo muda, nada morre! O espírito circula, vem de lá para cá e vai de cá para lá, toma posse de qualquer corpo." (página 182)

Metamorfoses, de Ovídio. São Paulo: Editora 34, 2017. Tradução de Domingos Lucas Dias.

"Meu filho! Procura um reino digno de ti!" (página 280)

Alexandre e César: As vidas comparadas dos maiores guerreiros da Antiguidade, de Plutarco. Rio de Janeiro: Nova Fronteira, 2016. Tradução de Hélio Vega.

"É a palpitação de seu coração odioso!" (página 283)

"O coração delator". In: *Histórias extraordinárias*, de Edgar Allan Poe. São Paulo: Companhia das Letras, 2017. Tradução de José Paulo Paes.

Citações das páginas 9, 11, 37, 56, 69, 98, 109, 123, 157, 159, 180, 197, 230, 255, 262, 306 e 312 em tradução livre.